U0109467

古典詩歌研究彙刊

第三二輯

龔鵬程 主編

第4冊

白居易詩歌閒適意象之研究（下）

趙惠芬 著

國家圖書館出版品預行編目資料

白居易詩歌閒適意象之研究（下）／趙惠芬 著 -- 初版 -- 新北市：花木蘭文化事業有限公司，2022〔民 111〕

目 2+194 面；17×24 公分

（古典詩歌研究彙刊 第三二輯；第 4 冊）

ISBN 978-986-518-911-2（精裝）

1.CST：（唐）白居易 2.CST：唐詩 3.CST：詩評

820.91 111009762

ISBN-978-986-518-911-2

古典詩歌研究彙刊

第三二輯 第 四 冊 ISBN：978-986-518-911-2

白居易詩歌閒適意象之研究（下）

作　　者 趙惠芬

主　　編 龔鵬程

總 編 輯 杜潔祥

副總編輯 楊嘉樂

編輯主任 許郁翎

編　　輯 張雅淋、潘玟靜、劉子瑄 美術編輯 陳逸婷

出　　版 花木蘭文化事業有限公司

發 行 人 高小娟

聯絡地址 235 新北市中和區中安街七二號十三樓

電話：02-2923-1455 ／傳真：02-2923-1452

網　　址 http://www.huamulan.tw 信箱 service@huamulans.com

印　　刷 普羅文化出版廣告事業

初　　版 2022 年 9 月

定　　價 第三二輯共 11 冊（精裝）新台幣 22,000 元

白居易詩歌閒適意象之研究（下）

趙惠芬 著

目次

上冊

誌謝
第一章 緒論……1
第一節 研究動機與目的……3
一、研究動機……3
二、研究目的……4
第二節 文獻探討……6
一、專書研究……6
二、學位論文……11
第三節 研究範圍與方法……13
一、研究範圍……13
二、研究方法……15
第二章 白居易詩歌閒適之社會文化……19
第一節 白居易詩歌閒適之託喻……20
第二節 白居易詩歌閒適之興寄……23
第三節 白居易詩歌閒適之詠懷……35
第三章 白居易詩歌閒適創作之淵源……49
第一節 白居易詩歌閒適之綴慮裁篇……50
一、澄瀹風骨，志深筆長……55
二、怡曠沉穩，興寄藝術……62
第二節 白居易詩歌閒適之意蘊……73
一、詩成淡無味之意蘊……81
二、吟罷有所思之馳役……86
第三節 白居易詩歌閒適之意境……95
第四節 白居易詩歌閒適之意象……109
第四章 白居易詩歌閒適創作之關係……121
第一節 莊子與白居易詩歌閒適創作之關係……121
第二節 白居易詩歌閒適鎔鑄經典之軌式……134
一、承繼《詩經》因事起意，情根義實之風雅……136

二、學習《莊子》逍遙無待，閒適自在之境界 …… 145
第三節　白居易詩歌閒適與詩寫王質夫之意象 · 150
第四節　白居易詩歌閒適與詩寫元稹之意象 … 159

下　冊

第五章　白居易詩歌閒適意象之思維 …… 173
第一節　白居易詩歌閒適意象創作之開展 …… 175
第二節　白居易詩歌雅趣閒適之意象 …… 185
一、風雅之閒適意象 …… 186
二、逸趣之閒適意象 …… 201
三、琴音舞藝之閒適意象 …… 220
第三節　白居易詩歌園林閒適之意象 …… 239
一、栽花與自然風光之美感 …… 241
二、林池與別園生活之意境 …… 249
第四節　白居易詩歌茶藝閒適之意象 …… 261
一、文人間之交流 …… 266
二、茶飲間之對話 …… 268
第六章　白居易詩歌閒適之轉進 …… 279
第一節　興於嗟嘆之外——超越形式之美學觀 · 283
第二節　白居易詩歌閒適與詩寫劉禹錫之意象 · 299
第三節　知足、保和與澹泊之人生追求 …… 309
第七章　結　論 …… 315
第一節　白居易詩歌閒適之模式 …… 317
第二節　白居易詩歌閒適意象之特徵 …… 320
一、對話式 …… 321
二、抒情式 …… 323
第三節　研究發現與未來展望 …… 326
一、研究發現 …… 326
二、未來展望 …… 330
參考書目 …… 333
附錄：白居易閒適詩歌一覽表 …… 351

第五章　白居易詩歌閒適意象之思維

白居易對於閒適詩的闡釋，在元和十年（815）提出了理論根據，基本上都跟基於政府官職的身份，展現任官閒適的樂趣。綜觀白居易在元和十年前的閒適詩歌之作，觀察發現：閒適詩的創作並不全然在任官職之際，守喪下邽期間（811～814），卸下官職身份的創作也有不少作品。若就這層意義言之，將白居易「閒適詩」類的範圍，分為「官職」類與「閒適」類，前者代表為官的閒適，後者代表官職退之的閒適，因為身份的不同，所體會的閒適之情也有所差異。

楊承祖曾針對中唐白居易以前的「閒適詩」做考察工作，認為《詩經》時代尚無所謂的閒適詩。〔註 1〕漢代發展古詩為一個成熟的階段，內容大多寄託人生的無常，世間際遇的坎坷，尚未有較成熟的閒適詩歌意蘊。兩晉玄理詩歌的盛行，初期的玄理詩人或遊仙詩人，雖然暢言出世高舉，其實對於人間的憂惕與感嘆亦不少，這有利於閒適的運思與閒適生活的鋪陳，但一直到山水詩與田園詩的興起，閒適詩才有機會比肩並起。從中國文學的源頭——《詩經》，發現中國詩歌的主調在

〔註 1〕楊承祖：〈閒適詩初論〉，收入臺靜農先生八十壽慶論文集編輯委員會編撰：《臺靜農先生八十壽慶論文集》，臺北：聯經出版社，1981 年 11 月。

人生無常的慨嘆，還有感嘆世間不遇的不平之鳴，閒適自得的情韻找不到發展空間。直到山水詩與田園詩的興起，白居易也才從這思維中發覺閒適詩的旨趣。中國詩歌類型中的山水詩、田園詩與大自然關係較為接近，白氏忘懷於山水田園之間，也較容易有閒適情調的產生，這概念也近似閒適精神中所謂的：「人與自然的和諧」。

魏晉思想中的「玄學」影響士人的思想、生活層面，對於文學潮流與發展也產生了幽微的力量。關於玄學在兩晉的發展情況及特色，劉勰在《文心雕龍．時序》言：

> 自中朝貴玄，江左稱盛，因談餘氣，流成文體。是以世極迍邅，而辭意夷泰，詩必柱下之旨歸，賦乃漆園之義疏。〔註2〕

首先論述玄學興於西晉，到東晉更為興盛。東晉文體受到清談餘氣的影響，其結果是：無論詩歌賦體之創作，內容都以老莊思想為依歸、為典範。由於東晉人士面臨國家衰敗，兩都城垣傾圮，異族入主中原等諸多因素，衍生許多痛苦與失落。玄學崇尚虛無，深奧精微的思想，正提供他們尋求精神解脫的良方，因此形成「世極迍邅，而辭意夷泰」的創作風氣。世局困頓艱難，創作風氣卻傾向於舒緩慢調之閒適，即使辭意「夷泰」，但是受限於整個時代環境的轉變，文壇的創作風氣不免染上一層憂慮焦灼的心理，此時寬舒安暇的心境還帶著戒慎恐懼，真正的閒適還未深植心底。劉勰《文心雕龍．明詩》有其論述：

> 江左篇製，溺乎玄風，嗤笑徇務之志，崇盛忘機之談……所以景純〈仙篇〉，挺拔而為俊矣。宋初文詠，體有因革，老莊告退，而山水方滋。〔註3〕

劉勰以為山水詩的緣起是受《莊》、《老》、玄學浸濡的玄學詩式微有關，繼之談玄說理中有寄託山水意象的詩歌，才獨立成為一種詩類。中國

〔註2〕南朝梁．劉勰撰，周振甫注：《文心雕龍．時序》，臺北：里仁書局，1985年，頁686。

〔註3〕南朝梁．劉勰撰，周振甫注：《文心雕龍．明詩》，臺北：里仁書局，1985年，頁68。

詩歌發展史上，論及山水、田園詩的興起，創作者真正以山水為主角，要到南朝劉宋時期有意識地摹山寫水，並使其獨立成為一種文學類型。

第一節　白居易詩歌閒適意象創作之開展

詩歌閒適中的意象性以及主體（作者）與客體（物）等論點，本論文分別從其主題、題材、形式和語言風格等面向，來分析行旅官職類，心遊於物之書寫文本，並探究閒適意象創作開展，詩歌創作打破了人生的僵局，能和自我內在對話，藉由追尋經典故事與人物的靈魂，進而轉化成自己創作的力量，歸納出文本所呈現的風格特色。就深層意義而言的閒適精神，強化了白居易所說的：「知足保和，吟翫情性」的特質。就「官職類」的閒適精神來說，「知足保和」的體現，主要來自居高位憂慮畏懼的心境，或得自居位卑者不得已的情境寫照。

長慶元年（821）二月，白居易在長安新昌坊，買了一所住宅，實現了他多年的宿願。宅院不夠寬大，這是自謙之詞，雖然沒有元宗簡在升平坊住宅的闊氣，〈題新居寄元八〉：「階墀寬窄纔容足，強壁高低粗及肩」〔註4〕，實際上院落不小，階前有十棵松樹，高的有三丈多，低的也有一尺。白居易在長安有了自己的住宅，是非常滿意的，〈卜居〉流露其情：「遊宦京都二十春，貧中無處可安貧。長羨蝸牛猶有舍，不如碩鼠解藏身。且求容立錐頭地，免似漂流木偶人。但道吾廬心便足，敢辭湫隘與囂塵。」〔註5〕長慶元年（821），白居易在長安，創作〈竹窗〉顯其意境與意象：

> 常愛輞川寺，竹窗東北廊。一別十餘載，見竹未曾忘。今春二月初，卜居在新昌。未暇作廄庫，且先營一堂。開窗不糊紙，種竹不依行。意取北簷下，窗與竹相當。遶屋聲淅淅，逼人色蒼蒼。煙通杳靄氣，月透玲瓏光。是時三伏天，天氣

〔註4〕謝思煒校注：《白居易詩集校注》，頁1519。
〔註5〕謝思煒校注：《白居易詩集校注》，頁1518。

熱如湯。獨此竹窗下，朝回解衣裳。輕紗一幅巾，小簟六尺牀。無客盡日靜，有風終夜涼。乃知前古人，言事頗諳詳。清風北窗臥，可以傲羲皇。〔註6〕

若就「閒適類」的閒適精神來說，「知足保和」的呈現主要源於人與自然的和諧，取用自然，外在的幽寂閒境造就心靈的閒適。長慶二年（822），白居易離開長安到杭州任刺史，想著在長安新昌坊，買了一所住宅，〈思竹窗〉詩有：「不憶西省松，不憶南宮菊。惟憶新昌堂，蕭蕭北窗竹。窗間枕簟在，來後何人宿？」〔註7〕以詩表達那一段生活清閒自適：「乃知前古人，言事頗諳詳。清風北窗臥，可以傲羲皇。」不若「開窗不糊紙，種竹不依行。意取北簷下，窗與竹相當。遶屋聲淅淅，逼人色蒼蒼。煙通杳靄氣，月透玲瓏光。」之意境幽遠，意象蔓生。白居易對竹窗繞屋，淅淅蒼蒼，煙通月透難以忘懷，以大自然微妙自成心靈饗宴。在長慶元年（821），長安時，白居易〈西掖早秋直夜書意〉書寫自然隱含知足：

涼風起禁掖，新月生宮沼。夜半秋暗來，萬年枝蜴蜴。炎涼遞時節，鐘鼓交昏曉。遇聖惜年衰，報恩愁力小。素餐無補益，朱綬虛纏繞。冠蓋棲野雲，稻粱養山鳥。量力私自省，所得已非少。五品不為賤，五十不為夭。若無知足心，貪求何日了？〔註8〕

詩句言簡意賅，意寓深遠。詩歌裡表達人要有知足之心，才能擺脫煩惱，才能閒居泰適。白居易五十歲時，擔任中書舍人。他做官做到五品官，不為下賤；人活到五十而死，不為夭折。若沒有知足之心，那必將是貪得無厭，永無止息。當時朝中有牛李黨爭日趨尖銳，白居易的許多朋友捲入，各樹朋黨，彼此傾軋，連他最好的朋友元稹，也急於進取，不擇手段，勾結宦官，排擠有功於朝廷的宰相裴度，引起他的不滿。白

〔註 6〕謝思煒校注：《白居易詩集校注》，頁 890。
〔註 7〕謝思煒校注：《白居易詩集校注》，頁 666。
〔註 8〕謝思煒校注：《白居易詩集校注》，頁 887。

居易處此境地，左右為難，十分傷心，曾上書穆宗，穆宗又不採納他的意見，於是心灰意冷，體悟到官場的黑暗，曾發出「宦途氣味已諳盡」的感歎。詩歌裡反映了這種情緒，感到無所作為，退而求其次，以知足保和之心，撫慰心煩意亂的情境。

綜觀白居易詩歌閒適，白氏不論是處於京城官、地方官或退居山林之中，若能有「知足保和」的心態，皆能創作出閒適意蘊的詩作。閒適詩的界定也不脫此範圍，因而將以這套理論，依據白氏歷時創作的詩歌，檢視是否有合乎閒適意味的作品。由於白氏之前並無「閒適」類詩作的區分，因而考察白氏之前的閒適詩作，其詩作必定分散在各種類型當中，究其實白氏詩歌閒適創作時，並非限定在某一種詩類，而是以創作詩歌閒適的精神與態度為取向。

白居易杭州五千里，舟行經過江州，預計停留數日，他在江州住了四年，往日的情景，一時湧上心頭，大有遠客歸來之感。江州的人們，聽說白居易來了，都想看看闊別已久的白司馬，人們來到江邊：「醉客臨江待，禪僧出郭迎」〔註 9〕，白氏另一方面到處暢遊，很想看看景色有無變化，詩歌〈重到江州感舊遊題郡樓十一韻〉：「……青山滿眼在，白髮半頭生。又校三年老，何曾一事成？重過蕭寺宿，再上庾樓行。雲水新秋思，閭閻舊日情。郡民猶認得，司馬詠詩聲。」〔註 10〕白氏在元和十年（815）赴江州司馬任，元和十五年（820）自忠州刺史返，與長慶二年（822）赴杭州刺史任的三次行於商山道的經驗，於商山道上汲汲於名利的白氏，一生在商山道上的往返並不僅於這三次，他多次的往返，顯示商山道與他關係非常密切，白氏在商山道上的創作，其呈現的自然景物取向，就是他人格意志的表達，鋪陳行跡的道路和白氏本身的契合度甚高。詩歌〈登商山最高頂〉記錄著：

> 高高此山頂，四望唯煙雲。下有一條路，通達楚與秦。或名誘其心，或利牽其身。乘者及負者，來去何云云。我亦斯人

〔註 9〕謝思煒校注：《白居易詩集校注》，頁 1590。
〔註 10〕謝思煒校注：《白居易詩集校注》，頁 1590。

徒，未能出囂塵。七年三往復，何得笑他人。〔註11〕

隨著南方文化經濟的繁榮，愈來愈多的士子前往京城謀求功名，也因此許多官商前往南方謀求利益，聯繫南北的商山道，成為一條不折不扣的「名利道」。唐代有許多詩人都在此道上留下詩作，透過〈登商山最高頂〉，可知白居易在商山道曾經多次往返。

唐代的科舉制度形成士子大家族的沒落，與平民寒士的崛起。到山林讀書的人，尤其是貧寒者大多寄宿在寺院，一方面可以利用寺院收藏的圖書，一方面利用寺院幽靜的環境，甚至可以更進一步聽寺僧講學。白居易舟行經過江州，還特地遊廬山，探看他營造的遺愛草堂，還在那住了一夜。白氏對於草堂印象是極為深刻的，因為他在江州司馬任期，有一半時間都是在草堂度過。他經常出入山林深寺，當然熟知廬山東林寺，在江州經歷許多事情，還有使他難以忘懷的，是在草堂燒過丹藥，儘管沒有燒煉成功，但他曾親眼看過奇幻景象，他一直牢牢記在心裡，且覺得非常新奇。〈同微之贈別郭虛丹煉師五十韻〉詩中提到：「……泥壇方合矩，鑄鼎圓中規。爐橐一以動，瑞氣紅輝輝。齋心獨歎拜，中夜偷一窺。……簡寂館鐘後，紫霄峰曉時。心塵未淨潔，火候遂參差。萬壽覬刀圭，千功失毫釐。先生彈指起，姹女隨煙飛。始知緣會間，陰隲不可移。藥灶今夕罷，詔書明日追。……」〔註12〕這是寫給郭虛丹的詩，追敘描寫得非常真切，今日看見煉丹舊跡，由衷感嘆。草堂周邊景致猶美，卻不能久住，只得悻悻然離開。長慶二年（822），白氏創作〈題別遺愛草堂兼呈李十使君〉，可以看出他的依依之情：

曾住爐峰下，書堂對藥臺。斬新蘿徑合，依舊竹窗開。砌水親開決，池荷手自栽。五年方暫至，一宿又須回。縱未長歸得，猶勝不到來。君家白鹿洞，聞道亦生苔。〔註13〕

〔註11〕謝思煒校注：《白居易詩集校注》，頁671。
〔註12〕謝思煒校注：《白居易詩集校注》，頁1664。
〔註13〕謝思煒校注：《白居易詩集校注》，頁1593。

李渤當時是江州刺史，李渤與白居易熟識，對於白氏的到來，自然是熱情接待。詩中提到李渤雖是廬山白鹿洞的人，長年也都無法回家，家中已生滿綠苔，敘述著人常常為了功名利祿奔波，往往不能自主。詩歌含有離情依依，卻傳達出一種思維：李渤就像所有曾經被貶至南方的詩人一樣，充滿惆悵易感的心情。白居易不由自主地想起元和十年（815）赴江州司馬任的心情寫照，其詩〈初貶官過望秦嶺〉：「草草辭家憂後事，遲遲去國問前途。望秦嶺上回頭立，無限秋風吹白鬚。」〔註 14〕抒發了白氏竭誠事君，反遭讒譭被逐的感慨。「草草辭家」指出當時實際情況，「遲遲去國」則是當時的心情寫照。從文學表現的角度看，這首七絕語言平易，卻一氣呵成，細細品味，用字造語極為準確，前兩句對仗工穩，在相互對照中極深刻地揭示出了白氏當時複雜的心情。最後刻畫出自己與京城漸行漸遠，難以割捨之情因而登高回眸長安，秋風吹拂白鬚的形象，道盡了貶謫官吏可能會遭遇的淒涼處境，無限情意蘊藏在這幅自畫像中。戴偉華〈南貶作家的創作傾向和柳宗元作品的「騷怨」〉一文中提到：

> 唐代官吏貶謫一般都貶往南方，儘管安史之亂後，南方的經濟之於北方有了常足發展，因此而刺激了南方文化的發展，但以仕為人生價值體現的古代知識分子，仍然嚮往著政治中心所在的地方。有時因為生活所計請求外放江南（多指富庶地區），但一位官吏終老於南方，仍然算是一生中最大的悲劇。何況南貶都是到所謂惡地，那裡的經濟、文化仍然是非常落後的。〔註 15〕

初踏上貶謫之路的白居易，心情的苦悶可想而知。透過他被貶謫至江州任司馬沿途所寫下的幾首紀行詩，無論是生活處境或是人生理想，這都與他在京城時有著強烈的對比，情致真切如實反映在詩作。唐曉敏《中唐文學思想研究》：

〔註 14〕謝思煒校注：《白居易詩集校注》，頁 1211。

〔註 15〕《唐代文學叢稿》，學生書局，1999 年，臺北，頁 91～92。

人情感的強烈程度往往與人的遭際有密切的關係。強烈的情感往往源於強烈的對比。首先是生活境況的鮮明對比，如果生活中缺少變化，人就難於有豐富強烈的情感。其次也源於自己心中理想與現實的對比。當個體心中有這高遠理想之時，這種理想即與現實形成一種強烈的對比。在這種對比中，「平凡」的現實，也可以令個體產生豐富的感受。〔註16〕

元和十年（815），詩〈微雨夜行〉描寫白居易自長安赴江州途中：「漠漠秋雲起，稍稍夜寒生。但覺衣裳濕，無點亦無聲。」〔註17〕另外白氏在江州路上作〈舟行〉，雖是舟行免去人馬困頓之苦，但觀察白氏詩其中詩句，仍是抑鬱憂悶絲毫輕鬆不得。夜裡行舟，月暈而風，潤礎無雨，寒意愈深，驚覺外衣濕潤。刻劃人物在時空裡，閒眠與飽食的意象，即使遠謫滄浪意，還是要炊稻烹紅鯉：

帆影日漸高，閑眠猶未起。起問鼓枻人，已行三十里。船頭有行灶，炊稻烹紅鯉。飽食起婆娑，盥漱秋江水。平生滄浪意，一旦來遊此。何況不失家，舟中載妻子。〔註18〕

白居易是善於自作解脫的詩人，詩作偶然帶有憂悶抑鬱，與其憂怨苦楚，損性傷身，不如沉溺酒鄉，泯滅悲喜，得樂且樂，這樣反倒更自由、更灑脫。於是，他為自己選擇了一條與屈原大異其趣的獨善之路。白氏〈詠懷〉詩提到屈原：

自從委順任浮沈，漸覺年多功用深。面上減除憂喜色，胸中消盡是非心。妻兒不問唯耽酒，冠蓋皆慵只抱琴。長笑靈均不知命，江蘺叢畔苦悲吟。〔註19〕

白居易有很深的屈原情節，對於屈原身世是同情的，對其精神也是讚揚的，但他並非像劉禹錫、柳宗元那樣，帶著滿腔的激情，對於屈原的

〔註16〕唐曉敏：《中唐文學思想研究》，北京：北京師範大學出版社，2000年，頁217。

〔註17〕謝思煒校注：《白居易詩集校注》，頁816。

〔註18〕謝思煒校注：《白居易詩集校注》，頁590。

〔註19〕謝思煒校注：《白居易詩集校注》，頁1308。

身世表現出極大的讚嘆，對其作品極力效法，故而將自己的遭遇與創作融為一體，表現出巨大的憂憤情懷。白氏則是非常理智，既對屈原忠直的精神與苦志的追求表示認可，但並不學習屈原執著的意志。白氏獨善的思想，使其歸趣上與屈原完全不同，他對於屈原的經歷與精神，更多的是慨嘆，很少效法。為了加強慨嘆的力量，他還將屈原與賈誼相提並論。〔註20〕

白居易被貶到江州後，生活產生極大的變化，宗教成為慰藉心靈的良藥。他接觸佛教並受到影響，據《唐代文學與佛教》中，日人平野顯照認為：「從白居易的作為當中，可以看出在貞元十六、七年左右，他在精神上已顯著地傾向佛教。」〔註21〕當時江州之廬山又是佛教勝地，白氏與名僧的交往非常頻繁，在佛教的信仰裡，有了更上層樓的體悟。根據謝思煒在《白居易集綜論》中的說法：「此時的白居易在佛教的信仰上，和從前比較之後，至少有三方面的改變：一是開始對西方淨土表示嚮往；二是大量閱讀寺院藏經閣中之佛教經典，對佛教的認識有相當的提昇；三是與廬山附近的隱士交往，對隱居生活表現出從未有過的興趣。」〔註22〕白氏終其一生，都十分珍惜與重視這個階段的際遇，即使在離開江州之後，他仍與此階段所交往的人，保持密切的書信往來。這樣的轉變對他以後的生活，產生極大的影響，甚至種下日後將詩文集藏於江州附近廬山東林寺的因緣種子。孫昌武在〈白居易的佛教信仰與生活態度〉一文中表示：

> 白居易的佛教信仰，是他整個世界觀的一個嚴重的消極方面。他在政治鬥爭中漸趨消極，人生態度漸趨頹唐，創作中滋長著越來越強烈的脫離現實，追求閒適的傾向，都與越來

〔註20〕其〈讀史〉五首之一便是，見謝思煒校注：《白居易詩集校注》，北京：中華書局，2009年11月第二次印刷，頁202～210。

〔註21〕日人平野顯照：《唐代文學與佛教》，臺北：業強出版社，1987年，頁23。

〔註22〕唐．白居易著，謝思煒校注：《白居易集綜論》，北京：中國社會科學，1997年，頁273～278。

越深重的佛教的浸染有很大關係。〔註23〕

唐代在永貞革新失敗之後，緊接著甘露之變，人們從政治上的失意，轉而成政治上的恐懼，全身遠禍的觀念是當時普遍的想法。白居易回到長安擔任中書舍人，眼看當時的宰相王播、蕭俛、杜元穎、崔植等人不斷地主張對河北削減兵力，消極主和。白氏上書主張用兵，不被穆宗接受，於是在長慶二年七月，要求外任杭州刺史。

唐代的杭州，屬江南東道，地勢山奇水秀，而且也是東南大郡。白居易深感責任重大；所以他在〈杭州刺史謝上表〉向穆宗說：「……臣猶自知，況在天鑒，忝非土木，如履冰泉。合當鼎鑊之誅，尚忝藩宣之寄，才小官重，恩深責輕，欲答生成，未知死所。唯當夙興夕惕，焦思苦心，恭守詔條，勤卹人庶，下蘇凋瘵，上副憂勤。萬分之恩，莫酬一二，仰天舉首，望闕馳心。……」〔註24〕白居易開始工作後確實是兢兢業業不敢懈怠，〈初領郡政衙退登東樓作〉：「鰥煢心所念，簡牘手自操。何言符竹貴，未免州縣勞。」〔註25〕又如〈郡亭〉：「平旦起視事，亭午臥掩關。除親簿領外，多在琴書前。」〔註26〕就在白居易到杭州時，錢徽正任湖州太守，李諒是蘇州太守，杭、蘇、湖三州鼎足而立，而且都是比較富庶的州郡。錢徽、李諒本是白居易老友，故以詩戲之。〈初到郡齋寄錢湖州、李蘇州〉有句云：「霅溪殊冷僻，茂苑太繁雄。唯此錢塘郡，閑忙恰得中。」〔註27〕霅溪，是湖州的代稱；茂苑，蘇州的代稱。詩中白居易特意和他們打趣說，偏說杭州是既不冷寂也不鬧熱，恰到好處。長慶二年（822），白居易自長安至杭州途中，創作〈長慶二年七月自中書舍人出守杭州路次藍溪作〉：

〔註23〕孫昌武：《唐代文學與佛教》，〈白居易的佛教信仰與生活態度〉，頁115。

〔註24〕唐·白居易著，謝思煒校注：《白居易文集校注》，北京：中華書局，2019年8月第二次印刷，頁1340。

〔註25〕謝思煒校注：《白居易詩集校注》，頁678。

〔註26〕謝思煒校注：《白居易詩集校注》，頁681。

〔註27〕謝思煒校注：《白居易詩集校注》，頁1597。

太原一男子，自顧庸且鄙。老逢不次恩，洗拔出泥滓。既居可言地，願助朝廷理。伏閤三上章，戇愚不稱旨。聖人存大體，優貸容不死。鳳詔停舍人，魚書除刺史。冥懷齊寵辱，委順隨行止。我自得此心，於茲十年矣。餘杭乃名郡，郡郭臨江汜。已想海門山，潮聲來入耳。昔予貞元末，羈旅曾遊此。甚覺太守尊，亦諳魚酒美。因生江海興，每羨滄浪水。尚擬拂衣行，況今兼祿仕。青山峰巒接，白日煙塵起。東道既不通，改轅遂南指。自秦窮楚越，浩蕩五千里。聞有賢主人，而多好山水。是行頗為愜，所歷良可紀。策馬度藍溪，勝遊從此始。〔註28〕

詩中所謂「青山峰巒接，白日煙塵起。東道既不通，改轅遂南指。」遠處山巒連接，戰亂煙塵已是結束。所謂的「東道既不通，改轅遂南指」指的是汴州軍亂說的。第一天晚上住在藍橋驛，離長安七十里。白居易〈宿藍橋對月〉詩裡有：「昨夜鳳池頭，今夜藍溪口。」〔註29〕他當時的思想，已對朝政改革失去信心，覺得只有在職權範圍內為人民盡點心力，得償宿願。他對宦海官腔裡浮沉感到有些厭倦，〈馬上作〉：「一列朝士籍，遂為世網拘。高有罾繳憂，下有陷阱虞。每覺宇宙窄，未嘗心體舒。」〔註30〕於是決定這次外任到了杭州，及時行樂為先。所以他又說：「杭州五千里，往若投淵魚。雖未脫簪組，且來泛江湖。吳中多詩人，亦不少酒酤。高聲詠篇什，大笑飛杯盂。」〔註31〕當下同時也決定為人民做點事情，然後閒居泰適引退。白氏說的引退，只是辭去官職，並非真正離開政治人際圈。長慶二年（822），白居易〈初下漢江舟中作寄兩省給舍〉：

秋水淅紅粒，朝煙烹白鱗。一食飽至夜，一臥安達晨。晨無

〔註28〕謝思煒校注：《白居易詩集校注》，頁653。
〔註29〕謝思煒校注：《白居易詩集校注》，頁660。
〔註30〕謝思煒校注：《白居易詩集校注》，頁667。
〔註31〕謝思煒校注：《白居易詩集校注》，頁667。

朝謁勞，夜無直宿勤。不知雨掖客，何似扁舟人？尚想到郡日，且稱守土臣。猶須副憂寄，恤隱安疲民。期年庶報政，三年當退身。終使滄浪水，濯吾纓上塵。〔註32〕

詩中提到所謂：「期年庶報政，三年當退身」就是要一年之內在政績上有所成效。白居易正是懷著這兩個願望，請求外任到杭州的。白居易自長安至杭州途中，常常思念李建，特別是走到內鄉縣的南亭時，想起前年（820）他與李建、崔韶自外郡召歸，同出此路，現在兩君已逝，只剩他一人南行，感到空虛：「此生都是夢，前事旋成空」，過了內鄉不遠，遇見張籍奉使從襄陽回來，摯友相逢，十分高興。張籍是在長慶二年（822）三月除水部員外郎的，當時白居易曾有詩相賀。張籍答詩有句云：「最幸紫薇郎見愛，獨稱官與古人同」，紫薇郎即中書舍人別稱。當時張籍時間特別緊迫，他從悟真寺的山下匆匆走過，都無法到廟裡看看，只得過門不入。張籍〈使行望悟真寺〉：「採玉峰連佛寺幽，高高斜對驛門樓。無端來去騎官馬，寸步教身不得遊。」〔註 33〕這一天晚上，他們同宿客亭話舊，忽有夜夢歸鄉之感。

這個時候，白居易的心境與思想是較為平靜，他遠離朝廷，覺得卸下責任，解除了拘束。元和十年（815），白居易到江州的初期，思想非常不穩定，他曾對自己比喻：「傷禽側翅驚弓箭，老婦低顏事舅姑」〔註 34〕對他的人生是一個特別的轉折。在此之前，他熱衷於朝政，展現士大夫的擔當。在此之後，他把更多的精力都放到詩詞散文創作中。白居易的詩歌創作論的系統化，不是一蹴而成，他一邊創作、一邊研究、討論逐步形成的。元和十年（815）入冬之後，心情漸漸平靜下來，或許是接到元稹的〈敘詩寄樂天書〉，引起了他對詩歌問題的思考。他回溯了古代詩歌創作的發展軌跡，並結合自己創作實踐，闡明對詩歌創作的意見，形成了比較完整的「詩論」，這就是有名的〈與元九書〉。

〔註32〕謝思煒校注：《白居易詩集校注》，頁 674。
〔註33〕清．彭定求等編校：《全唐詩》卷 386。
〔註34〕謝思煒校注：《白居易詩集校注》，頁 1265。

特別是他與元稹的切磋琢磨，互相砥礪，對於詩的見解有很大的助益。針對不同的意見與看法，創作〈與元九書〉，表明自己對某些問題的認識，白氏並不直接反駁元稹，是以商量的語氣提出自己的主張。他說：

> 僕既受足下詩，又諭足下此意，常欲承答來旨，粗論歌詩大端，並自述為文之意，總為一書致足下前。累歲已來，牽故少暇，間有容隙，或欲為之；又自思所陳，亦無出足下之見，臨紙復罷者數四，卒不能成就其志，以至于今。今俟罪潯陽，除盥櫛食寢外無餘事，因覽足下去通州日所留新舊文二十六軸，開卷得意，忽如會面，心所畜者，便欲快言，往往自疑，不知相去萬里也。既而憤悱之氣思有所洩，遂追就前志，勉為此書。足下幸試為僕留意一省。〔註35〕

白居易讓自己的身心獲得「身安閒」、「心歡適」，心境顯得非常恬靜，思想也產生轉變。他之所以產生這種對人生的看法，應該和他的年齡已超過五十歲與宗教信仰很有關係。他認為「人生百年內，疾速如過隙」，在〈詠懷〉：「歲去年來塵土中，眼看便作白頭翁。如何辦作歸山計，兩頃村田一畝宮」〔註36〕〈馬上作〉：「五十未全老，尚可且歡娛。用茲送日月，君以為何如。秋風起江上，白日落路隅。回首語五馬，去矣勿踟躕。」〔註37〕人生當中，於是滋長了一種活於當下，及時行樂的思想。這種思維模式，在他五十歲以後的二十五年中，始終影響他對人事物的看法與見識。

第二節　白居易詩歌雅趣閒適之意象

閒適，以自我為出發，能在平凡無奇的事物中，在自然的理則裡找到物趣，這完全是中國傳統清高名士的思想反映。閒適，若從休閒的

〔註35〕唐．白居易著，謝思煒校注：《白居易文集校注》，北京：中華書局，2019年8月第二次印刷，頁321～322。

〔註36〕謝思煒校注：《白居易詩集校注》，頁1081。

〔註37〕謝思煒校注：《白居易詩集校注》，頁667。

角度來看，對身心所帶來的正面效果相當多，並能調節負面壓力產生正向的調適結果，來維持身心健康，更進一步指出人們為因應日常生活的各種壓力，而產生休閒調適和認知，會藉由參與休閒作為改善壓力，而產生休閒和身心健康的方式。

閒適，帶有一種憂患的苦寂，清冷的澀味，白居易或身處亂世的年頭或避居山林，看似平淡灑脫的外衣裡，盡是旁人無法理解的苦悶，其實他並未完全消除傷時憂國之心，只是帶著幾分對民族、歷史和自我宿命的感傷，在寂寞的不寂寞氛圍裡苦中作樂罷了。適當的休閒活動生活，或能舒解壓力，或能讓人在短暫的壓力中解脫，但若是一種優雅、儒雅的閒適，透過白氏成熟、鎮靜、客觀之眼來觀察生活裡的尋常與喜怒哀樂的人事物百態，或許苦澀、清冷、寂寞自然轉化為

溫暖，白氏從中獲得到永恆的愛與堅持，字裡行間煥發出理性的光采。本論文以閒適的生活雅趣做為主題，來研究白氏的主觀審美，如何提升自己與自信的培養，所建立的詩歌閒適意象。

一、風雅之閒適意象

長慶三年（823），白居易在郡政已上軌道，時間稍閒，他的心情也比往年平靜，再加上欣欣向榮的春意，身心靈感到特別的舒暢，但是有時也會想到紛紛擾擾的長安，爭奪名利。「寵者防悔尤，權者懷憂畏」，白居易對於那種生活和行為，感到有些厭倦，對於當前的境遇感到十分閒適。即便浪遊四方，他都能善於自處，從幽暗晦澀的谷裡，創造自然香氣的氛圍，他在長慶三年（823），入春時分與朋友出外遊賞，他確實懂得欣賞杭州的自然美，能夠發現一般人所無法領略的景色。長慶三年（823），杭州〈立春後五日〉：

> 立春後五日，春態紛婀娜。白日斜漸長，碧雲低欲墮。殘冰坼玉片，新萼排紅顆。遇物盡欣欣，愛春非獨我。迎芳後園立，就暖前簷坐。還有惆悵心，欲別紅爐火。〔註 38〕

〔註 38〕謝思煒校注：《白居易詩集校注》，頁 684。

詩歌裡描寫春天的景致，姿態紛呈多樣，日照斜長裡的雲層堆疊欲墜，春草花開在河岸邊，人與春景似乎被風吹著走，一路上晃動搖盪，各有姿態。「殘冰坼玉片，新萼排紅顆。遇物盡欣欣，愛春非獨我。」沒有融化的冰塊在瓦片上堆著，樹枝新芽紅花綻放。想像著東風解凍，河裡的冰開始融化，魚群像是負著碎冰在水面游著，像是人生所遇到的困境，必定負重前行，才知道什麼是歲月靜好。眼前所見萬物欣欣向榮，春天景致任誰看了都萬般歡喜，彷彿回到大自然的懷抱，心情自然會得到抒發。宋人程顥〈春日偶成〉：「雲淡風輕近午天，傍花隨柳過前川。時人不識餘心樂，將謂偷閒學少年。」〔註39〕彷彿回到元氣滿滿的少年時光，誠如王國維〈曉步〉：「興來隨意步南阡，夾道垂楊相帶妍。萬木沉酣新雨後，百昌甦醒曉風前。四時可愛唯春日，一事能狂便少年。我與野鷗申後約，不辭旦旦冒寒煙。」其中興來隨意步南阡，春天的風和雨潤，喚醒了冬蟄的大地，夾道垂楊相帶妍，蓬勃的生機隨處可見。難怪王國維要說：「四時可愛唯春日」，春天為人們帶來無限希望，也回憶年少時候的情境。

白居易在杭州刺史任內，心境已稍為閒適慢調，對於宗教信仰仍一如往常，立春後因緣佛教往遊靈隱禪寺，寺在靈隱山南麓，離杭州城約四十里。寺甚宏廣，樓閣殿堂，雕梁畫棟，僧眾三千，肅穆威嚴。成為江南地區的佛教名剎。寺院的附近山畔鄰邊，清泉澗水，隨處建有亭堂庵院。他在杭州刺史任內，見杭州有六口古井因年久失修，便主持疏濬六井，以解決杭州人的飲水問題。他又見修堤蓄積湖水，以利灌溉，他查明城中六井與湖水相通，一方面清除堵塞之物，一方面整修井壁，使井水常足。這對杭州的市民來說，舒緩旱災所造成的危害，解決了生活中的一件大事。他創作〈錢塘湖石記〉，將治理湖水的政策、方式與注意事項，刻石置於湖邊，供後人知曉，對後來杭州的治理湖水有很大的影響。離任前，白居易將一筆官俸留在州庫之中作為基金，以供後來

〔註39〕清・吳之振、呂留良、吳之牧選，清・管庭芬、蔣光煦補：《宋詩鈔・明道集》，北京：中華書局，1995年1月。

治理杭州的官員公務上的周轉，事後再補回原數。杭州這個地方，往往春天多雨，秋天乾旱，如果堤防修築得合乎規格，雨季及時蓄水，旱季及時放水澆田，那麼錢塘湖附近一千多畝的農田就不會有荒年了。西湖有白堤，兩岸栽種有楊柳，後世誤傳這即是白居易所修築的堤，而稱之為「白公堤」。事實上這道「白堤」在白居易來杭州之前已經存在，當時稱為「白沙堤」，且見於白居易的詩作之中。長慶三年（823），杭州〈錢塘湖春行〉有提到白沙堤：

孤山寺北賈亭西，水面初平雲腳低。幾處早鶯爭暖樹，誰家新燕啄春泥？亂花漸欲迷人眼，淺草才能沒馬蹄。最愛湖東行不足，綠楊陰裏白沙堤。〔註40〕

整首詩寫出了白居易對西湖的喜愛和讚歎之情。白氏全面著眼，描繪了湖上蓬勃的春意，並善於在行進途中展開景物描寫，選取了典型與分類排列相結合：中間寫鶯、燕、花、草四種春天最常見的春色景物，禽類、動物與植物選擇組合，獨具匠心。還善於把握景物特徵，運用最具有表現力的詞彙加以描繪和渲染。長慶四年（824）正月，白氏讀到李諒寄來的〈元日郡齋感懷詩〉，不勝感慨，引起無限愁思。答詩有句：「杯前笑歌徒勉強，鏡裡形容漸衰朽」，可以想見白氏當時的心情低落。然而，西湖的景色再美，也會有不盡人意之處，但是在白居易的眼中，它無疑是天下最美的景致，因為他不但善於觀察，而且更善於發現和體驗。

當他看到杭州城內市民歡度元宵節的盛況，內心也非常喜悅。他從這些盛況裡，看到自己的政績；使他更進一步理解到杭州的美好，〈正月十五夜月〉：「歲熟人心樂，朝遊復夜遊。春風來海上，明月在江頭。燈火家家市，笙歌處處樓。無妨思帝里，不合厭杭州。」〔註41〕當時，浚井增堤的工程，正在城內和湖上分頭進行，白氏常常到工地，雖然身為封建社會的士大夫，對於勞動的人民，卻能夠特別重視，關心

〔註40〕謝思煒校注：《白居易詩集校注》，頁1614。
〔註41〕謝思煒校注：《白居易詩集校注》，頁1644。

他們。湖光山色映入眼簾，詩歌裡流露了閒情。長慶四年（824）春，創作〈春題湖上〉：

> 湖上春來似畫圖，亂峰圍繞水平鋪。松排山面千重翠，月點波心一顆珠。碧毯線頭抽早稻，青羅裙帶展新蒲。未能拋得杭州去，一半勾留是此湖。〔註 42〕

這是一首著名的杭州西湖春景詩，詩中「松排山面千重翠，月點波心一顆珠」，寫出尋常日子如此愜意，繼而「碧毯線頭抽早稻，青羅裙帶展新蒲」的春意初萌，彷彿春日呢喃。白居易於唐穆宗李恆長慶二年（822）七月，出任杭州刺史，十月到任，至長慶四年五月底離杭赴洛陽任所，此詩即作於作者卸杭州刺史任之前夕，大約是唐代長慶四年（824）春。白氏在杭州仕期將滿，就要離開之前的創作。長慶四年（824），有詩敘述即將離開的心情，〈晚興〉：「草淺馬翩翩，新晴薄暮天。柳條春拂面，衫袖醉垂鞭。立語花堤上，行吟水寺前。等閑消一日，不覺過三年。」〔註 43〕當時為了逃避朝廷激烈黨爭的政治漩渦，自求出守杭州。其後的詩作，不免流露出離開了是非之地的輕鬆愉快心情。這首詩則因屆滿將歸，滋生悵惘的依依惜別情。首句鳥瞰西湖春日景色，謂其似「畫圖」，接著透過詩的前三聯繪景，尾聯抒情，全詩則情景交融，物我合一。

白居易以具有如此濃厚情感色彩的字眼入詩，並非偶然。白居易在孩童時代，曾立志要到杭州做官，心願得償，自然為之欣喜，其對杭州的深情可見。此詩不僅是白居易山水詩中的佳構，亦是歷代描寫西湖詩中的名篇之一。詩句中：「碧毯線頭抽早稻，青羅裙帶展新蒲」，出人意表地把筆墨轉到對農作物的體察上。一般在山水詩中嵌入農事，若寫得不好，則會雅俗相悖，很不協調。白氏卻別出心裁地把農事詩意化了：早稻猶碧毯上抽出的線頭，新蒲像青羅裙上的飄帶，如此精妙新奇的比喻，體現出白居易對西湖地區人民的關懷。正是這位自幼嚮

〔註 42〕謝思煒校注：《白居易詩集校注》，頁 1812。
〔註 43〕謝思煒校注：《白居易詩集校注》，頁 1648。

往杭州的白刺史，一到任便體恤民瘼，浚井供飲，把杭州變成了人間天堂，從而銘記德惠。

〈春題湖上〉在詩的寫作上，也具有一種變化格，一種可貴的妙語新意，比白居易描繪西湖的另一名篇，描景寄情，濃郁的春意，具足強烈的自然之美，白氏把感情寄託在景色中，詩中字裡行間流露著喜悅輕鬆的情緒和對西湖春色細膩新鮮的感受。〈春題湖上〉立意更加新穎，語言益見精妙。這首詩的結構曲折委婉，別有情致，特別是最後兩句以「不捨」意味作結，有言：「一半勾留」，言外當有餘情。〔註 44〕一千多年後的今天，西湖早已是馳名中外的湖山形勝之地，此詩亦不脛而走，值得玩味的是：如今西湖十景中的「平湖秋月」、「蘇堤春曉」、「三潭印月」等景觀的命名，很可能是從這首〈春題湖上〉中的相應詩句衍化而來的。又長慶三年（823），〈杭州春望〉：

> 望海樓明照曙霞，護江堤白踏晴沙。濤聲夜入伍員廟，柳色春藏蘇小家。紅袖織綾誇柿蔕，青旗沽酒趁梨花。誰開湖寺西南路，草綠裙腰一道斜。〔註 45〕

白居易緊扣題目的「望」字。詩中原注：「城東樓名望海樓」，又杭城臨錢塘江，故築堤。次聯轉過一層，始引出顯著的季節特徵：春潮洶湧，夜濤摩蕩，聲響直振吳山頂的伍公廟；柳枝掩映，蘇小家正當新綠深處，春光似乎就凝結在她如花的年華和火一般的熱情裡……，如此地

〔註 44〕《唐宋詩醇》：那麼其「言外餘情」是什麼呢？這得聯繫作者的有關行跡和創作來探尋。除杭州刺史之前，白居易原在長安任中書舍人。面對國是日荒，民生益困的現實，屢屢上書言事而不被採納，眼見時局日危，朋黨傾軋加劇，便自求外任，來到杭州。這是問題的一方面，另一方面是他認為做隱士不好，做京官也不好，只有做杭州刺史閒忙得當，正合其意，即所謂「口溪殊冷僻，茂苑太繁雄。唯此錢塘郡，閒忙恰得中。」這話是出自〈初到郡齋寄錢湖州李蘇州〉一詩，在其他篇目中，尚有不少類似的說法，這既是作者的心裡話，也是此詩的「言外餘情」。因為「皇恩只許住三年」，白居易抱著戀戀不捨的心情離開西湖，這種情緒本身具有很強的感染力。

〔註 45〕謝思煒校注：《白居易詩集校注》，頁 1623。

聲色交織、虛實相襯，分別從視聽摹寫與感知裡，迸發「夜入」、「春藏」的美妙聯想，一併融入涵納著深沉悠遠的歷史中「伍員廟」、「蘇小家」裡，使古老的名勝古蹟與人物跨越了時空，附加了現實感，並有審美意象的愉悅。

依據宋人吳自牧《夢粱錄・物產》卷十八記載：「綾，柿蔕、狗蒂。」柿蔕，綾的花紋、花樣。杭州當地產美酒，詩中亦自注：「其俗，釀酒趁梨花時熟，號為『梨花春』。」〔註46〕這裡特以二者並舉，描寫杭州精巧的女紅織藝，和當時人們爭飲佳醪的民俗風情，勾勒出繁榮興旺的社會景象。「紅袖」與「青旗」的顏色對照，「柿蔕」與「梨花」的品物相襯，更像是一幅工麗雅緻的畫圖，流瀉著鬱鬱活潑的生活情趣。尾聯以登高遠眺所見的闊大場景收合，暗與首句照應。「湖寺西南路，草綠裙腰一道斜」，指由斷橋向西通往湖中到孤山的長堤，兩旁雜花草木密佈，詩中白氏自注說：「孤山寺路在湖洲中，草綠時，望如裙腰」，滿湖清波如同少女的彩裙飄動，白堤上煙柳蔥蘢，碧草如茵，就像少女裙上的綠色飄帶。上句以「誰開」提唱，故設問答，接著用了「裙腰」這個絕妙的比喻，使人聯想到春天的西湖，彷彿是一位風姿綽約的妙齡少女的化身。

長慶四年（824），二月底，湖堤增築竣工，白居易寫了一篇〈錢塘湖石記〉，把管裡灌溉的細節，刻於石上，以告知後來的刺史。從這篇文章的敘述中，可以看到白居易做了大量的調查工作，而且是親自實驗過。由此可知，他非常關心老百姓的生活，思考得如此周密，的確做了對人民有益的事情。三月末，他在湖上招客泛舟，著實熱鬧了一番，也許是為了這次竣工而得意的緣故吧！早些時候他曾寄詩給崔玄亮要湖州特產來下酒：「瓶裡有時盡，江邊無處酤；不知崔太守，更有寄來無？」崔玄亮的酒剛到，這就是為這次遊湖提供較好的條件。白居易非常高興，有〈湖上招客送春泛舟〉詩紀之：

〔註46〕宋・吳自牧：《夢粱錄・物產》，卷十八，二十一世紀出版社，2018年3月。

> 欲送殘春招酒伴，客中誰最有風情。兩瓶箬下新開得，一曲霓裳初教成。排比管絃行翠袖，指麾船舫點紅旌。慢牽好向湖心去，恰似菱花鏡上行。〔註47〕

他並非一味追求與朋友相聚熱鬧的氛圍，有時也很喜歡單獨一個人，享受寧靜，〈早行林下〉：「披衣未冠櫛，晨起入前林。宿露殘花氣，朝光新葉陰。傍松人跡少，隔竹鳥聲深。閑倚小橋立，傾頭時一吟。」〔註48〕又詩〈獨行〉：「暗誦黃庭經在口，閑攜青竹杖隨身。晚花新筍堪為伴，獨入林行不要人。」〔註49〕

當夏天來的時候，白居易有時在家裡靜居竟日，和女兒阿羅玩耍。阿羅七歲，善解人意，〈官舍〉：「稚女弄庭果，嬉戲牽人裙」〔註50〕他非常鍾愛這個唯一的女兒，〈吾雛〉：「撫養雖驕騃，性是頗聰明；學母畫眉樣，效吾詠詩聲。」〔註51〕他在杭州度過的這一年，生活充實，精神也還愉快。只是在心靈深處有一件事情未能滿足而感到焦慮，可是又不能多說，就是希望得個兒子。當他讀到罷蘇刺史李諒寫給兒子阿武的詩，勾起白居易無限惆悵，〈見李蘇州示男阿武詩自感成詠〉：「自憐滄海畔，老蚌不生珠」〔註52〕，他在給元稹的詩〈醉封詩筒寄微之〉中也提過：「未死又憐滄海郡，無兒俱作白頭翁」〔註53〕，因為元稹也沒有男孩，極為盼望，兩人可以說是同病相憐。元稹整理自己的舊詩完畢後，《元氏長慶集》卷二十三中不禁感慨繫之：「天遣兩家無嗣子，欲將文集與它誰」。

長慶三年（823）除夕，白居易在杭州守歲，徹夜不眠，懷念「家山泉石」，回顧「世路風波」，也考慮退休的事，於是〈除夕寄微之〉向

〔註47〕謝思煒校注：《白居易詩集校注》，頁1649。
〔註48〕謝思煒校注：《白居易詩集校注》，頁1617。
〔註49〕謝思煒校注：《白居易詩集校注》，頁1619。
〔註50〕謝思煒校注：《白居易詩集校注》，頁688。
〔註51〕謝思煒校注：《白居易詩集校注》，頁689。
〔註52〕謝思煒校注：《白居易詩集校注》，頁1643。
〔註53〕謝思煒校注：《白居易詩集校注》，頁1806。

元稹表示說：「老校于君合先退，明年半百又加三」〔註 54〕，可見白居易思想的轉變，透過生活內容的官高位卑，或是感受到人事無常，生命隨著時間消長，也因為信仰讓他有了不同的思維模式。這一種思維模式，透過蒔花養卉的生活美學，培養的愉悅逸樂，屬於主觀的體會，意識到逐漸老去的事實，卻也能提升自我信念。

白居易有時候會到孤山寺內的竹閣，住上一宿。〈宿竹閣〉詩：「晚坐松簷下，宵眠竹閣間。清虛當服藥，幽獨抵歸山。巧未能勝拙，忙應不及閑。無勞別修道，即此是玄關。」〔註 55〕他認為「清靜安閒」，就是最好的養生之道，不必去求其他。可是，他雖然認識到這一點，卻做不到。對坐禪、燒煉兩事，始終未能斷然放棄。如〈竹樓宿〉詩：「小書樓下千竿竹，深火爐前一盞燈。此處與誰相伴宿，燒丹道士坐禪僧。」〔註 56〕更有甚者，他對道教愈加迷戀，在長慶三年（823），五月開始「齋戒」了。「齋戒」過後，他的感覺良好，對於道教的信仰，是愈來愈堅定了。〈仲夏齋戒月〉一詩可見端倪：

> 仲夏齋戒月，三旬斷腥膻。自覺心骨爽，行起身翩翩。始知絕粒人，四體更輕便。初能脫病患，久必成神仙。禦寇馭泠風，赤松遊紫煙。常疑此說謬，今乃知其然。我年過半百，氣衰神不全。已垂兩鬢絲，難補三丹田。但減葷血味，稍結清淨緣。脫巾且修養，聊以終天年。〔註 57〕

白居易之所以如此堅定，與他齋戒前的病重有關。當時他的身體非常的虛弱，氣候稍有變化，立即就會感到不舒服，〈病中書事〉：「氣嗽因寒發，風痰欲雨生。病身無所用，唯解卜陰晴。」〔註 58〕齋戒後，病漸漸好起來，他就以為是齋戒的因素。其實少食葷腥、不喝酒，多休息，是病好的主要原因，並不是信道的結果。信教齋戒，對他的影響極

〔註 54〕謝思煒校注：《白居易詩集校注》，頁 1806。
〔註 55〕謝思煒校注：《白居易詩集校注》，頁 1610。
〔註 56〕謝思煒校注：《白居易詩集校注》，頁 1649。
〔註 57〕謝思煒校注：《白居易詩集校注》，頁 697。
〔註 58〕謝思煒校注：《白居易詩集校注》，頁 1817。

為深遠，從此以後，齋戒成了他不可或缺的功課。

白居易在杭州三年，詩歌寫作還是比較勤奮的。誠如他〈詩解〉所說：「新篇日日成，不是愛名聲；舊句時時改，無妨悅性情……」〔註59〕而且是對煉字煉句都極其嚴肅認真，〈新秋病起〉詩：「損心詩思裏，伐性酒狂中」〔註60〕如此苦吟的結果，在寫詩的藝術技巧上有一定可喜的進步，但反映現實而具有強烈意義的詩作，卻是非常少的。

白居易本來在齋戒之前就奉到了以太子右庶子徵還的詔命，但他不急於啟程，直到齋戒完成了之後，才決定要走。他最早通知的是元稹，〈除官赴闕偶贈微之〉：「去年十月半，君來過浙東。今年五月盡，我發向關中。兩鄉默默心相別，一水盈盈路不通。從此津人應省事，寂寥無復遞詩筒。」〔註61〕實際上「五月盡」，他沒有馬上動身，而是把杭州的名勝古蹟又重訪一遍，顯示他對杭州有著深沉的依戀之情，〈除官去未間〉詩中提到：「在郡誠未厭，歸鄉去亦好」〔註62〕他登上排演〈霓裳羽衣曲〉的望海樓，許多情景又浮現在眼前。長慶四年（824），杭州，有詩〈重題別東樓〉：

> 東樓勝事我偏知，氣象多隨昏旦移。湖卷衣裳白重疊，山張屏障綠參差。海仙樓塔晴方出，江女笙簫夜始吹。春雨星攢尋蟹火，秋風霞颭弄濤旗。宴宜雲髻新梳後，曲愛霓裳未拍時。太守三年嘲不盡，郡齋空作百篇詩。〔註63〕

他在居住過三年的郡齋裡徘徊，撫摸著每一件自己用過的家具，心情頗不平靜。他自謙對於老百姓沒有什麼貢獻，只是讓大家喜歡詩罷了。〈留題郡齋〉：「吟山歌水嘲風月，便是三年官滿時。春為醉眠多閉閣，秋因晴望暫褰帷。更無一事移風俗，唯化州民解詠詩。」〔註64〕人們的

〔註59〕謝思煒校注：《白居易詩集校注》，頁1820。
〔註60〕謝思煒校注：《白居易詩集校注》，頁1630。
〔註61〕謝思煒校注：《白居易詩集校注》，頁1825。
〔註62〕謝思煒校注：《白居易詩集校注》，頁699。
〔註63〕謝思煒校注：《白居易詩集校注》，頁1829。
〔註64〕謝思煒校注：《白居易詩集校注》，頁1826。

情緒低落，因為白氏的離開都顯得非常淒愴。他最後去了天竺寺和靈隱寺，特別看看天竺寺的桂子樹，靈隱寺的海石榴花，〈留題天竺、靈隱兩寺〉詩中意象，轉移注意力：

在郡六百日，入山十二迴。宿因月桂落，醉為海榴開。黃紙除書到，青宮詔命催。僧徒多悵望，賓從亦徘徊。寺暗煙埋竹，林香雨落梅。別橋憐白石，辭洞戀青苔。漸出松間路，猶飛馬上杯。誰教冷泉水，送我下山來。〔註65〕

當時的白居易在臨行前幾天，還看了〈柘枝伎〉，柘枝是一種兩人舞曲，有詩〈柘枝伎〉記之：「平鋪一合錦筵開，連擊三聲畫鼓催。紅蠟燭移桃葉起，紫羅衫動柘枝來。帶垂鈿胯花腰重，帽轉金鈴雪面回。看即曲終留不住，雲飄雨送向陽臺。」〔註66〕六月下旬，白氏終於啟程了。臨行前，官船上帶走兩片天竺石，白居易感到不安。他在〈三年為刺史二首〉詩中說：「唯向天竺山，取得兩片石。此抵有千金，無乃傷清白？」〔註67〕啟程那天，前往送行的市民很多，男女老少，相扶而來，有一些人竟泣不成聲，白居易心裡也很難過。他即席寫了一首詩，表示自己對不起老百姓，〈別州民〉詩流露別情：「耆老遮歸路，壺漿滿別筵。甘棠無一樹，那得淚潸然？稅重多貧戶，農飢足旱田。唯留一湖水，與汝救凶年。」〔註68〕

長慶四年（824），秋初，白居易回到洛陽古都。九月二十四日，王起奉詔為河南尹，到任應在十月初。王起到後，白居易寄詩給宰相牛僧孺，請求分司。他在分司之後，才遷入新居的。詩中〈移家入新宅〉：

移家入新宅，罷郡有餘資。既可避燥溼，復免憂寒飢。疾平未還假，官閑得分司。幸有俸祿在，而無職役羈。清旦盥漱畢，開軒捲簾幃。家人及雞犬，隨我亦熙熙。取興或寄酒，

〔註65〕謝思煒校注：《白居易詩集校注》，頁1827。
〔註66〕謝思煒校注：《白居易詩集校注》，頁1822。
〔註67〕謝思煒校注：《白居易詩集校注》，頁700。
〔註68〕謝思煒校注：《白居易詩集校注》，頁1826。

> 放情不過詩。何必苦修道，此即是無為。外累信已遣，中懷時有思。有思一何遠，默坐低雙眉。十載囚竄客，萬里征戍兒。春朝鎖籠鳥，冬夜支床龜。驛馬走四蹄，痛酸無歇期。磑牛封兩目，闇閉何人知？誰能脫放去，四散任所之？各得適其性，如吾今日時。〔註 69〕

其中有：「疾平未還假，官閒得分司。幸有俸祿在，而無職役羈。」詩句，可見白居易到洛陽之後，曾以抱病為名等後分司詔命，現在總算是如願以償了，他感到非常滿意。當他遷入新居之後，進行修葺和整飭，大約王起在經濟上曾給予支持，因為在第二年春天，白居易曾以詩代書邀請王起和三掾過府賞花。寶曆元年（825），洛陽，創作〈題新居呈王尹兼簡府中三掾〉：

> 弊宅須重葺，貧家乏羨財。橋憑川守造，樹倩府寮栽。朱板新猶濕，紅英暖漸開。仍期更攜酒，倚檻看花來。〔註 70〕

寶曆元年（825）春天，白居易在洛陽，生活是平靜、恬適而愉快的。他有時聽聽音樂，〈雲和〉：「非琴非瑟亦非箏，撥柱推絃調未成。欲散白頭千萬恨，只銷紅袖兩三聲。」〔註 71〕有時春池泛舟，〈泛春池〉詩歌：「……。波上一葉舟，舟中一樽酒。酒開舟不繫，去去隨所偶。或遶蒲浦前，或泊桃島後。未撥落杯花，低衝拂面柳。半酣迷所在，倚榜兀迴首。不知此何處，復是人寰否？」〔註 72〕有時繞城閒行，〈城東閑行因題尉遲司業水閣〉：「閑遶洛陽城，無人知姓名。病乘籃輿出，老著茜衫行。處處花相引，時時酒一傾。借君溪閣上，醉詠兩三聲。」〔註 73〕然而，他花更多的時間在詩歌創作，對於周遭發生的事情，信手拈來則為詩，〈洛中偶作〉有：「……遇物輒一詠，一詠傾一觴。筆下成釋憾，卷中同補亡。往往顧自哂，眼昏鬚鬢蒼。不知老將至，猶自放詩

〔註 69〕 謝思煒校注：《白居易詩集校注》，頁 709。
〔註 70〕 謝思煒校注：《白居易詩集校注》，頁 1857。
〔註 71〕 謝思煒校注：《白居易詩集校注》，頁 1858。
〔註 72〕 謝思煒校注：《白居易詩集校注》，頁 717。
〔註 73〕 謝思煒校注：《白居易詩集校注》，頁 1863。

狂。」〔註 74〕誠如他自己所說的：「不知老將至，猶自放詩狂。」甚或已是〈自詠〉詩句中：「夜鏡隱白髮，朝酒發紅顏。可憐假年少，自笑須臾間。硃砂賤如土，不解燒為丹。玄鬢化為雪，未聞休得官。咄哉個丈夫，心性何墮頑。但遇詩與酒，便忘寢與餐。高聲發一吟，似得詩中仙。引滿飲一盞，盡忘身外緣。」〔註 75〕能隨著本分自能安心，能自我判斷，是非何須問閒人？

詩歌創作裡愉悅逸樂的培養，在於紀實、寫真與虛境的紀錄方式。清人方士庶《天慵庵隨筆》：「山川草木，造化自然，此實境也。因心造境，以手運心，此虛境也。虛而為實，是在筆墨有無間。」〔註 76〕據此類比，實境就事論事，據實寫作，詩境之空靈由實而成。虛境可說是超越人物形象，與故事情節等表層意義上的實像，自然地成為人的生命載體後，所能體會到的審美境界。超越機心佈局，撇開匠心作意，白氏隨手寫來的那些感慨與心得，躍然而出而見真情流露，反而質樸感人。

主張以「情性」為詩歌本體的實際情境，以「自然」為詩學精神，白居易「情性所至」，自然見其詩文之妙意。忽逢幽人，取語甚直，讀來解頤；如見道心，計思匪深，道法自然。白氏運用家常閒話的句子，將隱藏的文學妙處，以貌似平淡的方式直敘出來，體悟情思之妙，深入其文，感受到文思泉湧之處，恍然若有所思，心物合一，靈感萌發。鍾嶸《詩品・序》：「觀古今勝語，多非假補，皆由直尋。」〔註 77〕所

〔註 74〕謝思煒校注：《白居易詩集校注》，頁 706。

〔註 75〕謝思煒校注：《白居易詩集校注》，頁 711。

〔註 76〕宗白華〈中國藝術意境之誕生〉中曾引清代山水畫家方士庶（1692～1751）《天慵庵隨筆》裡的一段話。以為古人筆墨具此山蒼樹秀，水活石潤，於天地之外，別構一種靈奇。或率意揮灑亦皆煉金成液棄滓存菁，曲盡蹈虛揖影之妙。中國繪畫的整個精粹在這幾句話裡，然中國傳統美學思想結合佛家所說：「物隨心轉，境由心造」。參見《鵝湖》，第 11 期，1977 年。

〔註 77〕梁・鍾嶸，曹旭集注：《詩品》，上海：上海古籍出版社，2011 年 10 月，頁 90。

謂：「假補」，病在不自然，堆砌典故，雕琢繁飾，是文之末也。主張「直尋」，因為白氏從情性自然出發，直抒其美，用意固然精深，下語卻以平易為上，妙不自尋，著手可以成春。實境，要義在於自然天成，在於直抒胸臆。唐順之〈與洪方州書〉有云：「近來覺得詩文一事，只是直寫胸臆，如諺語所言開口見喉嚨者，使後人讀之，如真見其面目，瑜瑕俱不容掩，所謂本色。此為上乘文字。」〔註78〕

「自然」是強調自然意境給人帶來的相應心態，「實境」所指則是自然本真，即如實摹寫，展示不加修飾的真實本相。明代詩人謝榛：「官話使力，家常話省力；官話勉然，家常話自然。」以「家常話」可以輔證「取語甚直」之自然。然而所謂「實境」並非筆下文章，想怎麼樣表達就怎麼表達，不雕不琢，不飾不修。以為不加深思脫口而出即可成實境之詩，則是妄加揣測之謬誤，即便是市井叫賣之聲，也有響亮明白、頁韻有味的講究，詩文藝術更有況味。

寶曆元年（825）春天裡的三月四日，朝廷下詔，除白居易為蘇州刺史，大約月中，白居易才奉到詔書。他奉命之後，內心充滿喜悅，這是多少年來夢寐以求的事情，終於成為現實，他如何不開心呢？儘管在繁忙勞碌中，仍在準備啟程時，獨自一個人，跑到洛陽城東，欣賞正在盛開的杏花等其它花卉。三月二十九日，他和全家坐上官船，沿著黃河順流而東，從洛陽出發了。寶曆元年（825），創作〈紫薇花〉：

> 紫薇花對紫微翁，名目雖同貌不同。獨佔芳菲當夏景，不將顏色託春風。潯陽官舍雙高樹，興善僧庭一大叢。何似蘇州安置處，花堂欄下月明中。〔註79〕

古代文人如果過了四十歲，言談舉止間往往稱老。白居易任中書舍人時，已是超過了五十歲，在這樣的年齡，經歷仕途浮沉，已經少了些許朝氣，但絕不會隨波逐流，堅守自己的原則，就像紫薇花一樣，花

〔註78〕參見清·黃宗義：《明儒學案》，卷二十六，北京：中華書局，2008年1月。

〔註79〕謝思煒校注：《白居易詩集校注》，頁1876。

色艷麗，花期較長，有種秉持自我，堅持的期許。白氏將紫薇花擬人化了，他居然還能在官場中忙裡偷閒，寫出如此浪漫的少年情懷。從他在五十歲創作的〈紫薇花〉可以看出端倪。

長慶元年（821），白居易五十歲，自主客郎中擢升中書。當時剛中舉不久，正是春風得意之時，他在長安創作相同題名的詩歌，乍看還帶點浪漫色彩，〈紫薇花〉：「絲綸閣下文章靜，鐘鼓樓中刻漏長。獨坐黃昏誰是伴，紫薇花對紫微郎。」〔註 80〕白氏寫這首詩的時候不算是年輕，詩中自稱「紫薇郎」意指官拜中書舍人，詩歌看似春風得意，卻不算張揚，還是表達了一種平靜、認真，恪盡職守的態度。「紫薇花對紫微郎」一句正是白氏創作詩歌的用心和得意之筆。兩首〈紫薇花〉同詩名的詩歌相比較，寶曆元年（825），在蘇州創作的心態有了明顯不同。元和十一年（816），他在江州，還有一首詩與紫薇花相關的抒情詩〈見紫薇花憶微之〉：「一叢暗淡將何比，淺碧籠裙襯紫巾。除卻微之見應愛，人間少有別花人。」〔註 81〕藉著觀賞紫薇花懷念摯友元稹，何為知己？應是文人的自傲。紫薇花開了，卻不能和摯友一起欣賞，就連鮮艷的紫薇花也都黯然失色了。除了讚美元稹對花卉的辨識度外，其友情間的真摯，確實令人欣羨。

「紫薇花」號稱「花之聖者」，唐代宮廷裡栽植紫薇，除了花開極嬌艷，歷久才凋萎外，自然也有與花名相配的原因。白居易有「紫薇郎」的身分，值班時有「紫薇花」相伴，創作這首詩極其洋洋自若，字裡行間表達出立言的莊重與行事的謹慎。言中書舍人之官是多員設置。這些舍人要逐日排班，在每天的早朝之後，到中書省的省院中當值，代替皇帝起草詔誥政令。唐代中書省的省院在大明宮含元殿的左側，院中廣植紫薇花，因此士大夫習慣稱中書省為「紫薇省」，而中書舍人也跟著有了「紫薇郎」的雅號了。這首詩又題〈直中書省〉，可能切和意旨，然而編詩者為了顯其特殊，逕直改為〈紫薇花〉。實際上，紫薇花

〔註 80〕謝思煒校注：《白居易詩集校注》，頁 1516。
〔註 81〕謝思煒校注：《白居易詩集校注》，頁 1279。

是增添了詩歌寫意，妝點詩歌的美意，並非專詠花卉之故。白居易以閒適的情趣詠寫省中當值，書寫來顯得豁達。

中書舍人事掌管詔令文書的中書省的郎官，職務清簡而位高望重。「絲綸閣下文章靜」，絲綸閣就是中書省，《禮記・緇衣》：「王言如絲，其出如綸。王言如綸，其出如綍。」〔註 82〕中書省既是代替皇帝立言的地方，稱為「絲綸閣」非常恰當，所以以「文章靜」顯其莊嚴雅事，若以人很閒逸、豫樂來形容，則顯其荒謬與散漫。說明在省中當值，若適逢沒有起草詔書的任務，因而感到時間非常的漫長與寂寥。既然沒有差事，難免閒日長，孤獨意味濃厚，其實舍人之官相當尊貴，一定會有僕吏。故能體會詩人的意思不在於無人相陪，而是以「誰是伴」來強化「紫薇花對紫微郎」的意象，再與「紫薇花對紫微翁」詩句連結，其情趣在於時間的流動，在於藉由大自然的意象，透過花卉的特質與花語的象徵，理解了詩歌實境的真切，提升了自得雅趣，也產生了詩意。寶曆元年創作〈新栽梅〉：

> 池邊新栽七株梅，自欲到花時點檢來。莫怕長洲桃李嫉，今年好為使君開。〔註 83〕

這首詠梅詩寫於寶曆元年（825），白居易任蘇州刺史之時，贈與劉禹錫的作品。全詩模仿《離騷》詩意，寫作者在池邊種下七株梅樹。在〈離騷〉中有：

> 餘既滋蘭之九畹兮，又樹蕙之百畝。畦留夷與揭車兮，雜杜衡與芳芷。冀枝葉之峻茂兮，願俟時乎吾將刈。雖萎絕其亦何傷兮，哀眾芳之蕪穢。眾皆競進以貪婪兮，憑不厭乎求索。羌內恕己以量人兮，各興心而嫉妒。忽馳騖以追逐兮，非餘心之所急。老冉冉其將至兮，恐脩名之不立。〔註 84〕

〔註 82〕西漢・戴聖編著，張博編譯：《禮記》第三十二緇衣，瀋陽：萬卷出版社，2019 年 2 月。

〔註 83〕謝思煒校注：《白居易詩集校注》，頁 1899。

〔註 84〕宋・洪興祖：《楚辭補注》離騷經第一，臺北：國立台灣大學出版中心，2015 年 8 月，頁 1。

詩歌中以大量種植香草隱喻培育各種人才。白居易這首〈新栽梅〉透過栽梅一事，表達出身處朝廷腐敗之時，屢屢遭受壓抑，內心十分痛苦。白氏內心寫照與對未來的美好期望，都在詩歌裡流露出深刻的思想。詩中藉著親手栽梅，含有希望與進步力量，力挽狂瀾時局之意。等到開花的時節，再度查看這七棵梅樹，白氏萬般期許：梅花能完好無損地成長，花開遍野，隱喻長才盡情發揮無所畏懼，人生樂事也。寶曆元年（825），白居易在蘇州與劉禹錫詩歌酬唱，與寫給他的另外一首詩〈酬劉和州戲贈〉來比較：「錢唐山水接蘇臺，兩地褰帷愧不才。政事素無爭學得，風情舊有且將來。雙蛾解珮啼相送，五馬鳴珂笑卻迴。不似劉郎無景行，長拋春恨在天台。」〔註 85〕白居易在蘇州刺史任上，為着替皇帝揀選貢橘，曾在長洲遊賞。長洲苑桃李芬芳，爭奇鬥妍，它表面豔麗卻易於凋零，白氏以擬人手法，描寫桃李似乎懷着對梅花的嫉妒心理。詩以梅花展豔為長才，桃李花開易凋喻為小人，只要是人才，不用擔心桃李嫉妒。白氏將梅花和桃李對比，明確表示出愛、憎的態度。詩句理暢，意旨深切，足見白氏對梅花的高潔品性有充分了解，才能體會出來。

二、逸趣之閒適意象

寶曆元年（825），大約是春末夏初，白居易在太湖湖口發現兩塊怪石，非常高興，派人把怪石拿回來，洗去泥垢，果然奇特：「忽疑天上落，不似人間有」，白居易後來把這雙怪石和幾株白蓮運回洛陽履道宅，說明他歸去的決心更為明顯了。在雙石、白蓮啟運時，寶曆二年（826），在蘇州他寫了一首詩〈蓮石〉：

> 青石一兩片，白蓮三四枝。寄將東洛去，心與物相隨。石倚風前樹，蓮栽月下池。遙知安置處，預想發榮時。領郡來何遠，還鄉去已遲。莫言千里別，歲晚有心期。〔註 86〕

〔註 85〕謝思煒校注：《白居易詩集校注》，頁 1899。
〔註 86〕謝思煒校注：《白居易詩集校注》，頁 1922。

詩歌中所說的「歲晚有心期」的「心期」，指的是什麼？〈重詠〉詩中聊可慰藉：「徇俗心情少，休官道理長。今秋歸去定，何必重思量。」〔註 87〕因而，當他聽見新蟬的鳴聲，立即懷念起洛陽，詩〈六月三日夜聞蟬〉寫出新蟬鳴聲：「荷香清露墜，柳動好風生。微月初三夜，新蟬第一聲。乍聞愁北客，靜聽憶東京。我有竹林宅，別來蟬再鳴。不知池上月，誰撥小船行？」〔註 88〕無盡鄉思，縈繞心頭。

白居易做官的興致如此低落，多半與他的病痛有關。他的體力愈來愈弱，特別是眼病，有增無已。他在五月裡照例齋戒一個月，只是「肌膚雖瘦損」，眼病一點也沒有起色，誠如他在〈眼病二首〉所描述的：

> 散亂空中千片雪，蒙籠物上一重紗。縱逢晴景如看霧，不是春天亦見花。僧說客塵來眼界，醫言風眩在肝家。兩頭治療何曾瘥，藥力微茫佛力賒。眼藏損傷來已久，病根牢固去應難。醫師盡勸先停酒，道侶多教早罷官。案上謾鋪龍樹論，盒中虛撚決明丸。人間方藥應無益，爭得金篦試刮看？〔註 89〕

這樣的情況使他感到絕望。白居易任蘇州刺史，公務繁忙，他常常是「貪看案牘長侵夜」，他知道如果繼續下去，眼睛非瞎不可。再加上「腰痛拜迎人客倦，眼昏勾押簿書難」，於是預備在五月下旬決心「百日長告」。白居易在蘇州常去的地方，應屬東西武丘寺（虎丘寺），他常說：「不厭西丘寺，閑來即一過」，當時白氏到了蘇州後，首先修建了從閶門到虎丘的道路，以便利遊人，這就是後來的山塘路，或稱白公堤。

白居易在堤道上和渠里，栽種桃、李、蓮、荷、櫻桃花等數千株。寶曆元年（825）五月，白居易到蘇州赴任，第二年春天，就為櫻桃寫過三首詩。寶曆二年（826），春天，櫻桃花開，白居易剛造好一艘遊

〔註 87〕謝思煒校注：《白居易詩集校注》，頁 1927。
〔註 88〕謝思煒校注：《白居易詩集校注》，頁 1922。
〔註 89〕謝思煒校注：《白居易詩集校注》，頁 1923。

船，乘興試遊賞春，有詩描述了船泊櫻桃樹旁，賞櫻花的情景，〈小舫〉：「小舫一艘新造了，輕裝樑柱庫安篷。深坊靜岸遊應遍，淺水低橋去盡通。黃柳影籠隨棹月，白蘋香起打頭風。慢牽欲傍櫻桃泊，借問誰家花最紅？」〔註 90〕由此可知小船是工作或休閒，常行駛的交通工具。又有詩〈重題小舫贈周從事兼戲微之〉：「細篷青篾織魚鱗，小眼紅窗襯麴塵。闊狹纔容從事座，高低恰稱使君身。舞筵須揀腰輕女，仙棹難勝骨重人。不似鏡湖廉使出，高檣大艑鬧驚春。」〔註 91〕敘事視角較為開闊、細膩。似小品之淡寫，偶寄閒情，詩歌〈採蓮曲〉有云：「菱葉縈波荷颭風，荷花深處小船通。逢郎欲語低頭笑，碧玉搔頭落水中。」〔註 92〕或是〈看採蓮〉：「小桃閑上小蓮船，半採紅蓮半白蓮。不似江南惡風浪，芙蓉池在臥牀前。」〔註 93〕或是〈看採菱〉：「菱池如鏡淨無波，白點花稀青角多。時唱一聲新水調，謾人道是採菱歌。」〔註 94〕搭小船採菱、採蓮或是看採菱、看採蓮，這些都是市井尋常之事，也是有怡情養性的作用。此後寫了詩形容優質櫻桃〈吳櫻桃〉詩：「含桃最說出東吳，香色鮮穠氣味殊。洽恰舉頭千萬顆，婆娑拂面兩三株。鳥偷飛處銜將火，人摘爭時蹋破珠。可惜風吹兼雨打，明朝後日即應無。」〔註 95〕特地讚美了蘇州櫻桃的品質相當優良。在櫻桃成熟之時，白居易又賦詩，說明當時郡齋中種有櫻桃，〈春盡勸客酒〉詩曰：「林下春將盡，池邊日半斜。櫻桃落砌顆，夜合隔簾花。嘗酒留閑客，行茶使小娃。殘杯勸不飲，留醉向誰家。」〔註 96〕

白居易有詩句〈武丘寺路〉云：「自開山寺路，水陸往來頻。銀勒牽驕馬，花船載麗人。芰荷生欲遍，桃李種仍新。好住湖堤上，長留

〔註 90〕謝思煒校注：《白居易詩集校注》，頁 1909。
〔註 91〕謝思煒校注：《白居易詩集校注》，頁 1918。
〔註 92〕謝思煒校注：《白居易詩集校注》，頁 1571。
〔註 93〕謝思煒校注：《白居易詩集校注》，頁 2206。
〔註 94〕謝思煒校注：《白居易詩集校注》，頁 2206。
〔註 95〕謝思煒校注：《白居易詩集校注》，頁 1919。
〔註 96〕謝思煒校注：《白居易詩集校注》，頁 1919。

一道春。」〔註 97〕詩歌呈現春夏秋三季，遊人如織的情況，無論是紅男綠女，或黃髮垂髫，攜老扶幼，絡繹不絕於途。白居易有時候攜妓往遊：「搖曳雙紅旗，娉婷十翠娥」，有時候一個人去，在寺裡飲酒賦詩：「酒熟凭花勸，詩成倩鳥吟」，足見他是非常喜愛這個景色盛況的。

寶曆二年（826）八月末，白居易的長告假期屆滿，依據慣例，他的刺史官停職。可是就在這個時候，他卻做了一個噩夢，夢見他獲罪被貶往嶺南，獨身在風雨中跋涉，心情淒淒惶惶，在恐懼中驚醒。白氏認為這個夢是不祥之兆，特地以〈寶曆二年八月三十日夜夢後作〉詩的形式記下：「塵纓忽解誠堪喜，世網重來未可知。莫忘全吳館中夢，嶺南泥雨步行時。」〔註 98〕所謂「世網重來未可知」，說明白居易心有餘悸，他很怕在官場爭奪中受到打擊，故而有些惴惴不安。他覺得自己應該是「但拂衣行莫回顧」，遠離浮沉難定的宦海，才算是真正的自由了。所以他對擺脫刺史職務是愉快的。他寫過一首〈喜罷郡〉詩，可以反映出他停官後的情緒，〈喜罷郡〉：「五年兩郡亦堪嗟，偷出遊山走看花。自此光陰為己有，從前日月屬官家。樽前免被催迎使，枕上休聞報坐衙。睡到午時歡到夜，回看官職是泥沙。」〔註 99〕白居易罷郡的確切日期，在〈河亭晴望〉一詩中有云：「風轉雲頭斂，煙銷水面開。晴虹橋影出，秋雁櫓聲來。郡靜官初罷，鄉遙信未回。明朝是重九，誰勸菊花杯？」〔註 100〕從〈河亭晴望〉詩中重九而推知，不得遲於九月八日，大約是九月初吧！白居易罷郡之後，一面準備北歸的事物，一面遍訪勝地，作一次最後的憑弔，他理解到再來蘇州的可能性是不多了。他再次登上郡治後子城上的齊雲樓，想眺望一下全城的景色，當他面對巨郡雄姿時，所表現的悠然之情，引起別緒依依。寶曆二年（826），在蘇

〔註 97〕謝思煒校注：《白居易詩集校注》，頁 1934。
〔註 98〕謝思煒校注：《白居易詩集校注》，頁 1945。
〔註 99〕謝思煒校注：《白居易詩集校注》，頁 1947。
〔註 100〕謝思煒校注：《白居易詩集校注》，頁 1936。

州〈齊雲樓晚望偶題十韻〉：

潦倒宦情盡，蕭條芳歲闌。欲辭南國去，重上北城看。複疊江山壯，平鋪井邑寬。人稠過楊府，坊鬧半長安。插霧峰頭沒，穿霞日腳殘。水光紅漾漾，樹色綠漫漫。約略留遺愛，殷勤念舊歡。病拋官職易，老別友朋難。九月全無熱，西風亦未寒。齊雲樓北面，半日凭欄干。〔註101〕

白居易倚靠著欄杆，思緒萬千，他在思考什麼呢？他知道這個齊雲樓是曹恭王所造，原名月華樓，齊雲二字係白氏所改，一旦離去，有點兒淒然。他對蘇州確實有些眷戀〈吳中好風景二首〉，這或許是他半日凭倚欄杆的緣故：

吳中好風景，八月如三月。水荇葉仍香，木蓮花未歇。海天微雨散，江郭纖埃滅。暑退衣服乾，潮生船舫活。兩衙漸多暇，亭午初無熱。騎吏語使君，正是遊時節。吳中好風景，風景無朝暮。曉色萬家煙，秋聲八月樹。舟移管弦動，橋擁旌旗駐。改號齊雲樓，重開武丘路。況當豐歲熟，好是歡遊處。州民勸使君，且莫拋官去。〔註102〕

白居易走遍了著名的寺院。他在支硎山上的報恩寺題詩，〈題報恩寺〉有句云：「晚晴宜野寺，秋景屬閒人」〔註103〕他到過思益寺，再到楞伽寺，最後留宿在靈巖寺上院。他站在曉亭裡，倚窗遠望，藉著月色，可以看見太湖的湖面，〈宿靈巖寺上院〉：「最愛曉亭東望好，太湖煙水綠沉沉」〔註104〕，他還去過天平山，山頂是平的，名望湖台。站在上邊，可以望見平靜的湖水，山半有白雲泉，泉邊正在興建白雲寺。他特地登上縹緲峰，觀賞小西湖，瞻仰了觀音教院中用沉香木刻的觀音像。白居易有〈遊小洞庭湖〉詩句云：「湖上山頭別有湖，芰荷香氣

〔註101〕謝思煒校注：《白居易詩集校注》，頁1935。
〔註102〕謝思煒校注：《白居易詩集校注》，頁1687。
〔註103〕謝思煒校注：《白居易詩集校注》，頁1929。
〔註104〕謝思煒校注：《白居易詩集校注》，頁1933。

占仙都。夜含星斗分乾象，曉映雷雲作畫圖。風動綠蘋天上浪，鳥棲寒照月中烏。若非神物多靈跡，爭得長年冬不枯。」〔註105〕即是指觀音教院的情景而言。詩中提到「芰荷」，即是荷花、蓮花之故，有詩〈隔浦蓮〉描寫蓮花：「隔浦愛紅蓮，昨日看猶在。夜來風吹落，只得一回採。花開雖有明年期，復愁明年還暫時。」〔註106〕對於蓮花造景與景觀設計也有心得，在〈西街渠中種蓮疊石頗有幽致偶題小樓〉詩中之閒適意象：「朱檻低牆上，清流小閣前。雇人栽菡萏，買石造潺湲。影落江心月，聲移谷口泉。閑看卷簾坐，醉聽掩窗眠。路笑淘官水，家愁費料錢。是非君莫問，一對一翛然。」〔註107〕白居易很喜歡蓮花，更喜歡白蓮花。對於詠蓮之詩情，分別寫於不同時期，表露白居易觸物發想的微妙之情。

元和十一年（816），江州時所描繪的蓮花〈階下蓮〉：「葉展影翻當砌月，花開香散入簾風。不如種在天池上，猶勝生於野水中。」〔註108〕「翻」字寫出了風的動態感，接著蓮花的香氣隨風飄散盡入簾中，在月光照耀下的蓮葉與蓮花形象凝煉、聚焦，對句的工整，與「不如」、「猶勝」平易、口語化的兩句，相映成趣，微微透露著蓮花之優雅，低調之迷人。

白居易被貶到江州，心情相當低落、苦悶，〈東南行一百韻〉中自稱是：「翻身落霄漢，失腳倒泥塗」〔註109〕又〈早春聞提壺鳥因題鄰家〉：「拾遺風采近都無，變作騰騰一俗夫」〔註110〕他時常懷念長安希望有一天可以回歸，〈紅藤杖〉：「天邊望鄉客，何日拄歸秦」〔註111〕

〔註105〕《全唐詩》，卷八八三，《全唐詩》繁體電子書：https://books.google.com.tw/books?id=MyIHCgAAQBAJ。

〔註106〕謝思煒校注：《白居易詩集校注》，頁960。

〔註107〕謝思煒校注：《白居易詩集校注》，頁2407。

〔註108〕謝思煒校注：《白居易詩集校注》，頁1289。

〔註109〕謝思煒校注：《白居易詩集校注》，頁1245。

〔註110〕謝思煒校注：《白居易詩集校注》，頁1278。

〔註111〕謝思煒校注：《白居易詩集校注》，頁1284。

他讚美階下蓮葉展花香，卻又深深惋惜它生在野水之中，就像對東林寺白蓮花的惋惜一樣，本非俗物，可惜是處非其所，其中也包含著自我惋惜的心理因素，情勢所趨，情繫萬里。白居易幾經遷移、輾轉，終於回到長安了。〈東林寺白蓮〉中描寫：

> 東林北塘水，湛湛見底清。中生白芙蓉，菡萏三百莖。白日發光彩，清飆散芳馨。泄香銀囊破，瀉露玉盤傾。我慚塵垢眼，見此瓊瑤英。乃知紅蓮華，虛得清淨名。夏萼敷未歇，秋房結纔成。夜深眾僧寢，獨起遶池行。欲收一顆子，寄向長安城。但恐出山去，人間種不生。〔註112〕

他在元和二年（807）時，曾在長安任盩厔尉時，創作一首對蓮的抒情詩〈京兆府新栽蓮〉：「污溝貯濁水，水上葉田田。我來一長嘆，知是東溪蓮。下有清污泥，馨香無復全。上有紅塵撲，顏色不得鮮。物性猶如此，人事亦宜然。托根非其所，不如遭棄捐。昔在溪中日，花葉媚清漣。今年不得地，憔悴府門前。」〔註113〕白氏被眼前景所震懾，即是對物有所觸發。他看到一節蓮花花枝為落敗殘枝，感到有所不捨，發出感嘆與議論，對於自然萬物，深刻體悟到繁花落盡的意象，更何況是處於世上的人呢！

白居易詩歌藉物抒情：「托根非其所，不如遭棄捐」來表達對當下環境與現狀的不滿，並透過詩句：「昔在溪中日，花葉媚清漣」顯其對過去美好時光的緬懷，具有襯托的作用。最後詩句筆鋒轉折：「今年不得地，憔悴府門前」，白氏彷彿自我猶憐，感覺自己的命運與蓮花相同。儘管「樹猶如此，人何以堪」雖是感嘆人生的變化無常，猶能以「落紅不是無情物，化做春泥更護花」，具足了勇氣的姿態前進。

當時在元和十五年夏天，朝廷政局並不像白居易所想像的那樣，他為了避朋黨之爭，他自求外任，先後出任杭州刺史、蘇州刺史。他在蘇、杭二州刺史任上，盡其所能地為州民做些有益的事情，但畢竟是心

〔註112〕謝思煒校注：《白居易詩集校注》，頁137。
〔註113〕謝思煒校注：《白居易詩集校注》，頁32。

有餘而力不足了。他任地方官三年秩滿後回到洛中，曾將喜愛的白蓮花攜至洛陽。大和元年（827），洛陽有詩〈種白蓮〉：

吳中白藕洛中栽，莫戀江南花懶開。萬里攜歸爾知否，紅蕉朱槿不將來。〔註 114〕

洛陽無白蓮花，白居易自吳中帶種子歸，於是有之。白氏希望白蓮不要因為遷移到異地而懶得開花，以擬人手法描寫出白蓮似乎有所知，白蓮似受到白居易精誠所感動，終於在洛陽安身立命，生根開花。多情敏感的白氏，凡事皆能觸動心弦，引起他的另一番感慨。七年後在洛陽，創作關於白蓮花〈感白蓮花〉：

白白芙蓉花，本生吳江濆。不與紅者雜，色類自區分。誰移爾至此，姑蘇白使君。初來苦憔悴，久乃芳氛氳。月月葉換葉，年年根生根。陳根與故葉，銷化成泥塵。化者日已遠，來者日復新。一為池中物，永別江南春。忽想西涼州，中有天寶民。埋歿漢父祖，孳生胡子孫。已忘鄉土戀，豈念君親恩。生人尚復爾，草木何足云。〔註 115〕

白居易由白蓮花的際遇，聯想天寶之亂時淪落的異族遺民子孫，白氏透過詩歌披露百姓身影與歷史氛圍，表達其內心深處愛國之情與關心百姓的思維。蓮花意象純潔、無瑕，馥郁芬芳。其亭亭淨植外形，意味著孤清不群，遺世獨立樣貌。白居易對白蓮花極盡讚美，字裡行間流露其香遠益清的神韻形象，表明其晚年中以閒適、逸樂自居，彷若詩歌〈白蓮池泛舟〉裡的心情寫照：「白藕新花照水開，紅窗小舫信風回。誰教一片江南興，逐我殷勤萬里來。」〔註 116〕

寶曆二年（826）十月初，白居易從蘇州啟程北返〔註 117〕，他動

〔註 114〕謝思煒校注：《白居易詩集校注》，頁 1983。

〔註 115〕謝思煒校注：《白居易詩集校注》，頁 2271。

〔註 116〕謝思煒校注：《白居易詩集校注》，頁 2133。

〔註 117〕按：白居易在蘇州寫的〈華嚴經社石記〉一文云：「寶曆二年九月二十五日，前蘇州刺史白居易記。」據此可知，白居易離開蘇州的日期最早當為十月初也。

身的那一天，屬吏、州民都來送行。人們抬著酒席，吹奏著竹絲，隨船相送，走了十幾里還不肯回去，白居易深為感動〈別蘇州〉：

> 浩浩姑蘇民，鬱鬱長洲城。來慚荷寵命，去愧無能名。青紫行將吏，斑白列黎氓。一時臨水拜，十里隨舟行。餞筵猶未收，征棹不可停。稍隔煙樹色，尚聞絲竹聲。悵望武丘路，沉吟滸水亭。還鄉信有興，去郡能無情？〔註 118〕

白居易的船，航行在運河上，向丹徒鎮（今江蘇鎮江市，現設有丹徒區）出發。初冬水瘦，船走得平穩而慢，詩歌〈自喜〉覺得知足而喜：「自喜天教我少緣，家徒行計兩翩翩。身兼妻子都三口，鶴與琴書共一船。僮僕減來無冗食，資糧算外有餘錢。擕將貯作丘中費，猶免飢寒得數年。」〔註 119〕他靜靜地回顧了這一年多的得失，他覺得一切都很圓滿。

白居易的船航行到揚州，竟與劉禹錫不期而遇，喜出望外，於是決定結伴同行。兩人在揚州停留半個月之久，他們到處遊賞，盤桓各處景點，流連忘返，〈與夢得同登棲靈塔〉：「半月悠悠在廣陵，何樓何塔不同登？共憐筋力猶堪在，上到棲靈第九層。」〔註 120〕兩人有時對酒聯吟，劉禹錫〈白太守行〉，與白居易〈答劉禹錫白太守行〉，都是在揚州寫的。兩個人都曾遭受過貶謫，對朝政的看法又有許多共同之處，於是互相慰藉、勉勵，互相加油打氣！他們在一次的宴席上，白居易為劉禹錫引吭高歌，劉禹錫寫了一首情感深沉的詩歌，於感嘆惋惜之中，表現出一股頑強堅毅的衝勁。〈酬樂天揚州初逢席上見贈〉：「巴山楚水淒涼地，二十三年棄置身。懷舊空吟聞笛賦，到鄉翻似爛柯人。沉舟側畔千帆過，病樹前頭萬木春。今日聽君歌一曲，暫憑杯酒長精神。」〔註 121〕劉禹錫在寶曆二年（826）冬，罷和州刺史後，回歸洛陽，途經揚

〔註 118〕謝思煒校注：《白居易詩集校注》，頁 1691。
〔註 119〕謝思煒校注：《白居易詩集校注》，頁 1937。
〔註 120〕謝思煒校注：《白居易詩集校注》，頁 1945。
〔註 121〕唐．劉禹錫著，瞿蛻園箋證：《劉禹錫集箋證》，卷三十一，上海：上海古籍出版社，2009 年 8 月，頁 4b～5a。

州，與罷蘇州刺史後也回歸洛陽的白居易相會時所作。「沉舟側畔千帆過」詩句突然振揚開來，一轉前面感傷、低沉的情調，尾聯便順勢而下，寫道：「今日聽君歌一曲，暫憑杯酒長精神」，點明酬答白居易的題意。也就是說：今天聽了你的詩歌不勝感慨！暫且借酒來振奮精神吧！劉禹錫在朋友的熱情關懷下，表示要振作，要努力，重新投入到生活中。表現出堅韌不拔的意志，詩情起伏跌宕，沉鬱中見豪放，是酬贈詩中優秀之作。

兩人離開揚州沿著運河北上，走到楚州又停下來。楚州刺史郭行餘，盛情接待，執意挽留，他們在楚州住的時間似乎比在揚州還要長，詩〈罷郡歸洛途次山陽留辭郭中丞使君〉中有：「自到山陽不許辭，高齋日夜有佳期」，同時在郭行餘陪同下，遊遍了楚州的名勝古蹟。住到歲杪才從楚州出發，動身的那天，恰好是除夕夜。路過汴州，令狐楚熱烈招待了白居易和劉禹錫。他們兩人離開汴州之後便分道揚鑣，劉禹錫奔向洛陽，而白居易繞道新鄭，探視他出生地的故宅。沒有想到故宅已經是蕩然無存了，一片荒蕪，引起白居易無限感慨，〈宿滎陽〉描述其心理變化與人事皆非：「生長在滎陽，少小辭鄉曲。迢迢四十載，復向滎陽宿。去時十一二，今年五十六。追思兒戲時，宛然猶在目。舊居失處所，故里無宗族。豈唯變市朝，兼亦遷陵谷。獨有溱洧水，無情依舊綠。」〔註122〕他在大和元年（827）正月底回到了洛陽。當他回到洛陽以後，才知道弟弟白行簡已於去年冬天過世，心裡非常悲痛。

唐敬宗李湛年幼無知，嬉戲無度。寶曆二年十二月八日，李湛夜獵還宮，又與將軍們飲酒。席中，李湛入室更衣，殿上燈燭忽滅，劉克明、蘇佐明等擁入室內殺之，並矯詔立絳王李悟勾當軍國事。李湛時年十八，後中尉梁守謙等率禁軍討賊，劉克明、蘇佐明等死於亂兵之中，於是立江王李昂為帝，即是文宗，二月十三日，御丹鳳樓，大赦，改元大和（827）。

〔註122〕謝思煒校注：《白居易詩集校注》，頁1697。

唐文宗李昂在藩邸，深知兩朝積弊，有意釐革。宰相裴度、韋處厚老成持重，敢於進言。當即下詔，進行了許多重要的改革，一時士民相慶。裴度與白居易友善，韋處厚與白居易制科同年，長慶年間又同為中書舍人，兩人還在普濟寺受過八戒，友情即為深厚。那兩位宰相怎麼能同意白居易在家閒居呢？於是大和（827）三月二十九日詔除為秘書監，並賜金紫。從白居易的本意來說，真是不願做官了〈初到洛下閑遊〉：「漢庭重少身宜退，洛下閑居跡可逃。趁伴入朝應老醜，尋春放醉尚粗豪。詩攜綵紙新裝卷，酒典緋花舊賜袍。曾在東方千騎上，至今躞蹀馬頭高。」〔註 123〕然而，白居易對裴度、韋處厚的盛意怎麼可以拒不接受呢？只好應命了。他所珍視的倒不是秘書監這個「三品大員」，而是對酒和詩的思維，〈就花枝〉有提到：「就花枝，移酒海，今朝不醉明朝悔。且算歡娛逐日來，任他容鬢隨年改。醉翻衫袖抛小令，笑擲骰盤呼大采。自量氣力與心情，三五年間猶得在。」〔註 124〕

白居易回到長安新昌坊，看看他掛念的松齋，詩裡融入他的心聲，〈松齋偶興〉：「置心思慮外，滅跡是非間。約俸為生計，隨官換往還。耳煩聞曉角，眼醒見秋山。賴此松簷下，朝回半日閑。」〔註 125〕即便如此，他對這個官職也是非常滿意的，〈初授秘監拜賜金紫閒吟小酌偶寫所懷〉：「紫袍新祕監，白首舊書生。鬢雪人間壽，腰金世上榮。子孫無可念，產業不能營。酒引眼前興，詩留身後名。閑傾三數酌，醉詠十餘聲。便是羲皇代，先從心太平。」〔註 126〕秘書監的職責是「掌邦國圖書經籍之事」，白居易在秘書省做過校書郎，舊地重遊，一切情況都是熟悉的。這個官職輕閒，又遠離政治糾紛，〈秘省後廳〉：「盡日後廳無一事，白頭老監枕書眠」〔註 127〕熟稔的公務，讓他輕鬆自如，悠然自在，〈閑行〉詩有：「專掌圖書無過地，偏尋山水自由

〔註 123〕謝思煒校注：《白居易詩集校注》，頁 1957。
〔註 124〕謝思煒校注：《白居易詩集校注》，頁 1699。
〔註 125〕謝思煒校注：《白居易詩集校注》，頁 1964。
〔註 126〕謝思煒校注：《白居易詩集校注》，頁 1962。
〔註 127〕謝思煒校注：《白居易詩集校注》，頁 1963。

身」。〔註128〕

白居易這次回到長安，生活頗不寂寞，因為貞元以來的舊臣差不多都回來了。如崔群宣歙觀察使調為兵部尚書，廣州節度使崔植調為戶部尚書，華州刺史錢徽調為尚書右丞，蕭俛為禮部尚書。他的姻親楊汝士為職方郎中，好友庾敬休為吏部侍郎，張籍、王建、顏休復又得以聚首了。四月裡，楊於陵致仕，其子楊嗣復的門生合宴致賀，楊汝士與白居易等人也都參加了，濟濟文士，齊集新昌坊第，頗極一時之盛。楊汝士的賀詩有云：「當年疏廣雖云盛，詎有茲筵醉醽醁」。白居易的賀詩把楊於陵捧得比疏廣更高了，詩歌〈和楊郎中賀楊僕射致仕後楊侍郎門生合宴席上作〉：「業重關西繼大名，恩深闕下遂高情。祥鱣降伴趨庭鯉，賀燕飛和出谷鶯。范蠡舟中無子弟，疏家席上欠門生。可憐玉樹連桃李，從古無如此會榮。」〔註129〕

大和元年（827）這一年，儘管白居易友許多朋友都在長安，但他的精神總提不起勁，心情也頗為落寞，極少走遠。〈松齋偶興〉詩歌有云：「賴此松檐下，朝回半日閑」〔註130〕、〈閑出〉：「馬蹄知意緣行熟，不向楊家即庾家」〔註131〕、〈與僧智如夜話〉：「門閑無謁客，室靜有禪僧」〔註132〕、〈偶眠〉：「老愛尋思事，慵多取次眠」〔註133〕，透過詩歌呈現白居易當時活動的範圍不會很大，除了已近耳順之年外，跟當時心情應該有很大的關係。

一直到了十月冬天，這種情況有了改善。白居易參加「三教論衡」的第一座，白居易與沙門義休、道士楊宏元展開論辯。十一月底左右，他奉使去洛陽，恰合他的心意，因為他正在思念廬山草堂和履道新宅，〈憶廬山舊隱及洛下新居〉：「草堂久閉廬山下，竹院新拋洛水東。自

〔註128〕謝思煒校注：《白居易詩集校注》，頁1971。
〔註129〕謝思煒校注：《白居易詩集校注》，頁1964。
〔註130〕謝思煒校注：《白居易詩集校注》，頁1964。
〔註131〕謝思煒校注：《白居易詩集校注》，頁1971。
〔註132〕謝思煒校注：《白居易詩集校注》，頁1972。
〔註133〕謝思煒校注：《白居易詩集校注》，頁1975。

是未能歸去得，世間誰要白鬚翁。」〔註 134〕從他的行動來看，奉使之命並不是什麼急事？也無從考查？因為他說自己是「閑官兼慢使」，每天只走一站路，也就是他所說的：「日馳一驛向東都」沿途勾留，顯其閒情。他走到華州時，就去參觀崔群任華州刺史所建的樓台，錢徽任刺史時栽種的花果樹，風景果然幽靜可喜，只是錢徽調往長安後，尚未除新的刺史，白居易見到朝政如此紊亂，有些悵然。他望著崔群、錢徽在壁上的題詩，一時文思泉湧，下筆如神，〈華城西北雉堞最高崔公首創樓台錢左丞繼種花果為勝境題在雅篇歲暮獨遊悵然成詠〉詩句中有：「凝情看麗句，駐步想清塵。況是寒天客，樓空無主人。」〔註 135〕白居易回到洛陽，不久就過新年了。

白居易在洛陽的朋友，紛紛前來拜訪，或著派人送來問候的詩章，他就以詩答之。當時劉禹錫為主客郎中、分司東都，亦在洛陽；故友相聚，別有一番情趣。這一段時間，白氏還與朋友郊遊，去過龍門山、竇使君別墅等地。直到大和二年（828），二月十九日詔除白氏為刑部侍郎的消息傳到洛陽以後，白氏才不得不走了。洛陽的朋友齊聚履道坊為他送行，恰好那天下著大雪，人們的情緒卻是熱烈的；白居易在無意中流露出自己為什麼還要去長安的打算，在〈答林泉〉提到：「好住舊林泉，回頭一悵然。漸知吾潦倒，深愧爾留連。欲作棲雲計，須營種黍錢。更容求一郡，不得亦歸田。」〔註 136〕

劉禹錫送白居易到臨都驛，兩人在驛館裡又暢談到深夜，第二天才悻悻然而別。離去時刻，白居易特地鼓勵劉禹錫，希望他能夠忘卻不愉快的往事，叮嚀他多看、多寫詩，〈臨都驛答夢得六言二首〉：「揚子津頭月下，臨都驛裏燈前。昨日老於前日，去年春似今年。謝守歸為祕監，馮公老作郎官。前事不須問著，新詩且更吟看。」〔註 137〕同年齡

〔註 134〕謝思煒校注：《白居易詩集校注》，頁 1973。
〔註 135〕謝思煒校注：《白居易詩集校注》，頁 1976。
〔註 136〕謝思煒校注：《白居易詩集校注》，頁 1996。
〔註 137〕謝思煒校注：《白居易詩集校注》，頁 1998。

的兩人能夠互相勉勵，他的內心頗為高興。

大和二年（828），三月初，白居易回到長安，就刑部侍郎之職。刑部侍郎，正四品下。「掌天下刑法及徒隸、勾覆、關禁之政令」這是權官，不同於秘書監，所以他特地寫詩跟元稹分享他心裡的喜悅，〈微之就拜尚書居易續除刑部因書賀意兼詠離懷〉：

我為憲部入南宮，君作尚書鎮浙東。老去一時成白首，別來七度換春風。簪纓假合虛名在，筋力銷磨實事空。遠地官高親故少，些些談笑與誰同？〔註138〕

白居易回到長安，不久，劉禹錫也奉詔除主客郎中回到長安。劉禹錫這次出任主客郎中，多虧宰相裴度、竇易直的推薦力保，否則是無人過問的。〔註139〕白居易與劉禹錫同遊杏園，贈詩有〈杏園花下贈劉郎中〉云：

怪君把酒偏惆悵，曾是貞元花下人。自別花來多少事，東風二十四迴春。〔註140〕

詩歌中的「二十四迴春」，是從貞元二十一年劉禹錫貶朗州司馬算起，到大和二年（828）三月，整整二十四年。詩歌中的「偏惆悵」是說劉禹錫由於沉滯積久，心情始終不大愉快而言。劉禹錫強為歡笑，答詩〈杏園花下酬樂天見贈〉云：「二十餘年作逐臣，歸來還見曲江春。遊人莫笑白頭醉，老醉花間有幾人。」〔註141〕自從劉禹錫回到長安以後，白居易興致極好，不斷與朋友們宴聚聯吟。當時與白居易往還的有李絳、崔群、庾承宣、楊嗣復、劉禹錫、裴度、張籍等人，他們從「殘春花可賞」，一直熱鬧到夏天。同年創作〈花前有感兼呈崔相公劉郎中〉：

〔註138〕謝思煒校注：《白居易詩集校注》，頁2006。

〔註139〕參看唐·劉禹錫著，瞿蛻園箋證：〈謝裴相公啟〉，《劉禹錫集箋證》，卷十八，上海：上海古籍出版社，2009年8月。

〔註140〕謝思煒校注：《白居易詩集校注》，頁2004。

〔註141〕唐·劉禹錫著，瞿蛻園箋證：《劉禹錫集箋證》，卷二十一，上海：上海古籍出版社，2009年8月。

落花如雪鬢如霜，醉把花看益自傷。少日為名多檢束，長年無興可顛狂。四時輪轉春常少，百刻支分夜苦長。何事同生壬子歲，老於崔相及劉郎？〔註142〕

太陽還沒出來，露水重，花瓣上的露珠點點，猶有香氣。白居易回想當時元和三年～元和六年（808～810）在長安，杏花結子的情景，詩歌〈重尋杏園〉：「忽憶芳時頻酩酊，卻尋醉處重徘徊。杏花結子春深後，誰解多情又獨來。」〔註143〕開花的季節一旦過了，落花動態的美感，無論是結果子、漬蜜，或是回歸塵土。白居易〈花前有感兼呈崔相公劉郎中〉寫出對季節遞嬗的體會，珍惜朋友當下相處的時間，也給了白氏更多的思維，像是「節制」、「適度」、「規律」，大自然的奧妙在其中，彷彿人生裡的試煉與修行。

秋初，劉禹錫遷集賢殿學士，張籍接替劉禹錫為主客郎中。不久，又轉國子司業。白居易有詩〈雨中招張司業宿〉：「過夏衣香潤，迎秋簟色鮮。斜支花石枕，臥詠蕊珠篇。泥濘非遊日，陰沉好睡天。能來同宿否，聽雨對牀眠？」〔註144〕故知張籍出任國子司業是在秋初，而劉禹錫出任集賢殿學士必在秋初之前。劉禹錫〈題集賢閣〉詩末句：「曾是先賢翔集地，每看壁記一慚言」，這或許是自謙之辭。

大和二年（828），十二月二十一日，白居易好友宰相韋處厚暴病而死，給白氏精神上的震撼非常大，在加上身體的病弱不堪朝謁，白氏夫人和女兒時常勸他求個分司官，回去洛陽。白氏見韋處厚已死，朝廷裡的黨爭不過暫時休止，萬一牽連進去，就脫不了身。同時，白居易的官職也非常高階，何必再戀棧呢？他在年末寫的〈戊申歲暮詠懷三首〉詩裡，說得非常清楚：

窮冬月末兩三日，半百年過六七時。龍尾趁朝無氣力，牛頭參道有心期。榮華外物終須悟，老病傍人豈得知。猶被妻兒

〔註142〕謝思煒校注：《白居易詩集校注》，頁2005。
〔註143〕謝思煒校注：《白居易詩集校注》，頁1066。
〔註144〕謝思煒校注：《白居易詩集校注》，頁2032。

教漸退，莫求致仕且分司。唯生一女才十二，只欠三年未六旬。婚嫁累輕何怕老，飢寒心慣不憂貧。〔註 145〕

白居易鑒於過去不幸的遭遇，非常擔心。〈戊申歲暮詠懷三首〉詩裡也提：「人間禍福愚難料，世上風波老不禁。萬一差池似前事，又應追悔不抽簪。」經過深思熟慮，與家人的討論後，認為回到洛陽才是正確的決定，詩又有：「紫泥丹筆皆經手，赤紱金章盡到身。更擬踟躕覓何事？不歸嵩洛作閑人？七年囚閉作籠禽，但願開籠便入林。幸得展張今日翅，不能辜負昔時心。」

大約就在大和二年（828），十二月裡已開始「百日長告」，白居易有詩〈病假中龐少尹攜魚酒相過〉句云：「宦情牢落年將暮，病假聯綿日漸深」。〔註 146〕大和二年（828），十二月三十日，是白行簡的大祥之祭，白居易在〈祭小弟文〉中也提到：「長告」的事情。文章寫著：「……吾去年春授秘書監賜紫，今年春除刑部侍郎，孤苦零丁，又加衰疾，殆無生意，豈有宦情，所以僶俛至今，待終龜兒服制。今已請長告，或求分司，即擬移家，盡居洛下，亦是夙意，今方決行，養病撫孤，聊以終老。……」〔註 147〕

未料，新年剛過，京兆尹孔戢病死；吏部尚書致仕錢徽也過世；緊接著華州刺史崔植也過世了。半個月之間，四個較親近的朋友，相次逝世（韋中書、孔京兆、錢尚書、崔華州，十五日間相次而逝。），白居易有詩〈和自勸二首〉之二：

稀稀疏疏繞籬竹，窄窄狹狹向陽屋。屋中有一曝背翁，委置形骸如土木。日暮半爐麩炭火，夜深一盞紗籠燭。不知有益及民無，二十年來食官祿。就暖移盤簷下食，防寒擁被帷中宿。秋官月俸八九萬，豈徒遣爾身溫足。勤操丹筆念黃沙，

〔註 145〕謝思煒校注：《白居易詩集校注》，頁 2115。

〔註 146〕謝思煒校注：《白居易詩集校注》，頁 2056。

〔註 147〕唐・白居易著，謝思煒校注：《白居易文集校注》，北京：中華書局，2019 年 8 月第二次印刷，頁 133。

莫使饑寒囚滯獄。急景凋年急於水，念此攬衣中夜起。門無宿客共誰言，暖酒挑燈對妻子。身飲數杯妻一盞，餘酌分張與兒女。微酣靜坐未能眠，風霰蕭蕭打窗紙。自問有何才與術，入為丞郎出刺史。爭知壽命短復長，豈得營營心不止？請看韋孔與錢崔，半月之間四人死。〔註 148〕

白居易顯得有些不安席了，日後無法相見，沉潛的情感，期能夢寐覺知。現實世界的殘忍，往往讓人措手不及，真實的世界很現實，現實就不美，美帶點不現實，帶點距離，距離遠就多了一點想像。大和三年（829），洛陽創作〈落花〉：

留春春不住，春歸人寂寞。厭風風不定，風起花蕭索。既興風前嘆，重命花下酌。勸君嘗綠醅，教人拾紅萼。桃飄火燄燄，梨墮雪漠漠。獨有病眼花，春風吹不落。〔註 149〕

白居易透過大自然的景象，喻青春時光留不住，然而身體的病痛春風吹不落，生活裡美好的印記，在生命裡回味著，直到人生終點。三月下旬，白居易的百日假滿，照例免去刑部侍郎，詔授太子賓客，分司東都。白居易奉命之下，十分高興，他在〈病免後喜除賓客〉詩中，自我解嘲地說：「臥在漳濱滿十旬，起為商皓伴三人。從今且莫嫌身病，不病何由索得身。」〔註 150〕在他動身之前，裴度、劉禹錫、張籍三人曾假裴度的「興化池亭」，盛宴餞別，並即時聯吟。張籍有詩〈宴興化池亭送白二十二東歸〉：「雖有逍遙志，其如磊落才。會當重入用，此去肯悠哉！」〔註 151〕大和三年（829），白居易在長安創作〈晚桃花〉與張籍詩句「其如磊落才；會當重入用」相映襯：

一樹紅桃亞拂池，竹遮松蔭晚開時。非因斜日無由見，不是閑人豈得知。寒地生材遺校易，貧家養女嫁常遲。春深欲落

〔註 148〕謝思煒校注：《白居易詩集校注》，頁 1754。

〔註 149〕謝思煒校注：《白居易詩集校注》，頁 1709。

〔註 150〕謝思煒校注：《白居易詩集校注》，頁 2123。

〔註 151〕唐・張籍著：《張籍集繫年校注》，卷八，北京：中華書局，2016 年 10 月。

誰憐惜，白侍郎來折一枝。〔註152〕

「寒地生材遺校易，貧家養女嫁常遲」，詩中警語，也是全詩主旨。前句自是主意，後句更切桃花意象，警語的議論與形象化，含蓄蘊藉，發人深省。因為生長在貧寒的地方，便容易受到冷落和輕視，花木是這樣，人亦如此。白氏用貧家女兒的遲嫁，這一常見的社會現象，生動譬喻，實際上提出了一個十分重要的問題：識別人才和選拔人才的問題。不因為家世貧寒，便棄而不用，選拔人才應當唯賢是舉，廣為蒐羅，這正是白氏要抒寫的真正思想。《唐宋詩醇》論白居易〈晚桃花〉詩：「比意深婉，總從一『晚』字生情。『寒地生材』句自是主意，『貧家養女』句更切桃花，故仍以上句作陪，律法極細。」末聯「春深欲落誰憐惜，白侍郎來折一枝。」〔註153〕便緊緊承接着第三聯的議論和慨嘆，寫出了白氏對桃花的憐惜與珍愛。他獨具慧眼，折取一枝，這種與眾不同的惜花之情，正反映出白氏對人才問題不同流俗的見解。

這首詩借景言情，情因景生，正是晚放的「一樹紅桃」，觸發了白氏的創作機緣。詩歌借景言情，情因景生。清人查慎行《白香山詩評》論其詩：「『寒地生材遺校易，貧家養女嫁常遲。』為『晚』字生波，寄慨絕遠。」〔註154〕白居易的詩雅俗共賞，富有情味，他所運用的語言大都淺顯平易，接近口語，但又十分注意語言的加工和提煉，以便使通俗的字句，表達出深厚的情致韻味。明人陸時雍《詩鏡總論》論白氏詩：「善言情者，吞吐深淺，欲露還藏，便覺此衷無限。」〔註155〕詩句手腕柔和與層次吞吐之妙，閒適在晚桃花植栽間橫生，「晚」之意象卻將女子嫁常遲的情韻，微妙蔓生。

〔註152〕謝思煒校注：《白居易詩集校注》，頁2187。

〔註153〕清高宗敕編：《唐宋詩醇》，卷二五，瀋陽：春風文藝出版社，1995年。

〔註154〕清・查慎行《白香山詩評》。

〔註155〕明・陸時雍，李子廣評注：《詩鏡總論》，北京：中華書局，2014年4月第一次印刷，頁168。

大和三年（829），白居易終於離開長安了。這一年，他已經五十八歲了，他對長安似乎一點也不留戀，此後也真的沒有再回來過。他有著萬分的感傷，又懷抱小確幸的心情，其實他內心確實曾經苦惱過，〈長樂亭留別〉詩裡有說：「灞滻風煙函谷路，曾經幾度別長安。昔時蹙促為遷客，今日從容自去官。優詔幸分四皓秩，祖筵慚繼二疏歡。塵纓世網重重縛，迴顧方知出得難。」〔註 156〕從長安至洛陽途中，他的心情逐漸舒展，步伐輕鬆，路程自在。過去在長安的日子，現在雖是如釋重負，過去卻是累積今天前進的動力，白居易從心底深處感到快樂。

元和十年（815）秋天，白居易帶著詔書匆匆離開長安，在商州（今陝西商縣）驛館等待家人會合後繼續往南行，一路風城僕僕到了鄂州（今湖北武漢），在那兒他登上了黃鶴樓憑欄遠望，龜山、鸚鵡洲、頭陀寺盡收眼底〔註 157〕，但如此佳景僅能換得一時的快慰，心中的愁雲仍無法消散，特別是夜闌人靜時刻，於是有了創作〈夜聞歌者〉裡頭的歌女，便在秋江、明月、江船所營造的一片孤寂中登台出場：

> 夜泊鸚鵡洲，江月秋澄澈。鄰船有歌者，發調堪愁絕。歌罷繼以泣，泣聲通復咽。尋聲見其人，有婦顏如雪。獨倚帆檣立，娉婷十七八。夜淚如真珠，雙雙墮明月。借問誰家婦，歌泣何淒切。一問一霑襟，低眉終不說。〔註 158〕

對於當時白居易的心情而言，從京城貶到江州，走了兩千多公里的路程〔註 159〕，夜宿長江岸，未來的路尚且茫茫，聽聞如此歌聲，怎能不

〔註 156〕謝思煒校注：《白居易詩集校注》，頁 2124。

〔註 157〕白居易：〈盧侍御與崔評事為予於黃鶴樓置宴，宴罷同望〉：「江邊黃鶴古時樓，勞置華筵待我游。楚思淼茫雲水冷，商聲清脆管弦秋。白花浪濺頭陀寺，紅葉林籠鸚鵡洲。總是平生未行處，醉來堪賞醒堪愁。」謝思煒校注：《白居易詩集校注》，頁 1222。

〔註 158〕謝思煒校注：《白居易詩集校注》，頁 820。

〔註 159〕白居易在往江州的路上，夜宿鄂州江邊時遇到這位歌者，據《舊唐書．地理志》：「鄂州上，隋江夏郡……在京師東南二千三百四十六里。」引自《舊唐書》，卷四十，志第二十，頁 1610。

想起他自己滿腔的抱負國家的熱情，卻被視如敝屣的委屈與不甘呢？滿懷的悽愴，滿目的滄桑，這無奈的心境又能向誰傾訴呢？那麼強烈的痛苦又如何傾訴呢？是不是在那麼一刻，白居易了解到，說與不說其實沒有那麼重要，「借問誰家婦」在這寒江冷月下默默掉著眼淚，那濃濃的淒楚已不言可喻。這一種不言之美，是含蓄之美，寥寥幾筆，看似尋常，最能讓人反覆咀嚼回味。

三、琴音舞藝之閒適意象

白居易「處無為之事，行不言之教」，白氏任官以不言之教以得化民，不待言詞訓誡而郡平治。其詩歌創作不言而喻，增添耐人尋味的魅力。元和十一年（816）在江州司馬任。白居易到江州已經一年了，二月，赴廬山，遊東林、西林寺，訪陶潛舊宅。七月，長兄幼文攜諸院孤小弟妹六、七人自徐州至。秋，送客湓浦口，夜聞舟中彈琵琶者。秋風瑟瑟的夜晚，在送客的江邊邂逅了琵琶女，而寫下了〈琵琶行〉。詩中流露出強烈的失落感，白居易最能感同身受，從翰林學士、左拾遺的近臣要職，驟然被貶為偏遠江州的小小司馬，此時地位、環境、理想的落差，形成一種心理的忐忑，他的心理充滿失意與流離漂泊的情愫。琵琶女原本只是個提供娛樂的樂伎，白居易則是滿腹經綸的士大夫，兩人的身分天差地遠，思想模式更是判若雲泥，但「淪落」的命運讓他們偶遇，彼此間產生了交集與共鳴。琵琶女用樂聲唱出心事時，唱言：「個中泣下誰最多？江州司馬青衫濕」，道出感傷的心情，卻帶有理解的意味。白氏聽了琵琶女的優唱，重新建構內在的安全感，修復情感的連結，找回自尊與自我存在的價值。莫礪鋒《評說白居易》說過：「〈琵琶行〉字裡行間最感動我們的是同情心，全詩最有意義的警句就是：同是天涯淪落人，相逢何必曾相識。……即使漂泊到天涯海角，即使感到舉目無親，只要你懷著善良的情懷，你就一定會在陌生的人群中發現共鳴，得到同情。」〔註160〕

〔註160〕莫礪鋒：《評說白居易》合肥：安徽文藝出版社，2010年，頁91。

清人方扶南推許為「摹寫聲音至文」〔註 161〕，因其「足以移人」、足以「以聲傳情」，〈琵琶行〉中提到是夜琵琶樂音觸動了白居易，他又以此詩觸動了後世之人，語言描寫固然極為高妙，但其中淒涼幽怨的情調，融合景、樂與人而使意境渾成，充分表現琴聲之悠揚，景色之燦爛與情感知性之美。本論文從「琴音舞藝」與「聽樂觀舞」的聲韻傳情展開論述，適切的了解浪遊閒適的生活美學，所建立的美學觀。

白居易是歷史上少見的文人音樂家，他所創作的樂舞詩質和量遠遠超過同時代的詩人，特別是詩歌中所描寫的樂舞種類十分多元，具有高度文學審美觀，利用藝術的觀點描寫唐朝樂舞的形式，彌補史料的不足。本論文就他「知音愛樂」的素養，從音樂、舞蹈的角度，討論他創作樂舞詩與生活的連結，透過浪遊四方所到之處，或許是杭州，或許是蘇州，他生活在具備音樂、舞蹈之鄉，所以其業餘活動，多半沉浸在歌舞裡了。本論文通過白氏對樂舞素養與樂舞詩的創作，觀其浪遊四方時期美學觀的建立。依據孫貴珠《唐代音樂詩研究》分析：

> 詩人之音樂素養與音樂詩創作數量多寡關聯極大，換言之，詩人之音樂修為往往亦與音樂詩之創作數量相應；以白居易來說，其知音愛樂修為之高超，本是唐代文人中難得且少見者，故其因樂詩之數量高出其他詩人數倍，也就不足為奇。其次，連結唐代音樂詩彙錄之內容可發現：詩人音樂素養之高低，與音樂詩內容之深度、廣度與精確度，有必然關聯。〔註 162〕

白居易崇尚儒家音樂思想，特別推崇詩經。孫貴珠《唐代音樂詩研究》分析，將白居易音樂素養與樂舞詩創作關係分別以青、中、晚年

〔註 161〕白香山江上琵琶、韓退之師琴、李長吉李憑箜篌，皆摹寫聲音至文。韓足以驚天、李足以泣鬼、白足以移人。參見：唐・李賀著，清・王琦、姚文燮、方扶南等評注：《三家評注李長吉歌詩》，上海：上海古籍出版社，2011 年，頁 292。

〔註 162〕孫貴珠：《唐代音樂詩研究》，臺北：國立台灣師範大學博士論文，2005 年，頁 70。

三個階段：一、將理想與抱負寄託在民歌性質的樂府詩，且與將當時流行的「三三七」民歌句型運用在《新樂府》上，以達到傳播之目的。二、或以律體、歌行體的詩歌創作取向，抒發個人情志，感事而作，同時敘事、抒情，強化詩歌作品的音樂性與舞蹈美姿。三、日常生活的樂舞心得成了詩作內容，律體詩頗受白居易青睞，七言絕句佔了將近半數。綜觀可知白氏揮筆立就的小詩，適合抒寫生活片段的感觸，當時生活平靜閒適，少有所寄託，樂舞詩歌的創作轉而重視詩歌的形式、音韻之優美，而非只有情感的訊息傳遞了。

白居易的樂舞詩風受到人生際遇的影響甚鉅，長久以來學界皆將其思想創作分為前後兩期，並據〈與元九書〉將前期視為「兼濟」思想的實踐，後期則為「獨善」的思想發揚。樂舞詩尋著這條脈絡進行，由青年時期的積極進取，轉為晚年時期的消極恬退，實際上這種巨大的轉變，並不是在某一個短暫的時間點完成的。白居易時常創作關於琴的詩歌，在元和六年～元和八年間（811～813），透過〈清夜琴興〉：「月出鳥棲盡，寂然坐空林。是時心境閒，可以彈素琴。清泠由木性，恬澹隨人心。心積和平氣，木應正始音。響餘羣動息，曲罷秋夜深。正聲感元化，天地清沉沉。」〔註163〕以自己的心所呈現的境界。張說〈清遠江峽山寺〉：「靜默將何貴，惟應心境同」。《圓覺經》：「慧日肅清，照耀心境」就像鏡純粹之至精，聆清和之正聲。中年貶謫的十餘年是思想轉變的關鍵，中年貶謫一直到老年時期，也是探討琴音舞藝詩的關鍵時期。

如果依據白居易青年、中年、晚年時期討論轉變的歷程，首先是創作目的的改變，青年時期的樂舞詩是為了政治目的而創作的，白氏將詩歌視為一把利刃，抨擊所有不公不義的現象，樂舞則是利刃下華麗的包裝，目的在於吸引閱讀者的注意力，所以詩題與詩作內容都是當時流行於民間異族樂舞，或盛行於宮廷的樂舞曲目。他期盼藉著傳

〔註163〕謝思煒校注：《白居易詩集校注》，頁497。

唱的普及，將人民的心聲傳遞給上位者，以達到改革的目標。中年時期的樂舞詩是為了自遣目的創作，排遣的是政治因素帶來的憤恨與感傷，樂舞本由情感而生，因此白居易藉由內心的澎拜與翻騰的情緒，謳歌出一首首樂舞詩作，透過這些作品傾訴衷腸，也藉著詩歌內容療癒。到了貶謫後期（蘇杭）時期，知足保和的思想以開枝散葉，此一思想延續到晚年，由於生活的不虞匱乏，使樂舞詩創作轉以自適為目的，聽樂、觀舞、寫詩已是娛樂節目必要的點綴，隨興的創作成為本時期的主體，樂舞詩就是當時的生活寫照。有詩〈船夜援琴〉：

> 鳥棲魚不動，月照夜江深。身外都無事，舟中只有琴。七絃為益友，兩耳是知音。心靜即聲淡，其間無古今。〔註 164〕

白居易描寫了一幅極為寧靜的氛圍，靜止的鳥和魚，明月倒映如在江中，眼前除了被撥動的琴弦，沒有外物的干擾，凝神專心，獨坐悠然一曲，琴弦益友，雙耳為知音，天籟之音自然的融入心田，心裡覺得安定，已無法分辨古今音樂的差別了。白居易寫過的琴詩有一百多首，是唐代琴詩最多的詩人。他有多首詩談及自己與琴的淵源，「常與七弦為友」並「自我陶醉」，〈琴〉詩中：「置琴曲機上，慵坐但含情。何煩故揮弄，風絃自有聲。」〔註 165〕音樂具有審美情致。他亦認為音樂應服從政治，「如知樂與時政通」，並提出「文章合為時而著，詩歌合為事而作」這一創作主張。因此，他不僅聽別人彈琴，自己也常撫琴。元和十三年（818），在江州創作〈夜琴〉：

> 蜀桐木性實，楚絲音韻清。調慢彈且緩，夜深十數聲。入耳淡無味，愜心潛有情。自弄還自罷，亦不要人聽。〔註 166〕

元和十三年（818），白居易在江州，其詩〈對酒示行簡〉：

> 今旦一樽酒，歡暢何怡怡。此樂從中來，他人安得知？兄弟唯二人，遠別恆苦悲。今春自巴峽，萬里平安歸。復有

〔註 164〕謝思煒校注：《白居易詩集校注》，頁 1870。
〔註 165〕謝思煒校注：《白居易詩集校注》，頁 710。
〔註 166〕謝思煒校注：《白居易詩集校注》，頁 646。

雙幼妹，笄年未結褵。昨日嫁娶畢，良人皆可依。憂念兩消釋，如刀斷羈縻。身輕心無繫，忽欲凌空飛。人生苟有累，食肉常如飢。我心既無苦，飲水亦可肥。行簡勸爾酒，停杯聽我辭。不歎鄉國遠，不嫌官祿微。但願我與爾，終老不相離。〔註 167〕

依據「今春自巴峽，萬里平安歸」，詩意臆測白居易弟於是年自蜀中歸長安也。實則指白行簡自巴峽歸江州而言，據白居易〈別行簡〉詩卷十，白行簡於元和九年五、六月間應劍南東川節度使盧坦之聘赴梓州。〔註 168〕又據白居易〈得行簡書聞欲下峽先以此寄〉詩：「朝來又得東川信，欲取春初發梓州。書報九江聞暫喜，路經三峽想還愁。」〔註 169〕白氏的弟弟白行簡當年春天出峽至江州與其歡聚，特別珍惜，白氏常感聚少離多，常以琴聲來轉移注意力。詩句中：「入耳淡無味，愜心潛有情。自弄還自罷，亦不要人聽。」也因為琴聲的樂音讓他體悟知音太少，深刻的感受手足之親。若以李賀〈李憑箜篌引〉詩中：「吳絲蜀桐張高秋，空山凝雲頹不流」中的「張高秋」來形容白氏學習音樂的專注形象，而「空山凝雲」具有思想情感之移情作用，可作為白氏對音樂的自我要求非常高。

元和十四年（819），春天，白居易離江州赴忠州刺史任。弟行簡隨行。時元稹離通州赴虢州長史任，三月十一日相遇於黃牛峽口石洞中，停舟夷陵，置酒賦詩，三日而別。二十八日抵忠州。元稹在虢州長史任。秋，女樊殤。冬召還，授膳部員外郎。劉禹錫在連州刺史任。此年，劉禹錫母卒，奉柩返洛陽。元和十四年（819），忠州，白居易〈竹枝詞〉組詩語言通俗流暢，不失率真之情切：

〔註 167〕謝思煒校注：《白居易詩集校注》，頁 644。

〔註 168〕白行簡，白居易之弟，字知退。《舊唐書．白行簡傳》：「元和中，盧坦鎮東蜀，辟為掌書記。府罷，歸潯陽。居易授江州司馬，從兄之郡。十五年，居易入朝為尚書郎，行簡亦受左拾遺，累遷司門員外郎、主客郎中。」

〔註 169〕謝思煒校注：《白居易詩集校注》，頁 1359。

瞿唐峽口水煙低，白帝城頭月向西。唱到竹枝聲咽處，寒猿暗鳥一時啼。竹枝苦怨怨何人，夜靜山空歇又聞。蠻兒巴女齊聲唱，愁殺江樓病使君。巴東船舫上巴西，波面風生雨腳齊。水蓼冷花紅簇簇，江蘺溼葉碧悽悽。江畔誰人唱竹枝，前聲斷咽後聲遲。怪來調苦緣詞苦，多是通州司馬詩。〔註170〕

白居易於深夜聽唱〈竹枝〉曲，不知何許人也？蠻兒巴女齊聲輕唱，流離遷謫之悲，響徹〈竹枝〉之心聲，雖引起他的秋怨之情，但寂寞的心情，藉著環境烘托歌聲，景物寓情，彷彿一首協奏曲，讓白氏無窮的羈愁得到遣懷，所謂的哀婉動人苦調，已化為蘊藉的韻調，溢於言表。濃厚鄉土色彩，土風民俗與京城人異其趣，給予白氏豐富的寫作題材；異鄉習俗與歌曲等陌生事物，給予他莫大的衝擊；這一種個人姿態與宏大的場景形成強烈對比，白氏能夠在中晚年時期體物入微，傾懷直訴，並側重於發展一種深刻的感受，琴音舞藝的審美是一種關於內在的象徵秩序。這一種象徵秩序若產生矛盾，白居易能有所解套。白氏慕魏晉之風，認為只有嵇康與阮籍才是他的知音，能得琴酒之味，〈對琴酒〉詩：

西窗明且暖，晚坐卷書帷。琴匣拂開後，酒瓶添滿時。角樽白螺盞，玉軫黃金徽。未及彈與酌，相對已依依。泠泠秋泉韻，貯在龍鳳池。油油春雲心，一杯可致之。自古有琴酒，得此味者稀。只應康與籍，及我三心知。〔註171〕

世人多愛俗音，即使我不辭辛勞為你演奏古琴，你也並不愛聽，這多麼令人傷心啊！琴人之雅難容於世，白居易心灰意冷，認為古琴不被重視，實在是知音太少了！他懂得音韻妙曲，樂以忘機，〈琴酒〉：「耳根得聽琴初暢，心地忘機酒半酣。若使啟期兼解醉，應言四樂不言三。」〔註172〕時而身心靜好，也是個聆聽者，〈聽幽蘭〉詩云：「琴中古曲是

〔註170〕謝思煒校注：《白居易詩集校注》，頁1462。
〔註171〕謝思煒校注：《白居易詩集校注》，頁2311。
〔註172〕謝思煒校注：《白居易詩集校注》，頁2100。

幽蘭，為我殷勤更弄看。欲得身心俱靜好，自彈不及聽人彈。」〔註 173〕琴聲淡雅，而世人多愛繁曲淫聲，故知音稀少。古琴以絲桐制琴，上古之音，悠遠滄桑之聲，光彩退盡，已無人去彈奏，詩〈廢琴〉：「絲桐合為琴，中有太古聲。古聲淡無味，不稱今人情。玉徽光彩滅，朱絃塵土生。廢棄來已久，遺音尚泠泠。不辭為君彈，縱彈人不聽。何物使之然，羌笛與秦箏。」〔註 174〕

當時的社會，古琴雖遭受到冷落，但在當時的文化圈，古琴音樂顯得生氣蓬勃，珠潤雅音，以視正聲。白居易以極大的耐心與毅力來堅持正聲，藉古琴之勢來寓意自己在朝局中的地位，君王不正視聽，偏好奸佞，以致博雅儒學的人才「光彩滅」，「塵土生」。終是曲高和寡，世俗之人，不識曲亦不愛好，原來是因為羌笛秦箏俗樂之故。白氏晚年辭去刑部侍郎的官職，賦閒東都。寶曆二年（826），創作〈琴茶〉詩，表達了白氏的想法：「達則兼濟天下，窮則獨善其身」的觀點：

> 兀兀寄形群動內，陶陶任性一生間。自拋官後春多醉，不讀書來老更閑。琴裏知聞唯淥水，茶中故舊是蒙山。窮通行止長相伴，難道吾今無往還。〔註 175〕

白居易精通音律，〈淥水〉古琴曲，為白氏之所愛。曾有詩〈聽彈古淥水〉云：「聞君古淥水，使我心和平。欲識漫流意，為聽疏泛聲。西窗竹陰下，竟日有餘清。」〔註 176〕可知白氏提此曲，是為了表明自己平和心境；次而寫茶，「故舊」指老朋友、舊相識。「蒙山」指蒙山茶，產於雅州名山縣（今屬四川），蒙頂山區，相傳西漢年間，吳理真禪師親手在蒙頂上清峯甘露寺植仙茶七株，飲之可成地仙。白氏舉此茶，以表明自己超然的思想，但白氏畢竟是標準的儒家子弟，他的辭官亦非完全出自本心，看到唐王朝日益加劇的矛盾，各種弊端日益呈現，他的

〔註 173〕謝思煒校注：《白居易詩集校注》，頁 2101。
〔註 174〕謝思煒校注：《白居易詩集校注》，頁 28。
〔註 175〕謝思煒校注：《白居易詩集校注》，頁 1954。
〔註 176〕謝思煒校注：《白居易詩集校注》，頁 467。

忠君愛國之心無法掩飾，故在尾聯，他仍表達了自己壯志難酬的感嘆和欲展宏圖的期望。「窮通行止」，這裡的「窮」指報國無路，「通」指才華得施，「行」指政見得用，「止」指壯志難酬。白居易〈江南謫居十韻〉：「壯心徒許國，薄命不如人。纔展淩雲志，俄成出水鱗。葵枯猶向日，蓬斷即辭春。……行藏與通塞，一切任陶均。」〔註 177〕正是這首詩歌的最好註解。末句表達了白氏想返回長安為國效力的願望，但他至終亦未能再進西京，令人感嘆。寫自己天性開朗，曠達灑脫，與官場中的風氣相悖，故寄身官場屢受排擠。「拋官」即辭官，退隱之後無早朝之擾，儘可春眠；年事已高，再無為搏功名而讀詩書之累，更覺逍遙自在。極寫賦閒後的愜意之狀。

其次是創作內容的改變，青年時期的 16 首樂舞詩中，諷諭類便佔了 12 首，原因是左拾遺的身分，白居易將樂舞詩也當成奏章的一部分，並期盼能透過這樣的方式廣開宸聽，讓皇帝了解人民疾苦，另一方面他還想以此方式輔佐施政，報答憲宗對他的知遇之恩。中年貶謫時期的樂舞詩因謫居原因不同，故需以貶謫前期（江州忠州）、後期（杭州蘇州）分別來看，前期因遭人構陷而貶官，故以感傷類數量較多，15 首樂舞詩中有 10 首為感傷詩，皆為自傷命運之作。其中較為獨特的閒適作品，能夠引發意象思維之創作，如〈夜琴〉呈現別有領會的淡薄情趣。樂音「淡無味」，白氏「愜心」，認為彈琴「潛有情」，表達琴聲的抒情功能勝過娛樂的功能，因此閒適自在就好，何須一定要有人聆聽呢？呈現一派豁達自如的審美情調，白氏常以琴為知音，若琴有知，必然將白氏當做知己。

元和十年（815），在江州有創作〈盧侍御小妓乞詩座上留贈〉詩：「鬱金香汗裛歌巾，山石榴花染舞裙。好似文君還對酒，勝於神女不歸雲。夢中那及覺時見，宋玉荊王應羨君。」〔註 178〕又〈醉後題李馬二妓〉詩：「行搖雲髻花鈿節，應似霓裳趁管絃。豔動舞裙渾是火，愁凝

〔註 177〕謝思煒校注：《白居易詩集校注》，頁 1337。
〔註 178〕謝思煒校注：《白居易詩集校注》，頁 1242。

歌黛欲生煙。有風縱道能迴雪，無水何由忽吐蓮？疑是兩般心未決，雨中神女月中仙。」〔註179〕、〈賦得聽邊鴻〉：「驚風吹起塞鴻羣，半拂平沙半入雲。為問昭君月下聽，何如蘇武雪中聞？」〔註180〕、〈郡中春讌因贈諸客〉：「冉冉趨府吏，蚩蚩聚州民。有如蟄蟲鳥，亦應天地春。薰草席鋪坐，藤枝酒注樽。中庭無平地，高下隨所陳。蠻鼓聲坎坎，巴女舞蹲蹲。使君居上頭，掩口語眾賓。勿笑風俗陋，勿欺官府貧。蜂巢與蟻穴，隨分有君臣。」〔註181〕元和十年（815），長安，詩有更全方位審美：〈題周皓大夫新亭子二十二韻〉：

> 東道常為主，南亭別待賓。規模何日創，景致一時新。廣砌羅紅藥，疏窗蔭綠筠。鎖開賓閣曉，梯上妓樓春。置醴寧三爵，加籩過八珍。茶香飄紫筍，膾縷落紅鱗。輝赫車輿鬧，珍奇鳥獸馴。獼猴看櫪馬，鸚鵡喚家人。錦額簾高卷，銀花盞慢巡。勸嘗光祿酒，許看洛川神。斂翠凝歌黛，流香動舞巾。裙翻繡鸂鶒，梳陷鈿麒麟。〔註182〕

詩歌中賓主逸趣清歡，室內佈置高雅，庭院環境花木遍植，幽賞怡情。文人們品嘗珍饈、飲酒興闌後飲茶，這不僅能紓解酒意，還能延續情誼的交流。走筆至此，白居易先以平面的角度敘說，以下才敘寫具體；先於臺階遍植紅藥，通風窗櫺有綠蔭。透過迎賓送客，賓客才藝表演不絕，熱鬧萬分的景象，川流不息。燈火輝煌之下，女舞者柔美曼妙姿態，形象儀態萬千，具有審美情趣，份外使人心動；並在茶香氛圍裡，襯托躍動與柔美的舞藝，茶宴活動的歡顏情境，舞者柔美曼妙姿態即是審美活動。它包含一種感知、想像、理解、情感諸因素，交錯融合的一種心理現象。文人們的閒適風流、種種逸趣，只有通過具體的審美活動，才能對審美主體有直接的體悟，才能具有客觀性的審美意義。

〔註179〕謝思煒校注：《白居易詩集校注》，頁1242。
〔註180〕謝思煒校注：《白居易詩集校注》，頁1186。
〔註181〕謝思煒校注：《白居易詩集校注》，頁873。
〔註182〕謝思煒校注：《白居易詩集校注》，頁1183。

長慶元年（821）二月，白氏在新昌坊買了一所宅第，實現了他多年的宿願。他在庭院種了數十棵松樹，還有其它植栽。在長安城裡有了自己的住家，遷入新居。白居易逐漸有了自足適意的思維模式，當年七月，白居易意識到元稹的思想變化，元稹為了迎合穆宗「銷兵」之議，寫了〈連昌宮詞〉，說什麼「努力廟謀休用兵」。他反對裴度主戰的布署，便和宦官魏宏簡內外結納，阻撓裴度的規劃實現。裴度發覺後，非常氣憤，連上三表，要求朝廷召集百官集議。穆宗不得已把魏宏簡降為弓箭使，元稹解去翰林學士。白居易對元稹的行為，頗不以為然，曾寫〈初著緋戲贈元九〉詩暗示過他：「身外名徒爾，人間事偶然」〔註 183〕，他希望元稹在名利面前應該有所節制，千萬別漫漶、迷茫的無法分辨。

秋意漸濃的時候，白行簡詔除左拾遺，白居易異常興奮。每天早晨，兩人同行入朝，感到驕傲與愉快。同時也提醒白行簡要謹慎從事，不可掉以輕心。長慶元年（821）〈行簡初緩拾遺同早朝入閣因示十二韻〉：「……近職誠為美，微才豈合當。綸言難下筆，諫紙易盈箱。老去何僥倖，時來不料量。唯求殺身地，相誓答恩光。」〔註 184〕十月十九日，詔除白居易為中書舍人。中書舍人，正五品上，已跨入高官階層。白居易心中感到滿意，常常告誡自己，人要有知足之心，才會擺脫煩惱——做官做到五品官，不為下賤。……這幾句詩就反映了這種情緒，感到無所作為，退而求其次，以知足保和之心，慰藉自己心煩意亂之情。〈西掖早秋直夜書意〉詩：「……量能私自省，所得已非少。五品不為賤，五十不為夭。若無知足心，貪求何日了。」〔註 185〕顯其知足保和思想的一致性。他的夫人得到弘農縣君的告身，也會使他感到不安，有詩〈妻初授邑號告身〉：「弘農舊縣授新封，鈿軸金泥誥一通。我轉官階常自愧，君加邑號有何功？花牋印了排窠濕，錦幖裝來耀手紅。倚得

〔註 183〕謝思煒校注：《白居易詩集校注》，頁 1526。
〔註 184〕謝思煒校注：《白居易詩集校注》，頁 1529。
〔註 185〕謝思煒校注：《白居易詩集校注》，頁 887。

身名便慵墮，日高猶睡綠窗中。」〔註 186〕白氏自歸朝以來，一年之間，三遷其官，在政治上算是順利的，可是心情總是怏怏不樂。這有幾點原因。〔註 187〕白居易隨著年齡增長與人事經驗的累積，自持知足保和的修練外，廉潔與正義感也贏得士林官員的敬重。〔註 188〕

到了後期，即是長慶二年（822），二月間，元稹做了宰相，有意解除裴度兵權，便慫恿穆宗罷兵。穆宗聽了元稹的意見，詔除裴度為東都留守，判東都尚書事。白居易對元稹這種做法堅決反對，於是上〈諫請不用奸臣表〉，揭露元稹之非。有云：「臣素與元稹至交，不欲發明。伏以大臣沈屈，不利於國，方斷往日之交，以存國章之政。」〔註 189〕白居易這種不以私害公的精神，實在難得。元稹出為同州刺史以後，詩〈寄樂天二首〉給白居易解釋說：「唯應鮑叔猶憐我，自保曾參不殺人。」〔註 190〕元稹想用自己的不幸，博得白居易的同情，所以又說：「贏骨欲銷猶被刻，瘡痕未沒又遭彈」。〔註 191〕白居易這兩年來，朋友

〔註 186〕謝思煒校注：《白居易詩集校注》，頁 1532。

〔註 187〕一是懷念湘靈，〈寄遠〉一詩就是為湘靈寫的：「欲忘忘未得，欲去去無由。兩腋不生翅，二毛空滿頭。坐看新落葉，行上最高樓。瞑色無邊際，茫茫盡眼愁。」（〈寄遠〉，卷 19）二是李建的過世：「自問有何惆悵事，寺門臨入卻遲回。李家哭泣元家病，柿葉紅時獨自來。」（〈慈恩寺有感〉，卷十九）三是元宗簡第二年春天也過世，「從哭李來傷道氣，自亡元後減詩情。金丹同學都無益，水竹鄰居竟不成。月夜若為游曲水，花時那忍到昇平。如年七十身猶在，但恐傷心無處行。」（〈予與故刑部李侍郎早結道友以藥術為事……舊遊因貽同志〉，卷十九）

〔註 188〕長慶元年（821）八月，白居易奉命去田布家，宣諭田布出任魏伯節度使，事成，田布謝絹五百匹。白居易卻還。穆宗又派中使第五文岑，就宅相勸，白居易堅不接受。他在〈讓絹中〉說：「臣食國家厚祿，居陛下清官，每月俸錢，尚慚尸素，無名之貨，豈合苟求。」這種力矯惡習的廉潔作風，是值得讚許的。

〔註 189〕唐・白居易著，謝思煒校注：《白居易文集校注》，北京：中華書局，2019 年 8 月第二次印刷，頁 2084。

〔註 190〕唐・元稹著：《元稹集校注》，卷二十一，上海：上海古籍出版社，2011 年 12 月。

〔註 191〕唐・元稹著：《元稹集校注》，卷二十一，上海：上海古籍出版社，2011 年 12 月。

是比較多的，過從甚密的有張籍、韓愈、王建、錢徽等人，或詩歌唱酬，或夜宴聯吟，或同遊共賞，生活並不寂寞。但在喧囂的官場生涯中，感到有些厭倦，正是所謂「笑面哭心」，因此流露真實思想，長慶二年（822），長安有詩〈衰病無趣因吟所懷〉：

朝餐多不飽，夜臥常少睡。自覺寢食間，多無少年味。平生好詩酒，今亦將捨棄。酒唯下藥飲，無復曾歡醉。詩多聽人吟，自不題一字。病姿與衰相，日夜相繼至。況當尚少朝，彌慚居近侍。終當求一郡，聚少漁樵費。合口便歸山，不問人間事。〔註192〕

七月初，罷去白居易的中書舍人。詔書下達後，白居易有些悵惘然，〈初罷中書舍人〉：「性疏豈合承恩久，命薄元知濟事難。」〔註193〕七月中旬才詔除杭州刺史。此時，以閒適類樂舞詩居冠，杭州是音樂舞蹈之鄉為其因素之一，則為了明哲保身而自請外任，透過同年創作〈逍遙詠〉：「亦莫戀此身，亦莫厭此身。此身何足戀，萬劫煩惱根。此身何足厭，一聚虛空塵。無戀亦無厭，始是逍遙人。」〔註194〕從詩作的內容，其23首樂舞詩中，閒適類便佔了13首，感傷詩則減為5首，可以很明顯地看出心態上的改變。大約也是此時，白居易親自教演了〈霓裳羽衣舞曲〉。元和初，白居易為翰林學士時，曾在昭陽宮中陪宴，看見過〈霓裳羽衣舞曲〉，當時暗地記下樂譜，故而能夠排練。他後來在寶曆元年（825），蘇州時寫過一篇〈霓裳羽衣歌〉詩，其中談到其在杭州教演排練的經過：

移領錢唐第二年，始有心情問絲竹。玲瓏箜篌謝好箏，陳寵觱篥沈平笙。清絃脆管纖纖手，教得霓裳一曲成。虛白亭前湖水畔，前後只應三度按。便除庶子拋卻來，聞道如今各星散。今年五月至蘇州，朝鐘暮角催白頭。貪看案牘常侵夜，

〔註192〕謝思煒校注：《白居易詩集校注》，頁897。
〔註193〕謝思煒校注：《白居易詩集校注》，頁1581。
〔註194〕謝思煒校注：《白居易詩集校注》，頁897。

不聽笙歌直到秋。秋來無事多閑悶，忽憶霓裳無處問。聞君部內多樂徒，問有霓裳舞者無？〔註195〕

詩中提到玲瓏、謝好、陳寵、沈平都是當時的杭州名伎。白居易曾在〈醉歌示伎人商玲瓏〉中提到：「腰間紅綬繫未穩，鏡裡朱顏看已失。玲瓏玲瓏奈老何，使君歌了汝更歌」〔註196〕可見兩人的關係比較親近。其他三人詩中雖然沒有提到，大概也有些交情。〈霓裳羽衣舞曲〉教成之後，先後演奏過三次，成效非常好，是白居易之所以念念不忘的原因。詩中提到：「虛白亭前湖水畔，前後只應三度按」。長慶二年（822），白居易在杭州創作〈虛白堂〉：「虛白堂前衙退后，更無一事到中心。移床就日簷間臥，臥詠閑詩側枕琴。」〔註197〕沒有側然有所感，志當存高遠的深思，只有眼前閒適自在，與琴樂共舞間的自適。聽琴今昔感受相異，歷經宦海浮沉，人事滄桑，表面多半淡然曠達帶有些些悲苦，卻已無法影響到他了。

詩歌〈聽夜箏有感〉有云：「江州去日聽箏夜，白髮新生不願聞。如今格是頭成雪，彈到天明亦任君。」〔註198〕以豁達之語表達悲切之情。元和十年（815）至長慶二年（822）〈琵琶〉創作：「絃清撥利語錚錚，背卻殘燈就月明。賴是心無惆悵事，不然爭奈子絃聲。」〔註199〕琴聲輕攏慢撚抹復挑，當是子絃輕撚為多情，滑出風雷是撥聲。當年白居易已超過天命之年，生活起居普遍簡單化，唯有室內端坐繩牀，正心觀禪不可缺少。〈東院〉詩云：「松下軒廊竹下房，暖簷晴日滿繩床。淨名居士經三卷，榮啟先生琴一張。老去齒衰嫌橘醋，病來肺渴覺茶香。有時閑酌無人伴，獨自騰騰入醉鄉。」〔註200〕即便如此，精神與體力猶強健，〈醉題候仙亭〉：「蹇步垂朱綬，華纓映白鬚。何因駐衰老，

〔註195〕謝思煒校注：《白居易詩集校注》，頁1668。
〔註196〕謝思煒校注：《白居易詩集校注》，頁974。
〔註197〕謝思煒校注：《白居易詩集校注》，頁1601。
〔註198〕謝思煒校注：《白居易詩集校注》，頁1573。
〔註199〕謝思煒校注：《白居易詩集校注》，頁1575。
〔註200〕謝思煒校注：《白居易詩集校注》，頁1600。

只有且歡娛。酒興還應在，詩情可便無？登山與臨水，猶未要人扶。」〔註201〕正當〈對酒自勉〉：「酒興還應在」，寫下詩句自我鼓勵：「五十江城守，停杯一自思。頭仍未盡白，官亦不全卑。榮寵尋過分，歡娛已校遲。肺傷雖怕酒，心健尚誇詩。夜舞吳娘袖，春歌蠻子詞。猶堪三五歲，相伴醉花時。」〔註202〕詩歌中琴聲舞藝饒富意趣，觀賞者意興飛揚，具有賞心悅目之情。〈郡樓夜宴留客〉：「北客勞相訪，東樓為一開。褰簾待月出，把火看潮來。艷聽竹枝曲，香傳蓮子杯。寒天殊未曉，歸騎且遲迴。」〔註203〕聯歌竹枝，短笛擊鼓。聆聽者，中黃鍾羽，卒章激訐，如吳聲，或傖儜不可分，而含思宛轉，有淇澳之艷。四方之歌，或因交流，或因審美，異音而同樂，自然能譜出當地的樂章，感受心靈饗宴。當年九月，他與友人同遊恩德寺，並探視恩德洞，被洞中的泉水石竹所吸引，大有尋景來遲之憾。若不是公務束縛，白居易應該是會住上幾天才離開的。

白居易邀請他的老朋友殷堯藩來到杭州，殷堯藩宦途多舛，似乎連個進士也沒考上，只是給一個協律名義，解決生活的困難而已。但是白居易對於老友還是相當的尊重，設宴為之迎風，豪飲之後，又相向舞蹈。長慶三年（823），杭州，他寫〈醉中酬殷協律〉詩：「泗水城邊一分散，浙江樓上重遊陪。揮鞭二十年前別，命駕三千里外來。醉袖放狂相向舞，愁眉和笑一時開。留君夜住非無分，且盡青娥紅燭臺。」〔註204〕去年（822）在杭州，也寫詩與殷堯藩相唱和，〈和殷協律琴思〉：「秋水蓮冠春草裙，依稀風調似文君。煩君玉指分明語，知是琴心佯不聞。」〔註205〕又〈聽琵琶勸殷協律酒〉：「何堪朔塞胡關曲，又是秋天雨夜聞。青塚葬時沙莽莽，烏孫愁處雪紛紛。知君怕病推辭酒，故遣琵

〔註201〕謝思煒校注：《白居易詩集校注》，頁1599。
〔註202〕謝思煒校注：《白居易詩集校注》，頁1598。
〔註203〕謝思煒校注：《白居易詩集校注》，頁1599。
〔註204〕謝思煒校注：《白居易詩集校注》，頁1626。
〔註205〕謝思煒校注：《白居易詩集校注》，頁1575。

琶勸諫君。」〔註 206〕故知喜好音樂，以琴心相挑，雖然協律非正式官，由刺史聘用，其心念正直，情義相挺，許多事情看似淡然，心逐漸能有閒情足意的淡定。這樣的思維模式，也表現在其他詩裡與他對待朋友的態度上。另外很有名氣，善於畫竹的蕭悅協律郎，不輕易給別人畫，忽然送給白居易一幅十五竿竹的畫，白居易還為他寫〈畫竹歌〉表示感謝。長慶四年（824），杭州，酬唱周元範寫下〈酬周協律〉：「五十錢塘守，應為送老官。濫蒙辭客愛，猶作近臣看。鬢落愁須飲，琵琶悶遣彈。白頭雖強醉，不似少年歡。」〔註 207〕詩歌透露澤髮漸失去光亮，雖是白頭猶強健的訊息，但已無酡顏不似少年了！

杭州是個音樂歌舞之鄉，白居易喜歡音樂、欣賞舞藝，所以他的業餘活動，多半時間沉浸在歌舞裡了。即使不在杭州，仍喜愛絲樂，詠詩聽琴，長慶四年（824），洛陽創作〈味道〉：「叩齒晨興秋院靜，焚香冥坐晚窗深。七篇真誥論仙事，一卷壇經說佛心。此日盡知前境妄，多生曾被外塵侵。自嫌習性猶殘處，愛詠閑詩好聽琴。」〔註 208〕白居易與《壇經》其傳人神照有交往，故對壇經頗熟悉，故知其喜愛音樂與佛理、生活為一體。〈好聽琴〉：「本性好絲桐，塵機聞即空。一聲來耳裏，萬事離心中。清暢堪銷疾，恬和好養蒙。尤宜聽三樂，安慰白頭翁。」〔註 209〕詩中「尤宜聽三樂，安慰白頭翁」與寶曆元年（825），蘇州創作〈郡中夜聽李山人彈三樂〉相呼應：「風琴秋拂匣，月戶夜開關。榮啟先生樂，姑蘇太守閑。傳聲千古後，得意一時間。卻怪鍾期耳，唯聽水與山。」〔註 210〕志在高山流水，無期有伯牙子期之情誼，卻能以琴音自遣，在〈嗅笙歌〉音樂與季節交織感傷：「露墜萎花槿，風吹敗葉荷。老心歡樂少，秋眼感傷多。芳歲今如此，衰翁可奈何？猶

〔註 206〕謝思煒校注：《白居易詩集校注》，頁 2872。
〔註 207〕謝思煒校注：《白居易詩集校注》，頁 1819。
〔註 208〕謝思煒校注：《白居易詩集校注》，頁 1836。
〔註 209〕謝思煒校注：《白居易詩集校注》，頁 1837。
〔註 210〕謝思煒校注：《白居易詩集校注》，頁 1886。

應不如醉，試遣喚笙歌。」〔註 211〕

李白〈寄遠〉：「遙知玉窗裡，纖手弄雲和」、杜甫〈暮寒〉：「忽思高宴會，朱袖拂雲和」散了白頭千萬恨，只遣雲和三兩聲，與白居易〈雲和〉：「非琴非瑟亦非箏，撥柱推絃調未成。欲散白頭千萬恨，只銷紅袖兩三聲。」〔註 212〕都是在曲中淺唱生活韻味；或聽〈聽琵琶妓彈略略〉：「腕軟撥頭輕，新教略略成。四絃千遍語，一曲萬重情。法向師邊得，能從意上生。莫欺江外手，別是一家聲。」〔註 213〕；或是長慶三年（823），〈清明日觀妓舞聽客詩〉：「看舞顏如玉，聽詩韻似金。綺羅從許笑，絃管不妨吟。可惜春風老，無嫌酒醆深。辭花送寒食，並在此時心。」〔註 214〕透過管絃詩歌知趣知性，而〈閑坐〉詩中敘事消長：「煖擁紅爐火，閑搔白髮頭。百年慵裏過，萬事醉中休。」〔註 215〕良辰美景稍縱即逝，白髮徒增，不妨多喝些酒，緩和一下氛圍。寶曆元年（825），創作〈小童薛陽陶吹觱篥歌〉：

> 剪削乾蘆插寒竹，九孔漏聲五音足。近來吹者誰得名，關璀老死李袞生。袞今又老誰其嗣？薛氏樂童年十二。指點之下師授聲，含嚼之間天與氣。潤州城高霜月明，吟霜思月欲發聲。山頭江底何悄悄，猿聲不喘魚龍聽。翕然聲作疑管裂，詘然聲盡疑刀截。有時婉軟無筋骨，有時頓挫生稜節。急聲圓轉促不斷，轢轢轔轔似珠貫。緩聲展引長有條，有條直直如筆描。下聲乍墜石沉重，高聲忽舉雲飄蕭。明旦公堂陳宴席，主人命樂娛賓客。碎絲細竹徒紛紛，宮調一聲雄出群。眾音覼縷不落道，有如部伍隨將軍。嗟爾陽陶方稚齒，下手發聲已如此。若教頭白吹不休，但恐聲名壓關李。〔註 216〕

〔註 211〕謝思煒校注：《白居易詩集校注》，頁 1890。
〔註 212〕謝思煒校注：《白居易詩集校注》，頁 1858。
〔註 213〕謝思煒校注：《白居易詩集校注》，頁 1944。
〔註 214〕謝思煒校注：《白居易詩集校注》，頁 1621。
〔註 215〕謝思煒校注：《白居易詩集校注》，頁 1579。
〔註 216〕謝思煒校注：《白居易詩集校注》，頁 1673。

〈小童薛陽陶吹觱篥歌〉是一首描寫音樂語言非常成功的詩，觱篥是一種管樂器。小童薛陽陶吹奏觱篥，技巧絕妙，而音調的轉換變化：有時婉軟無筋骨，有時頓挫生稜節，接連圓轉迫促的急聲，似貫串在一起的珍珠，發出轢轢轔轔的聲音。延長的緩聲，有似筆墨直直的線條，低聲如墜石沉重，高聲又似舉雲飄蕭。在公堂陳宴，主人命樂時，「宮調一聲雄出群」，致使那些碎絲細竹吹奏出的聲音，增添徒然而已。樂童的觱篥聲壓倒了一切，成了主要曲調主角，使其它管絃樂有如士兵跟隨將軍般，有次序地扮演了和音與伴奏。難怪白氏心情飛揚，年方二十的薛陽陶：「下手發聲已如此」，若能持續不墜：「若教頭白吹不休，但恐聲名壓關李。」名氣則能勝過觱篥高手。

音樂是聲音的藝術，欣賞音樂，從審美的角度看，有一個審美客體，是一個對象。當我們聽到音樂和審美主體，透過音律的抑揚頓挫，剛柔婉轉，急緩疾徐，高下強弱，都在一枝小小竹管中，吹出如此變化錯綜，錯落有致的渾圓珠玉。從主體來看，誠如只有耳朵才能喚醒人對音樂的感覺，欣賞音樂就要有一雙懂得音樂的耳朵，應解釋為對音樂的理解、賞識、音樂素養和接受能力，但這還關於是否具有音樂天賦之故。白居易的確擁有音樂天賦，還有他努力不懈的精神。音樂本身具有抽象性和不確定性，使人難以準確地把握。他的詩作呈現出對音樂的熱愛，對音樂語言的領會、分析，確實具有高水準和獨特見解。這首詩憑藉著他對音律的掌握和音樂修養，其詩對音樂語言的分析非常貼切，並寫出了音樂意境，讓我們彷彿正欣賞一曲吹奏妙音，一曲美妙入神的觱篥歌。緊扣題目的一個「聽」字，能夠從聽小童吹奏觱篥聲的長與短、強與弱、徐與疾、抑與揚、剛與柔等變化中，辨察出音樂語言所表達的內容和傳遞的思想感情。

到了晚年，白居易樂舞詩作數量總數增加為 54 首，為前兩期數量的總和，原因有二：一是白居易較為高壽，因此晚年時期較前兩期長。二是由於生活安定無虞，情感有了慰藉，觀賞樂舞成了生活重心，所以創作量正比成長。其中閒適類佔 25 首，感傷類佔 16 首，感傷類樂舞詩看似增加不少，但就實際內容來看，實際觸及內心悲傷的僅有 9 首（其餘為描寫曲調感傷），在比例上是減少的，另外酬唱與贈答的樂舞詩佔了 13 首，內容大多與好友交流樂舞心得，或分享特殊的聆樂感受，詩中呈現的氣氛也以恬適為主，這種獨樂樂不如眾樂樂的心態，也反映了他生活的自足，也從樂舞審美觀逐漸走向自足自適的人生態度。

大和元年～大和三年（827～829），白居易返回長安任官，親自感受到朝政的困難，特別是牽涉到龐大的朋黨，這是白氏辭去刑部侍郎的工作，選擇急流勇退的主因，他藉著病體以遠害，從此洛陽成為他晚年的故鄉。白氏晚年閒適生涯中，樂舞成了他不可或缺的餘興節目，除了彈琴自娛知外，便是與家中樂人合奏，沉浸在聽覺與視覺的滿足之中，陶然自樂。不僅如此，他更是常舉辦宴會、參與宴會，不管是家宴、官宴，飲酒作樂幾乎成為他晚期樂舞詩最常出現的日常。其樂舞詩的美學思想受到「中隱」〔註 217〕概念與「知足」〔註 218〕的影響，偏向消極的享樂主義，大致形成兩個面向：一、放鬆自娛的情致。二、捕捉生活的感觸。

若從樂舞詩作的內容來看，屬於閒適類的共有 25 首，其中 7 首寫琴，18 首寫聽樂觀舞的心得。延續了蘇杭時期縱情歌舞的習慣，在晚

〔註 217〕大和三年（829），洛陽創作〈中隱〉：「大隱住朝市，小隱入丘樊。丘樊太冷落，朝市太囂喧。不如作中隱，隱在留司官。似出復似處，非忙亦非閒。不勞心與力，又免饑與寒。終歲無公事，隨月有俸錢。君若好登臨，城南有秋山。君若愛遊蕩，城東有春園。君若欲一醉，時出赴賓筵。洛中多君子，可以恣歡言。君若欲高臥，但自深掩關。亦無車馬客，造次到門前。人生處一世，其道難兩全。賤即苦凍餒，貴則多憂患。唯此中隱士，致身吉且安。窮通與豐約，正在四者間。」唐．白居易著，謝思煒校注：《白居易詩集校注》，中華書局，2009 年 11 月北京第二次印刷，頁 1764。

〔註 218〕大和三年（829），洛陽創作〈知足吟〉：「不種一隴田，倉中有餘粟。不採一株桑，箱中有餘服。官閑離憂責，身泰無羈束。中人百戶稅，賓客一年祿。樽中不乏酒，籬下仍多菊。是物皆有餘，非心無所欲。吟君未貧作，同歌知足曲。自問此時心，不足何時足？」唐．白居易著，謝思煒校注：《白居易文集校注》，北京：中華書局，2019 年 8 月第二次印刷，頁 1768。

期這樣的詩歌創作量明顯的增加，另外在心態上保持樂觀，與無憂無慮是主要原因。在蘇杭時期雖然愜意，但畢竟身為地方父母，仍需要經營政務，公餘追求逸樂，再者三年任期一滿便須調離，在質物上相對並不穩定；但晚年退居洛陽分司之官，讓他生活穩定、收入頗豐，因此常過著白天閒遊，晚上設宴的生活型態，遊宴的機會頻繁，詩歌創作自然相對的增加了。

閒適的生活也同樣促進了琴詩的創作，白居易寫琴樂和寫其它音樂不同，不管是寫琵琶樂、箏樂或者聲樂，都會因為人生的際遇而產生不同的感觸，唯獨琴樂不同，無論是在激進的青年時期，抑鬱的貶謫時期，或是自足的閒適時期，它對琴樂的認識、理解，不隨生平際遇變遷而有所改變。這種一貫的態度乃源於他視琴為「道」，而非視琴為「技」，也就是將琴視為一種精神象徵，非僅為物質層面的樂器。他晚年追求流行音樂所帶來的愉悅，體會到唯有琴樂才能使他的心靈真正感到喜悅。

白居易青年時期的樂舞詩歌，語言藝術變化並不多，對於樂舞有較深入的描繪也僅極中在少數創作。中年時期的樂舞詩歌豐富多元，在聲音與舞蹈上的描繪細膩且獨特，尤其是在譬喻、烘托等修辭的創新更令人目不暇給，不管在聲音之美或者畫面之美，表現得出類拔萃，舉凡〈琵琶行〉以聲摹聲、〈小童薛陽陶吹觱篥歌〉以形摹聲、〈霓裳羽衣歌〉以譬喻寫舞的出色之作，透過白居易這些精彩的描述，投入白氏所營造的音樂世界，情感自然受到牽引，彷彿如聞其聲、如見其舞，詩作呈現的精緻度來說，中年時期可以說是白居易創作樂舞詩的鼎盛時期。晚年的樂舞詩，受到律詩體裁的影響，主要特色表現在對仗之美，寫樂舞情境時，形式的均衡協調與音韻的抑揚頓挫，與內容的樂舞節奏暗合，透過閱讀感受到視覺、聽覺的饗宴。最常用以書寫音樂與舞蹈的譬喻法，晚年時期未能再有突破，通常以單一的意象呈現，重複性也較高，缺乏中年時期源源不絕的創造力，唯有〈箏〉、〈楊柳枝二十韻〉二詩在樂聲與人物姿態尚有比較細膩的描繪。

唐代向來強調樂舞的娛樂功能性，透過白居易的創作，成功的轉型針砭時政的利器。這是青年時期樂舞詩的最大價值，也是白居易身為儒生的最大貢獻。中年時期的樂舞詩，則最具有藝術價值，單憑〈琵琶行〉一首足以流傳世紀，更遑論其它相得益彰的抒情佳作了。從語言角度探討，或是從情感角度切入，每一首詩都值得咀嚼玩味。白居易透過樂舞詩傾訴的心情，每天都在現實人生中上演，不因地域有異，年代有別，無論在何時何地，總有幾首詩能切合心境，情感的渲染力藉由書寫筆韻彌漫於字裡行間。

晚年時期白居易的樂舞詩，則最具自在自適的情調。白氏以樂舞詩紀錄生活，點綴生命面貌，呈現的是從容自在的豁達，即使曲調哀淒，也不再輕易撼動他的心緒。這種心態上的平靜，並非他晚年的生活事事順遂，相反的，他經歷了更多的生離死別，幼子的夭折、元稹、劉禹錫、崔玄亮等至交相繼從他的生命中退場，每一次皆是痛徹心扉，那麼為什麼沒有在樂舞詩中反映出來呢？應是白氏已近禪宗境界：「見山又是山，見水又是水」的悟道體會。若僅從詩作的表現手法，題材內容來看，或許乏善可陳，但從白氏對佛道研究湛深的背景去了解，或許就能理解樂舞對白氏而言，只是樂舞而已，他的心已超然於物外了。

第三節　白居易詩歌園林閒適之意象

所謂詩境本質的意義，本論文是以明人陸時雍《詩境總論》為本。凡此都以神韻為宗，情境為主。從其核心的論詩主張出發，陸氏品評詩自漢魏迄晚唐的詩歌創作，構築了一道靈光絡繹的詩學風景。標舉神韻，並以此建立相關的審美標準來評判詩人詩作。大略而言，它主要包括了對詩人、詩派、詩史的批評和詩篇品評及摘句褒貶兩大方面。本論文從大處把握詩人性情才力，進而論其詩情詩藝。對詩之作詩史性評論，主要表現在對作家縱、橫向評論，和對詩歌閒適之

意象的宏觀性。闡述詩篇並品評，或對詩句摘要褒貶，尤能見其精鑒妙賞與審美趣味，還有評論的鑑賞能力。以「真」、「情」、「韻」的

詩論構築其詩學系統，品評詩人、詩作或詩歌發展等諸多方面，縱橫交織獨具個人風格和美學網絡。陸氏道一貫而具系統，斷語片言時見珍異：

> 以神韻為核心，獨標天然真素，主情意而斥意，主韻而不主法。提出絕去形容，獨標真素，此詩家最上一乘。還舉出杜甫詩：「桃花一簇開無主，不愛深紅愛淺紅。」表明餘愛其深淺俱佳，惟是天然可愛。崇尚真誠無飾的天然之致，不假外在人力的刻意經營，所謂「人力不與，天致自成。」素樸也好，艷麗也罷，只要真就好。因此它反對過求：每事過求，則當前妙境，忽而不領。詩之所以病者，在過求之也，過求則真隱而偽行矣。〔註 219〕

即是獨標真素的主張，明人陸時雍極力推崇「情」而斥「意」。他說一往而至者，情也；苦磨而出者，意也；若有若無者，情也；必然不必然者，意也。意死而情活，意跡而情神，意偽而情真。情意之分，古今所由判也。在他看來，詩歌應該表現創作主體的性情之真，是本之自然而生，而與刻意經營或表現某種主觀意圖判然有別。因此他極力反對有意為詩，這在其具體評論中鮮明的表現出來。

「詩道」的根本在於：「詩之可以興人者，以其情也，以其言之韻也。認為情韻其真，而韻欲其長。」點出韻尤為重要，有韻則生，無韻則死；有韻則雅，無韻則俗，有韻則響，無韻則沉；有韻則遠，無韻則局。韻之特點在於其如絲竹，鉦磬的悠然不盡的韻味。創造詩韻則物色在於點染，意態在於轉折，情事在於猶疑，風致在於綽約，語氣在於吞吐，體勢在於遊行，此則韻之所由生。詩歌之佳，全在這種神韻的流動。所謂「凡情無奇而自佳，景不麗而自妙者，韻使之也。」詩之佳，拂拂如風，洋洋如水，一往神韻，行乎其間。這隱約流動的神韻自然不是執著於某種具體詩法可以獲致的，它貫注於作品之中，超然於詩法

〔註 219〕明・陸時雍，李子廣評注：《詩鏡總論》，北京：中華書局，2014 年 4 月第一次印刷，頁 2。

之外。明人陸時雍：「余謂方法總歸一法，一法不如無法。水流自行，雲生自起，更有何法可設？」〔註220〕

白居易詩歌裡的公餘自適，就是今日工作之餘的閒暇，閒暇是一種心靈的態度，也是靈魂的一種狀態，可以培養一個人對世界的觀照能力。「工作至上」對於現代社會或許是個迷思，今日「閒暇」的理念萌發與受到重視，體悟到閒暇並不是工作的休止，而是另一種類型的工作氛圍，一種具有人性意義的工作。類似節日的慶典活動，或是宗教信仰，宗教只能產生在閒暇之中，因為只有身在閒暇之中，我們才會有時間去沉思信仰的本質，相對的，詩歌創作的詩境本質，源於工作與閒暇之餘，源於性情中人與具有詩藝才幹的創作者，進而論其詩歌意象特徵。

一、栽花與自然風光之美感

閒暇曾經是任何文化的首要基礎，過去是如此，未來也是如此。白居易擔任官職時創作詩歌，亦涵有閒適的內容，詩歌裡所提的某一項元素都是文化的象徵。元和十年（815）至大和四年（830）期間，白居易自江州、忠州、杭州、蘇州、洛陽、長安時期，創作各類花卉的詩歌，在其公餘閒適時候種花，賞花，觀察各種花卉因生長環境不同，花開花落時間有遲早差異。白氏創作新素材的詩歌，除了寄託自己的情感與意象的表達外，寄予朋友群之情感亦藏在其中。長慶元年（821），長安，白居易〈西省對花憶忠州東坡新花樹因寄題東樓〉：

> 每看闕下丹青樹，不忘天邊錦繡林。西掖垣中今日眼，南賓樓上去年心。花含春意無分別，物感人情有淺深。最憶東坡紅爛熳，野桃山杏水林檎。〔註221〕

白居易當初到了忠州，便發現城東的東坡，於是利用公暇之餘，在舊有

〔註220〕明．陸時雍，李子廣評注：《詩鏡總論》，北京：中華書局，2014年4月第一次印刷，頁3。

〔註221〕謝思煒校注：《白居易詩集校注》，頁1507。

的花園裡，增量栽種許多花木，意圖將東坡點綴得生機盎然。〈東坡種花二首〉之一：「持錢買花樹，城東坡上栽。但購有花者，不限桃杏梅。百果參雜樹，千枝次第開。」〔註 222〕他又在東澗種了很多柳樹，〈東澗種柳〉詩中種柳樹是他認為：「不如種此樹，此樹易榮滋；無根亦可活，成陰況非遲。三年未離郡，可以見依依。」〔註 223〕他又找了另外地方種了桃樹和杏樹，〈種桃杏〉：「忠州且作三年計，種杏栽桃擬待花」〔註 224〕元和十二年（817），江州，自遺愛草堂歷東西二林，抵化城，憩峰頂，登香爐峰，宿大林寺。因緣作詩〈大林寺桃花〉：「人間四月芳菲盡，山寺桃花始盛開。長恨春歸無覓處，不知轉入此中來。」〔註 225〕大林窮遠，人跡罕到，環寺多清流蒼石，短松瘦竹。寺中惟板屋木器，其僧皆海東人，山高地深，時節絕晚。於時孟夏，如正二月天。廬山地處長江與鄱陽湖之間，江湖水氣鬱結，雲霧瀰漫，日照不足，使得山上的氣溫降低，春天當然就來得遲了。大林寺桃花之所以開得遲，原因是由於「山地氣候」的緣故。

詩中桃花代替抽象的春光，將春光寫得具體，形象絢麗；又將春光擬人化，把春光寫得彷彿有腳乾坤挪移。詩中大自然裡的春光描寫得如此生動具象，通過意象活靈活現。如果沒有對春天的無限留戀與熱愛，沒有像詩人白居易的赤子之心，是無法描繪春日桃夭情狀。透過白氏詩歌創作，除了赤子之心，尚有敏感之情，既是敏銳觀察力與情感之多情。元和十五年（820），忠州〈春至〉：「若為南國春還至，爭向東樓日又長？白片落梅浮澗水，黃梢新柳出城牆。閑拈蕉葉題詩詠，悶取藤枝引酒嘗。樂事漸無身漸老，從今始擬負風光。」〔註 226〕白氏春至時光有所感觸，透過大自然：「白片落梅浮澗水，黃梢新柳出城牆」寫出時間遊移，並引起對生命的思考：從「閒拈」、「悶取」到最後兩

〔註 222〕謝思煒校注：《白居易詩集校注》，頁 869。
〔註 223〕謝思煒校注：《白居易詩集校注》，頁 876。
〔註 224〕謝思煒校注：《白居易詩集校注》，頁 1443。
〔註 225〕謝思煒校注：《白居易詩集校注》，頁 1307。
〔註 226〕謝思煒校注：《白居易詩集校注》，頁 1467。

句：「樂事漸無身漸老，從今始擬負風光」，書寫對流逝的時光，從今無樂事帶點傷感，可能以後將辜負春日風光了。

元和十四年（819）二月初，白居易從江西經湖北到四川忠州。官船進入三峽之後，白居易沿途所見異地雄偉壯麗，變幻莫測之峽谷風光，路過秭歸時，他特地訪問了昭君村。小小山村，毫無特色，沒想到如此荒僻所在，竟生出昭君其人，覺得萬分驚喜。昭君遠適異國，「至今村女面，燒灼成瘢痕」已經成為一種風俗了。到了巫山時曾瞻拜神女廟，並題詩峽中石上。船進入瞿塘峽時，天色已黑，山勢更加險峻〈夜入瞿塘峽〉：「瞿塘天下險，夜上信難哉。岸似雙屏合，天如匹練開。」〔註 227〕身處傳說與古蹟之處跨越多重時空，產生「區域魅影」，其民土風情與中原地區大異其趣，提供許多創作題材。唐代的忠州，其接近南方邊境，離長安二千二百二十二里。天寶年間曾名為南賓郡。城在長江北岸，居民沿山勢築室、架木而居，形成岩洞人家，街道多是狹小。詩人杜甫於唐代宗永泰元年路過忠州時，曾有詩〈題忠州所居龍興寺院壁〉記之：「忠州三峽內，井邑聚雲根；小市常爭米，孤城早閉門。空看過客淚，莫覓主人恩；淹泊仍愁虎，深居賴獨園。」〔註 228〕當時常有老虎出沒，天色未暗城門已關，其荒涼景象可想而知了。

元和十五年（820），過了重陽日，白居易離開了忠州，原本是打算度過三年，不料未到兩年就奉到除命，使他有些喜出望外。元和十五年（820），忠州，〈初除尚書郎脫刺史緋〉詩歌中有道：「親賓相賀問何如？服色恩光盡反初。頭白喜拋黃草峽，眼明驚拆紫泥書。便留朱紱還鈴閣，卻著青袍侍玉除。無奈嬌癡三歲女，繞腰啼哭覓銀魚。」〔註 229〕當真要離開時，卻又依依不捨。元和十五年（820），

〔註 227〕謝思煒校注：《白居易詩集校注》，頁 1431。

〔註 228〕杜甫於唐代宗永泰元年路過忠州時，曾有詩〈題忠州所居龍興寺院壁〉記之。唐・杜甫著，清・仇兆鰲校注：《杜甫詩詳注》，卷十四，頁 45b～46b。詩文檢索：https://sou-yun.cn/Query.aspx?type=poem1&id=31243。

〔註 229〕唐・白居易著，謝思煒校注：《白居易文集校注》，北京：中華書局，2019 年 8 月第二次印刷，頁 1480。

忠州，寫其到忠州後的生活樣貌，〈春江〉，明白其心情：「炎涼昏曉苦推遷，不覺忠州已二年。閉閤只聽朝暮鼓，上樓空望往來船。鶯聲誘引來花下，草色句留坐水邊。唯有春江看未厭，縈砂遶石淥潺湲。」〔註230〕白居易創作了這首詩歌，同個時期也了創作〈寄題忠州小樓桃花〉：「再遊巫峽知何日，總是秦人說向誰？長憶小樓風月夜，紅欄干上兩三枝。」〔註231〕知悉白氏對於事物的熱衷，他在忠州近兩年來感受季節遞嬗，並從栽種花卉與自然風光感懷極深，元和十五年（820），忠州，有〈感春〉詩：「巫峽中心郡，巴城四面春。草青臨水地，頭白見花人。憂喜皆心火，榮枯是眼塵。除非一杯酒，何物更關身？」〔註232〕當時的情致，何嘗會錯過花下小酌，〈花下對酒〉二首：

> 藹藹江氣春，南賓閏正月。梅櫻與桃杏，次第城上發。紅房爛簇火，素艷紛團雪。香惜委風飄，愁牽壓枝折。樓中老太守，頭上新白髮。冷澹病心情，暄和好時節。故園音信斷，遠郡親賓絕。欲問花前樽，依然為誰設？
>
> 引手攀紅櫻，紅櫻落似霰。仰首看白日，白日走如箭。年芳與時景，頃刻猶衰變。況是血肉身，安能長強健？人心苦迷執，慕貴憂貧賤。愁色常在眉，歡容不上面。況吾頭半白，把鏡非不見。何必花下杯，更待他人勸？〔註233〕

元和十五年（820），當年正月二十七日深夜，憲宗暴崩於大明宮，享年四十三歲。白居易本還希望回朝能依靠憲宗拚一番事業，如今憲宗崩殂，新君如何？在不可知之中，怎麼不為之感傷呢？去年冬天連一片雪花都沒有落過，正月就開始聽見隱隱雷聲，〈聞雷〉：「瘴地風霜早，溫天氣候催。窮冬不見雪，正月已聞雷。震蟄蟲蛇出，驚枯草

〔註230〕謝思煒校注：《白居易詩集校注》，頁1468。
〔註231〕謝思煒校注：《白居易詩集校注》，頁1508。
〔註232〕謝思煒校注：《白居易詩集校注》，頁1467。
〔註233〕謝思煒校注：《白居易詩集校注》，頁863～864。

木開。空餘客方寸，依舊似寒灰。」〔註 234〕這對生長在北方的白居易來說，的確是感到非常奇特的經驗，在元和十一年（816），江州時有詩提到故鄉無此斷腸聲，〈答春〉：「草煙低重水花明，從道風光似帝京。其奈山猿江上叫，故鄉無此斷腸聲。」〔註 235〕春天真正來了！等到閏正月過後，梅花、櫻桃花、桃花、杏花都依次第開放了，一時爭奇鬥艷，香氣襲人。當時白居易年近五十，對生活有了閒適心情，也有一種色衰力弛之感，詩中有提到：「樓中老太守，頭上新白髮。冷澹病心情，暄和好時節。」、「仰首看白日，白日走如箭。年芳與時景，頃刻猶衰變。況是血肉身，安能長強健。人心苦迷執，慕貴憂貧賤。」然而白氏依然期許生活裡的安定，閒適與工作中得到平衡點。此時此刻白氏從感春中觀察新芽與花落樣貌，〈巴水〉：「城下巴江水，春來似麴塵。軟沙如渭曲，斜岸憶天津。影蘸新黃柳，香浮小白蘋，臨流搔首坐，惆悵為何人？」〔註 236〕白氏仍是一股熱情，投入工作日常與栽植等情事，白氏的閒適與工作如常態，非截然劃分，通過花卉植栽、移栽的過程，寄託情感與群友情誼交流，自然將意象呈現出來，並抒懷解情。

對於白居易熱衷植栽，元和十五年（820），在忠州時，他從廬山移植山石榴，喜見花開以詩作記，〈喜山石榴花開〉：「忠州州裏今日花，廬山山頭去年樹。已憐根損斬新栽，還喜花開依舊數。赤玉何人少琴軫，紅纈誰家合羅袴？但知爛熳恣情開，莫怕南賓桃李妒。」〔註 237〕白氏也曾移植過牡丹、山櫻桃，元和十年（815），江州，〈移牡丹栽〉：「金錢買得牡丹栽，何處辭叢別主來？紅芳堪惜還堪恨，百處移將百處開。」〔註 238〕還有元和十一年（816），江州，〈移山櫻桃〉：「亦知官舍非吾宅，且劚山櫻滿院栽。上佐近來多五考，少應四度見

〔註 234〕謝思煒校注：《白居易詩集校注》，頁 1466。
〔註 235〕謝思煒校注：《白居易詩集校注》，頁 1270。
〔註 236〕謝思煒校注：《白居易詩集校注》，頁 1469。
〔註 237〕謝思煒校注：《白居易詩集校注》，頁 1472。
〔註 238〕謝思煒校注：《白居易詩集校注》，頁 1573。

花開。」〔註 239〕見花開綻放的喜悅，白氏常與朋友分享，元和十一年（816），江州創作〈題山石榴花〉：

> 一叢千朵壓欄干，翦碎紅綃卻作團。風嫋舞腰香不盡，露銷妝臉淚新乾。薔薇帶刺攀應懶，菡萏生泥玩亦難。爭及此花簷戶下，任人採弄盡人看。〔註 240〕

元和十二年（817），白居易江州時常興起創作之靈感，將山石榴擬人化與意象呈現，〈戲問山石榴〉：「小樹山榴近砌栽，半含紅萼帶花來。爭知司馬夫人妒，移到庭前便不開。」〔註 241〕從白氏移栽花卉，使其重生並延續植物的生命歷程，見其生命力的旺盛，彷彿經歷奇幻旅程，亦隨詩人漫遊與漂泊。花下或問或答，或對影成雙，或對酒飲茶成三人，亦讓我們體會到詩歌情境裡的本質與特徵。元和十四年（819），忠州，〈感櫻桃花因招飲客〉：「櫻桃昨夜開如雪，鬢髮今年白似霜。漸覺花前成老醜，何曾酒後更顛狂。誰能聞此來相勸，共泥春風醉一場。」〔註 242〕其中詩句：「誰能聞此來相勸，共泥春風醉一場。」應是指元稹。

元和十一年（816），江州，〈山石榴寄元九〉詩中有：「奇芳絕豔別者誰，通州遷客元拾遺。拾遺初貶江陵去，去時正值青春暮。商山秦嶺愁殺君，山石榴花紅夾路。題詩報我何所云，苦云色似石榴裙。當時叢畔唯思我，今日欄前只憶君。」〔註 243〕又白氏曾寫下〈櫻桃花下歎白髮〉：「逐處花皆好，隨年貌自衰。紅櫻滿眼日，白髮半頭時。倚樹無言久，攀條欲放遲。臨風兩堪歎，如雪復如絲。」〔註 244〕同年〈見紫薇花憶微之〉創作：「一叢暗淡將何比，淺碧籠裙襯紫巾。除卻微之見應愛，人間少有別花人。」〔註 245〕白居易提到元微之辨別得花、識

〔註 239〕謝思煒校注：《白居易詩集校注》，頁 1271。
〔註 240〕謝思煒校注：《白居易詩集校注》，頁 1268。
〔註 241〕謝思煒校注：《白居易詩集校注》，頁 1333。
〔註 242〕謝思煒校注：《白居易詩集校注》，頁 1446。
〔註 243〕謝思煒校注：《白居易詩集校注》，頁 923。
〔註 244〕謝思煒校注：《白居易詩集校注》，頁 1270。
〔註 245〕謝思煒校注：《白居易詩集校注》，頁 1279。

別得花之意。說明世間少有辨別得花之人，如果植栽則須用心灌溉與照顧，始為花卉的主人。元和十年（815），長安，〈戲題盧秘書新移薔薇〉詩中有：「風動翠條腰嫋娜，露垂紅萼淚闌干。移他到此須為主，不別花人莫使看。」〔註246〕非常嚴謹的提出：「移他到此須為主，不別花人莫使看」體悟萬物皆有生命的思維，植栽情致不是只有以人類情感意志為主，而是物我相凝視，或是物我相忘的觀自在模式。

白居易曾在803年或805年間，與元宗簡同遊曲江，有詩〈答元八宗簡同遊曲江後明日見贈〉：「行到曲江頭，反照草樹明。南山好顏色，病客有心情。水禽翻白羽，風荷嫋翠莖。何必滄浪去，即此可濯纓。」〔註247〕於是在元和十四年（819），忠州創作〈畫木蓮花圖寄元郎中〉詩歌寄元宗簡：「花房膩似紅蓮朵，豔色鮮如紫牡丹。唯有詩人能解愛，丹青寫出與君看。」〔註248〕隔年創作詩歌給李宣（元和十一年任忠州刺史），〈題東樓前李使君所種櫻桃花〉：「身入青雲無見日，手栽紅樹又逢春。唯留花向樓前著，故故拋愁與後人。」〔註249〕白居易與群友往來、遊賞，產生交集，互動關係良好，詩情傳遞，往返數輒，青春背我堂堂去，在時間的光廊裡，白髮欺人時常生，透過詩歌創作書寫人生況味，也對於中壯年的白居易下了註腳。因而意象的轉變時常有之，長慶二年（822），長安創作〈元家花〉：「今日元家宅，櫻桃發幾枝？稀稠與顏色，一似去年時。失卻東園主，春風可得知？」〔註250〕詩句有：「失卻東園主，春風可得知？」指的是李建卒於長慶元年二月，元宗簡之歿在長慶二年三、四月間。〈予與故刑部李侍郎早結道友以藥術為事與故京兆元尹晚為詩侶有林泉之期周歲之間二君長逝李住曲江北元居昇平西追感舊遊因貽同志〉詩：「從哭李來傷道氣，自亡元後減詩情。金丹同學都無益，水竹鄰居竟不成。月夜若為遊曲

〔註246〕謝思煒校注：《白居易詩集校注》，頁1201。
〔註247〕謝思煒校注：《白居易詩集校注》，頁451。
〔註248〕謝思煒校注：《白居易詩集校注》，頁1447。
〔註249〕謝思煒校注：《白居易詩集校注》，頁1468。
〔註250〕謝思煒校注：《白居易詩集校注》，頁1554。

水，花時那忍到昇平？如年七十身猶在，但恐傷心無處行。」〔註 251〕櫻桃花開當在春夏之交，花的開謝有時節，人的夭壽是常事。雖說意象呈現在於紛陳的花期，殊不知開謝與夭壽為常事，不是因為覺得美好而為常，覺得痛苦而為變，人生榮辱皆然，意象的美感自然會呈現在其中。就如長慶二年（822），〈惜小園花〉詩云：「曉來紅萼凋零盡，但見空枝四五株。前日狂風昨夜雨，殘芳更合得存無？」〔註 252〕元和十一年（816），江州創作〈惜落花贈崔二十四〉：「漠漠紛紛不奈何，狂風急雨兩相和。晚來悵望君知否，枝上稀疏地上多。」〔註 253〕詩歌情境裡的美感或藝術的呈現，並不在於其花卉或植栽的完整性或是自家園裡才是春光明媚，結根深石尋向林間亦能產生美感，而對於大自然裡的凋萎，白氏寄予友人悵望之餘仍然有自適之道。

元和十三年，(818)，江州創作〈山枇杷〉：「深山老去惜年華，況對東谿野枇杷。火樹風來翻絳焰，瓊枝日出曬紅紗。迴看桃李都無色，映得芙蓉不是花。爭奈結根深石底，無因移得到人家。」〔註 254〕視覺意象效果還有〈和萬州楊使君四絕句之三白槿花〉詩云：「秋蕣晚英無艷色，何因栽種在人家？使君只別羅敷面，爭解迴頭愛白花。」〔註 255〕除了對青春逝去的悼念，將山枇杷（夏鵑花）與白槿花的意象，透過視覺傳達的顏色美學與動態觀察，還傳遞了一種相對的美艷與唯一的美感。〈放言五首〉其五：「泰山不要欺毫末，顏子無心羨老彭。松樹千年終是朽，槿花一日自為榮。何須戀世常憂死，亦莫嫌身漫厭生。生去死來都是幻，幻人哀樂系何情？」〔註 256〕「松樹千年終是朽，槿花一日自為榮。」藝術性地說明瞭宇宙的根本規律，世間變化彷彿是新陳代謝，不是以人的意志為轉移的。元和十一年（816），江州創作

〔註 251〕謝思煒校注：《白居易詩集校注》，頁 1551。
〔註 252〕謝思煒校注：《白居易詩集校注》，頁 1555。
〔註 253〕謝思煒校注：《白居易詩集校注》，頁 1271。
〔註 254〕謝思煒校注：《白居易詩集校注》，頁 1377。
〔註 255〕謝思煒校注：《白居易詩集校注》，頁 1454。
〔註 256〕謝思煒校注：《白居易詩集校注》，頁 1234。

〈薔薇花一叢獨死不知其故因有是篇〉：

> 柯條未嘗損，根蘗不曾移。同類今齊茂，孤芳忽獨萎。仍憐委地日，正是帶花時。碎碧初凋葉，燋紅尚戀枝。乾坤無厚薄，草木自榮衰。欲問因何事，春風亦不知。〔註257〕

自然界是如此，人生亦猶如是，有生必有死，所以人們應該：「何須戀世常憂死，亦莫嫌身漫厭生。生去死來都是幻，幻人哀樂系何情？」因為有生有死，得失為常，變化當如適，常、變才符合世界發展的規律。正確的人生態度應該是：應當多思索能在自己的有生之年，思考生命的意義與價值；如果是，則雖死猶生，死而無憾。然而青春逝去不是空過，對於白居易而言，其人生何嘗不是如此呢！

二、林池與別園生活之意境

社會普遍將工作和閒暇的截然劃分，現代人視為理所當然，究其原因，主要是我們已經習慣把閒暇當成是補償性的替代品，像是從工作的勞心勞力中脫逃，彷彿是偷來的時光，除非我們能重拾寧靜與洞見，培養無為的能力，能夠以真正的閒暇取代我們那些狂亂的娛樂，閒適文化底蘊才能重生。即是「靜而後能知」，想要獲得真知，唯有透過閒暇，得以沉思、默想，並和外在世界和睦相處，心靈因而獲得力量和滋養。正是重建閒暇和沉思、默想合而為一的生活，若從詩歌起源問題，白居易〈與元九書〉中有論述：

> 就《六經》言，《詩》又首之。何者？聖人感人心而天下和平。感人心者，莫先乎情，莫始乎言，莫切乎聲，莫深乎義。詩者，根情，苗言，華聲，實義。上自聖賢，下至愚騃，微及豚魚，幽及鬼神。群分而氣同，形異而情一。未有聲入而不應、情交而不感者。〔註258〕

〔註257〕謝思煒校注：《白居易詩集校注》，頁1279。

〔註258〕唐．白居易著，謝思煒校注：《白居易文集校注》，北京：中華書局，2019年8月第二次印刷，頁322。

他認為中國文學中勞動生活的描寫始於《詩經》。詩歌所以產生，是由於詩人的感情，受客觀事物的刺激，有所感受，把這種感受，用語言表達出來，就是詩的起源。就是說要有客觀的事物，才能產生詩歌，才能創作。劉勰《文心雕龍．明詩》：「人稟七情，應物斯感，感物吟志，莫非自然。」也正是這個意思。白居易說過類似的話：「大凡人之感於事，則必動於情，發於嘆，興於詠，而後形於詩歌焉。」〔註259〕說明他的見解長久以來就有了。

《詩經》中的內容誠如劉勰所言：「人稟七情，應物斯感，感物吟志，莫非自然。」其質樸的文字描繪先人勞動的身影，來自各地方流傳的民謠，處處可見其詩歌場面的形象化，充滿著歡愉、哀傷、喜愛、熱鬧等勞動場面，詩歌情境的田野、河州、水邊、雎鳩、荇菜、桑林等意象化，體現先人熱愛勞動與其生活態度。由此可知：生產勞動歷來是文學作品反映的重要內容。換句話說，勞動即工作，勞動與閒適是生活的表現；勞動與閒適是社會生活的必需；勞動是人民財富經濟的創造者，也反映了勞動人民對工作的熱愛。詩歌創作引發了巨大的現實性和深切的人文關懷，相容並蓄了抑鬱躁動，與沉穩克制了激烈躁進，展現頑強向上的生命張力。

白居易深受《詩經》賦有現實主義精神影響，也在所謂工作勞心勞力，與情感閒適中取得平衡點。對於唐朝的其他詩人，如李白、杜甫、李紳、聶夷中等詩人們，描寫勞動者的生活，關心底層人民生活。白居易除了關心勞動者與底層人民之外，他還將詩歌情境延伸到詩歌本質與特徵，閒適曠遠之情感。白氏肯定現實主義文學的正確，對於形式主義與唯美主義的傾向有所判斷。他依據詩歌必須真實地反映現實的原則，儘管表現形式不美，可能降低詩歌的社會效果，詩歌內容卻言之有物，仍是會提高詩歌意象與詩歌意境。如果就詩歌創作來看勞動

〔註259〕在〈進士策問〉之三、〈策林六十九〉有提到「感物吟志，莫非自然」的創作源起。唐．白居易著，謝思煒校注：《白居易文集校注》，北京：中華書局，2019年8月第二次印刷，頁448、頁1599。

與閒適的生活表現，其新昌所居與履道園題詩的詩歌情境，都將提高所謂的勞動品質；閒適閒居的園林生活，需要勞與逸的生活，透過詩歌創作的內容，可以明確園林書寫閒適意象中意境之美。長慶四年(824)，白居易洛陽在創作〈履道新居二十韻〉：

> 履道坊西角，官河曲北頭。林園四鄰好，風景一家秋。門閉深沉樹，池通淺沮溝。拔青松直上，鋪碧水平流。籬菊黃金合，窗筠綠玉稠。疑連紫陽洞，似到白蘋洲。僧至多同宿，賓來輒少留。豈無詩引興，兼有酒銷憂。移榻臨平岸，攜茶上小舟。果穿聞鳥啄，萍破見魚遊。地與塵相遠，人將境共幽。泛潭菱點鏡，沉浦月生鉤。廚曉煙孤起，庭寒雨半收。老飢初愛粥，瘦冷早披裘。洛下招新隱，秦中忘舊遊。辭章留鳳閣，班籍寄龍樓。病愜官曹靜，閑慚俸祿優。琴書中有得，衣食外何求？濟世才無取，謀身智不周。應須共心語，萬事一時休。〔註 260〕

詩句中呈現：「履道坊西角，官河曲北頭。林園四鄰好，風景一家秋。門閉深沈樹，池通淺沮溝。拔青松直上，鋪碧水平流。籬菊黃金合，窗筠綠玉稠。」體會萬物皆是自我投射後，心的容量變大，悠閒自然就來，這一種閒適能活得快樂自在：「豈無詩引興，兼有酒銷憂。」則又有：「洛下招新隱，秦中忘舊遊。辭章留鳳閣，班籍寄龍樓。」若脫籠之鵠。白居易瀟然於花木山石之間，養性怡情：「移榻臨平岸，攜茶上小舟。果穿聞鳥啄，萍破見魚遊。地與塵相遠，人將境共幽。泛潭菱點鏡，沉浦月生鉤。廚曉煙孤起，庭寒雨半收。老飢初愛粥，瘦冷早披裘。」但不能以遊墮事，遊與事相並重，即閒適自得與工作模式有了平衡。則隨處見到園林書寫趣味，或新昌小院或履道幽居，或草堂或寺廟周圍，都別有一番新意。

長慶四年（824），洛陽，白居易〈池畔二首〉詩：「結構池西廊，

〔註 260〕謝思煒校注：《白居易詩集校注》，頁 1843。

疏理池東樹。此意人不知，欲為待月處。持刀間密竹，竹少風來多。此意人不會，欲令池有波。」〔註 261〕池畔交結構架，巖穴丘壑，軟蔚疏理，自然有秋波，月色盈臨。同年白居易〈池西亭〉詩：「朱欄映晚樹，金魄落秋池。還似錢唐夜，西樓月出時。」〔註 262〕池與情感連結有了故事鋪陳〈臨池閑臥〉：「小竹圍庭匝，平池與砌連。閑多臨水坐，老愛向陽眠。營役拋身外，幽奇送枕前。誰家臥牀腳，解繫釣魚船？」〔註 263〕寶曆元年（825），洛陽，創作〈泛春池〉提到竹木池館，有林泉之致：

> 白蘋湘渚曲，綠篠剡溪口。各在天一涯，信美非吾有。何如此庭內，水竹交左右。霜竹百千竿，煙波六七畝。泓澄動階砌，澹濘映戶牖。蛇皮細有紋，鏡面清無垢。主人過橋來，雙童扶一叟。恐污清冷波，塵纓先抖擻。波上一葉舟，舟中一樽酒。酒開舟不繫，去去隨所偶。或遶蒲浦前，或泊桃島後。未撥落杯花，低銜拂面柳。半酣迷所在，倚榜兀迴首。不知此何處，復是人寰否？誰知始疏鑿，幾主相傳受？楊家去已遠，田氏將非久。天與愛水人，終焉落吾手。〔註 264〕

白居易惜取眼前景：「何如此庭內，水竹交左右。霜竹百千竿，煙波六七畝。泓澄動階砌，澹濘映戶牖。蛇皮細有紋，鏡面清無垢。」庭內近景到遠景，尋思煙波六七畝，湛深水環流處，台階石砌隱然晃動，然而澹濘時映戶牖，儼然細有紋、清無垢，足見水流巡迴有巧思。詩歌層次既極清楚，且一處寫一處景物，不可任移他處。連同松竹花卉各有靈性，無論晴光陰雨，春夏秋冬照顧皆不同。

白居易罷杭州，於履道里得故散騎常侍楊憑宅，楊憑刑部侍郎，元和四年拜京兆尹，大約卒於元和十二年後。詩中池塘為楊憑開鑿，中間田家為主，予今有之。蒲浦、桃島，皆池上所有。白氏通過《楚辭‧

〔註 261〕謝思煒校注：《白居易詩集校注》，頁 715。
〔註 262〕謝思煒校注：《白居易詩集校注》，頁 1848。
〔註 263〕謝思煒校注：《白居易詩集校注》，頁 1848。
〔註 264〕謝思煒校注：《白居易詩集校注》，頁 717～718。

湘夫人》：「嫋嫋兮秋風，洞庭波兮木葉下。登白蘋兮騁望，與佳期兮夕張。」的意象，又透過忽憶戴安道，即便乘小船就之的典故，趁興歸來也是愜意。或者友人在遠方，日夕聊望遠，山川景致雖美，終究非吾可企及。白氏詩〈除官去未間〉流露歸鄉去亦好的訊息：「除官去未間，半月恣遊討。朝尋霞外寺，暮宿波上島。新樹少於松，平湖半連草。躋攀有次第，賞玩無昏早。有時騎馬醉，兀兀冥天造。窮通與生死，其奈吾懷抱。江山信為美，齒髮行將老。在郡誠未厭，歸鄉去亦好。」〔註 265〕寶曆元年（825），洛陽創作〈春葺新居〉：

> 江州司馬日，忠州刺史時。栽松滿後院，種柳蔭前墀。彼皆非吾土，栽種尚忘疲。況茲是我宅，葺藝固其宜。平旦領僕使，乘春親指揮。移花夾暖室，洗竹覆寒池。池水變涤色，池芳動清輝。尋芳弄水坐，盡日心熙熙。一物苟可適，萬緣都若遺。設如宅門外，有事吾不知。〔註 266〕

新昌里新居猶有新意，則需要「晴教曬藥泥茶竈，閑看科松洗竹林」般的費工夫。白居易〈春葺新居〉中表達出：「江州司馬日，忠州刺史時。栽松滿後院，種柳蔭前墀。彼皆非吾土，栽種尚忘疲。況茲是我宅，葺藝固其宜。」曾在江州時，於庭前後院栽種松與柳，蓊鬱林間，忘卻疲憊，更何況是自己的房屋，葺藝更加用心。平常工作都是指揮僕役，園林花事親力親為。〈春葺新居〉詩中有：「移花夾暖室，洗竹覆寒池。池水變涤色，池芳動清輝。尋芳弄水坐，盡日心熙熙。」洗猶穿沐叢林，芟其繁亂，不使分其勢，然後枝幹茂擢。萬物有法如一：「一物苟可適，萬緣都若遺。設如宅門外，有事吾不知。」一切內外業因緣起，〈山中獨吟〉：「人各有一癖，我癖在章句。萬緣皆已銷，此病獨未去。每逢美風景，或對好親故。高聲詠一篇，恍若與神遇。」〔註 267〕足見白居易對詩歌章句、池竹、芳花、盆栽等情有獨鍾，如體悟萬緣之

〔註 265〕謝思煒校注：《白居易詩集校注》，頁 699。
〔註 266〕謝思煒校注：《白居易詩集校注》，頁 716。
〔註 267〕謝思煒校注：《白居易詩集校注》，頁 647。

下，已然兀立，外物事情，暫時忘卻。又或萬緣齊觀，復歸自然。

白居易詩歌中提到自然資材不為誰所有，若自誇美宅華屋，莫如賞玩林泉風月無昏早。有〈吾廬〉詩云：「吾廬不獨貯妻兒，自覺年侵身力衰。眼下營求容足地，心中准擬掛冠時。新昌小院松當戶，履道幽居竹遶池。莫道兩都空有宅，林泉風月是家資。」〔註 268〕能隨天地自然，所以勝理而無愛名，其〈松齋偶興〉詩：「置心思慮外，滅跡是非間。約俸為生計，隨官換往還。耳煩聞曉角，眼醒見秋山。賴此松簷下，朝迴半日閑。」〔註 269〕松竹簷下遶宅，常得浮生半日閒。

白居易常視松竹林泉為有生命之體，故松竹遶宅，林泉形聲，或白蓮池花開之形象與擬人化。其〈答林泉〉詩：「好住舊林泉，回頭一悵然。漸知吾潦倒，深愧爾留連。欲作棲雲計，須營種黍錢。更容求一郡，不得亦歸田。」〔註 270〕詩歌以陶潛典故，以陶潛常醉於酒足矣，妻子故請耕種糧作，此用其意。或以學陶，李白〈贈崔秋浦三首〉：「崔令學陶令，北窗常晝眠。抱琴時弄月，取意任無絃。見客但傾酒，為官不愛錢。東皋多種黍，勸爾早耕田。」〔註 271〕這種情致多半不是一種期待，詩人寫的是心志，他寫履道坊宅，提到陶潛，〈履道春居〉：「微雨灑園林，新晴好一尋。低風洗池面，斜日坼花心。暝助嵐陰重，春添水色深。不如陶省事，猶抱有絃琴。」〔註 272〕朋酒之會，則撫而和之，意會出識得琴中趣味，何勞絃上聲。若言身心歸處，〈北窗閑坐〉自有妙絕，全在一心：「虛窗兩叢竹，靜室一爐香。門外紅塵合，城中白日忙。無煩尋道士，不要學仙方。自有延年術，心閑歲月長。」〔註 273〕言及生活忙碌，因應了紅塵，有了窗竹與室香，歲月靜好，身心康泰。

〔註 268〕謝思煒校注：《白居易詩集校注》，頁 1848。
〔註 269〕謝思煒校注：《白居易詩集校注》，頁 1964。
〔註 270〕謝思煒校注：《白居易詩集校注》，頁 1996。
〔註 271〕《李太白集分類補註——唐．李白》，卷十，頁 18a～18b。詩詞檢索：https://sou-yun.cn/QueryPoem.aspx。
〔註 272〕謝思煒校注：《白居易詩集校注》，頁 1993。
〔註 273〕謝思煒校注：《白居易詩集校注》，頁 2011。

〈白蓮池泛舟〉：「白藕新花照水開，紅窗小舫信風迴。誰教一片江南興，逐我慇懃萬里來。」〔註 274〕當時洛陽無白蓮花，白居易自吳中帶種歸，開始有白蓮花的開落。具象的蓮花逐水開，一片江南欣榮，形象萬千，擬作熱情獻殷勤，追逐千里，只為探看白蓮花圓滿開落。〈香爐峰下新置草堂即事詠懷題於石上〉：

> 香爐峰北面，遺愛寺西偏。白石何鑿鑿，清流亦潺潺。有松數十株，有竹千餘竿。松張翠繖蓋，竹倚青琅玕。其下無人居，悠哉多歲年。有時聚猿鳥，終日空風煙。時有沉冥子，姓白字樂天。平生無所好，見此心依然。如獲終老地，忽乎不知還。架岩結茅宇，斸壑開茶園。何以洗我耳，屋頭飛落泉。何以淨我眼，砌下生白蓮。左手攜一壺，右手挈五弦。傲然意自足，箕踞於其間。興酣仰天歌，歌中聊寄言。言我本野夫，誤為世網牽。時來昔捧日，老去今歸山。倦鳥得茂樹，涸魚返清源。舍此欲焉往，人間多險艱。〔註 275〕

白居易種下白蓮花，將草堂周圍做了整理，種植了松數十株，竹千餘竿，幽靜無人煙，有時眾鳥群棲，或猿安其身。白氏平生無所好，見此心依然，終將此視為安身立命處，但見閒適心情：「架岩結茅宇，斸壑開茶園。何以洗我耳，屋頭飛落泉。何以淨我眼，砌下生白蓮。左手攜一壺，右手挈五弦。傲然意自足，箕踞於其間。興酣仰天歌，歌中聊寄言。」對於自己稱野夫本是謙辭，熙攘人世間，過去多少人吹捧奉承，率肆胸臆，酬酢紛綸，如今歸山彷彿：「倦鳥得茂樹，涸魚返清源」莫將酬酢以為賓榮，吐納而成身文。在〈草堂前新開一池養魚種荷日有幽趣〉見其生活態度：「淙淙三峽水，浩浩萬頃陂。未如新塘上，微風動漣漪。小萍加泛泛，初蒲正離離。紅鯉二三寸，白蓮八九枝。遶水欲成徑，護堤方插籬。已被山中客，呼作白家池。」〔註 276〕期許自己的生

〔註 274〕謝思煒校注：《白居易詩集校注》，頁 2133。
〔註 275〕謝思煒校注：《白居易詩集校注》，頁 621。
〔註 276〕謝思煒校注：《白居易詩集校注》，頁 623。

活與器度適意提升。

白居易期許自己的心胸如萬頃之陂，澄之不清，不生庸俗鄙吝，擾之不濁，不起利益薰心，如叔度陂湖之器度深廣。山中踏青尋芳菲的觀光客，將池塘喚做白家池，景致已然呈現尋常風貌，可見白氏規劃草堂園林之用心，園林內的松竹蓮池等皆能如數家珍。元和十二年(817)，任江州司馬，遊覽廬山香爐峯下遺愛寺有感之作，〈遺愛寺〉：「弄石臨谿坐，尋花遶寺行。時時聞鳥語，處處是泉聲。」〔註277〕寫景抒情的短詩，白氏將石、谿、花、鳥、泉等多種自然景物組合在一起，描繪了一幅清新俊秀、生機盎然的圖畫，勾勒出遺愛寺令人神往的風景，又通過「弄」、「尋」、「行」等動作刻畫，表達了白氏對大自然充滿了熱愛之情。白居易更進一步描繪遺愛寺周圍生態，環境清幽雅致，與自己的規劃，〈題遺愛寺前溪松〉詩歌中：

偃亞長松樹，侵臨小石溪。靜將流水對，高共遠峰齊。翠蓋煙籠密，花幢雪壓低。與僧清影坐，借鶴穩枝棲。筆寫形難似，琴偷韻易迷。暑天風槭槭，晴夜露淒淒。獨憩依為舍，閑行繞作蹊。棟梁君莫采，留著伴幽棲。〔註278〕

白居易詩中還有書寫自栽池荷，砌水親開，〈題別遺愛草堂兼呈李十使君〉中有提到：「曾住爐峰下，書堂對藥臺。斬新蘿徑合，依舊竹窗開。砌水親開決，池荷手自栽。」〔註279〕閒適生活也必須四體勤做，五穀分辨。當然有時候不是十項全能的，〈池上即事〉：「行尋甃石引新泉，坐看修橋補釣船。綠竹掛衣涼處歇，清風展簟困時眠。身閑當貴真天爵，官散無憂即地仙。林下水邊無厭日，便堪終老豈論年。」〔註280〕白氏看著他人甃石引新泉、修橋補釣船的情景，延伸至「綠竹掛衣涼處歇，清風展簟困時眠」生活常景的意象。白居易珍惜當下閒適居家生

〔註277〕謝思煒校注：《白居易詩集校注》，頁1318。
〔註278〕謝思煒校注：《白居易詩集校注》，頁1399。
〔註279〕謝思煒校注：《白居易詩集校注》，頁1593。
〔註280〕謝思煒校注：《白居易詩集校注》，頁2134。

活，所以說：「身閑當貴真天爵，官散無憂即地仙」的自在，接著「林下水邊無厭日，便堪終老豈論年」為閒適的高境界。天爵、地仙均不容易體會得到，若能過著林泉生活，毫無厭倦的日子，就是頤養天年，有夭有壽是常事。

白居易於長慶元年（821），購得新昌里新居，是他第二次來到長安。元和五年（810），長安遇微之，有〈和答詩十首〉詩云：「自永壽寺南，抵新昌里北，得馬上語別。語不過相勉保方寸、外形骸而已，因不暇及他。」〔註281〕白居易對於自家住宅有所自足，在〈題新居寄宣州崔相公〉所居南鄰，即崔家池，流露其自足：「門庭有水巷無塵，好稱閑官作主人。冷似雀羅雖少客，寬於蝸舍足容身。疏通竹徑將迎月，掃掠莎臺欲待春。濟世料君歸未得，南園北曲謾為鄰。」〔註282〕對於年過五十的白居易，輕閒少欲，詩中〈池上竹下作〉寫意：「穿籬遶舍碧逶迤，十畝閑居半是池。食飽窗間新睡後，腳輕林下獨行時。水能性淡為吾友，竹解心虛即我師。何必悠悠人世上，勞心費目覓親知。」〔註283〕以自然為知心，友為棒頭師。

白居易做為東家時，蓬門偶然為君而開。白氏剛到新家，就邀請友人來家裡彈琴笙歌，飲酒品茶，〈自題新昌居止因招楊郎中小飲〉詩歌有云：「地偏坊遠巷仍斜，最近東頭是白家。宿雨長齊鄰舍柳，晴光照出夾城花。春風小榼三升酒，寒食深爐一椀茶。能到南園同醉否，笙歌隨分有些些。」〔註284〕白氏以琴邀友人楊汝士，以酒會友，以茶交友，生活過得充實灑脫。邀友聚之，詩境別開，有詩〈新昌閒居招楊郎中兄弟〉提到：「紗巾角枕病眠翁，忙少閑多誰與同。但有雙松當砌下，更無一事到心中。金章紫綬堪如夢，皁蓋朱輪別似空。暑月貧家何所有，客來唯贈北窗風。」〔註285〕長慶元年楊汝士為右補闕，坐弟楊

〔註281〕謝思煒校注：《白居易詩集校注》，頁211。
〔註282〕謝思煒校注：《白居易詩集校注》，頁1849。
〔註283〕謝思煒校注：《白居易詩集校注》，頁1854。
〔註284〕謝思煒校注：《白居易詩集校注》，頁2061。
〔註285〕謝思煒校注：《白居易詩集校注》，頁1962。

殷士貢舉覆落，貶開江令。入為戶部員外，再遷職方郎中。詩句中白居易給予楊汝士兄弟鼓勵，當下忙少閒多，雙松砌下閒適情，官若為名利如夢一場，轉眼成空。客來北窗下臥涼，暫做羲皇上人。楊汝士是白居易妻兄，兩人結交使心曉，心曉形迹略，兩人交情無須客套、客氣或言人情世故。

元和九年（814）冬天，長安。其詩〈寄楊六〉中有提：「清觴久廢酌，白日頓虛擲。念此忽踟躕，悄然心不適。豈無舊交結，久別或遷易。亦有新往還，相見多形迹。唯君於我分，堅久如金石。何況老大來，人情重姻戚。會稀歲月急，此事真可惜。幾回開口笑，便到髭鬚白。」〔註 286〕又言：「公門苦鞅掌，晝日無閑隙。猶冀乘暝來，靜言同一夕。」公門之餘，還希望能有閒情逸致與友言歡。白居易新昌里坊，邀友聚之住宿新昌里，〈聞崔十八宿予新昌弊宅時予亦宿崔家依仁新亭一宵偶同兩興暗合因而成詠聊以寫懷〉：「陋巷掩弊廬，高居敞華屋。新昌七株松，依仁萬莖竹。松前月臺白，竹下風池綠。君向我齋眠，我在君亭宿。平生有微尚，彼此多幽獨。何必本主人，兩心聊自足。」〔註 287〕白氏與崔玄亮一宵促膝長聊，言心之所致，或有相契，因而書寫。白氏有詩和崔玄亮，〈知足吟〉：

> 不種一隴田，倉中有餘粟。不採一株桑，箱中有餘服。官閑離憂責，身泰無羈束。中人百戶稅，賓客一年祿。樽中不乏酒，籬下仍多菊。是物皆有餘，非心無所欲。吟君未貧作，同歌知足曲。自問此時心，不足何時足？〔註 288〕

詩中表達過著餘裕的日子，當惜眼前物，觀心之念無欲有餘，理解莊稼人的辛苦，所以歌其知足曲，又能有所反省：「自問此時心，不足何時足」白居易此時已接近耳順之年，大和四年（830），白氏在洛陽，洛陽四郊山水之勝，龍門首焉。龍門十寺觀遊之勝，香山首焉。附近有石樓

〔註 286〕謝思煒校注：《白居易詩集校注》，頁 810。
〔註 287〕謝思煒校注：《白居易詩集校注》，頁 1775。
〔註 288〕謝思煒校注：《白居易詩集校注》，頁 1768。

潭，往來者耳目一新，〈香山寺石樓潭夜浴〉：「炎光晝方熾，暑氣宵彌毒。搖扇風甚微，褰裳汗霢霂。起向月下行，來就潭中浴。平石為浴牀，窪石為浴斛。綃巾薄露頂，草屨輕乘足。清涼詠而歸，歸上石樓宿。」〔註289〕關塞之氣色，龍潭之景象，石樓之風月，過往來者都能感受到清心雅景之地。〈池上夜境〉：「晴空星月落池塘，澄鮮淨綠表裏光。露簟清瑩迎夜滑，風襟瀟灑先秋涼。無人驚處野禽下，新睡覺時幽草香。但問塵埃能去否，濯纓何必向滄浪。」〔註290〕白氏書寫大自然的風貌，自然的場景形象，無論晴空星月，意象通透，還能透過感官的摹寫，營造意象藝術，意象藝術自然洗滌身心靈。

詩歌常云：「春耕夏耘，秋收冬藏；晨起晚歸，夜以繼日。」勞作，是人類為了延續生命，創造幸福的永恆主題，美好的生活需要用雙手進行，用腦力思考來創造。閱讀千年古韻，體會勞作動腦的幸福。從這些不朽的詩篇中，我們依然能夠閱讀出勤奮的詩人們對勞動的讚美，更能感悟出辛苦勤勞的人民，對美好生活的嚮往。言歸之，任官職作的同時，一樣追求閒適生活，甚或創造與經營更美好的生活。

閒暇，乃是任何文化復興的先決條件，其根源則是來自有閒和奉獻的階層。說明閒暇的觀念不僅是一種文化的理論，也不僅是我們這個迷惘時代裡的一種自然學科。閒暇，基本上更是一種哲學中的哲學，說明在現今科學和技術已然凌駕人之天命的時代，哲學能夠為我們做什麼？以及哲學應該為我們做什麼？所謂的「天命」(divine command)，正是從相承而來的「沉靜之音」，也正是他以其溫和方式告訴我們的：「心靜而後能知」。想要獲得真知，唯有透過閒暇。我們需要去重新發現的，不只是個被束之高閣的知識概念，還是個被遺忘已久的閒暇概念。殊不知閒暇像日出月落般自然之規律：「兀兀出門何處去，新昌街晚樹陰斜。馬蹄知意緣行熟，不向楊家即庾家。」〔註291〕不為功名利

〔註289〕謝思煒校注：《白居易詩集校注》，頁1780。
〔註290〕謝思煒校注：《白居易詩集校注》，頁1782。
〔註291〕謝思煒校注：《白居易詩集校注》，頁1971。

祿並非不求仕途，是心靈不要被羈絆著，世間是非等閒事正面應對，遇到美好的、賞心悅目的事情，就停下來欣賞。另外有同詩題〈閑出〉意境貼切：「身外無羈束，心中少是非。被花留便住，逢酒醉方歸。人事行時少，官曹入日稀。春寒遊正好，穩馬薄緜衣。」〔註 292〕

當代世界最讓人心情沉重的一項，莫過於是說這個世界已經傷痕累累，已經臣服於「工作神明」（idolatry of work）的腳下，只知不停運轉而失去了目的感。〈大學章句〉中有：「知止而後有定，定而後能靜，靜而後能安，安而後能慮，慮而後能得。」〔註 293〕與「心靜而後能知」有相對應的思維模式，通常能達到「心靜而後能知」，在於有充實自己的內涵，便能瞭解自己的定位在哪？才能夠有堅定的意志，有了堅定的意志，才能夠免於外在誘惑的干擾，才能夠身心合一，進而加以思索，常常嚴謹的思考才能有所感悟。總而論之，人在專注做一件事情，無論工作或閒暇，心如果能靜下來，腦袋就不會胡思亂想，這樣一來閒適翩然而至，如同「制心一處，無事不辦」的意思。儼然是：「夫君子之行，靜以修身，儉以養德，非澹泊無以明志，非寧靜無以致遠。」進一步可以說明白居易詩歌創作的詩境本質。《禮記・禮運》：「故天生時而地生財，人其父生而師教之。四者，君之正用之。故君者，立於無過之地也。」〔註 294〕大和元年（827），白居易在長安〈閑行〉：

> 五十年來思慮熟，忙人應未勝閑人。林園傲逸真成貴，衣食單疏不是貧。專掌圖書無過地，遍尋山水自由身。儻年七十猶強健，尚得閑行十五春。〔註 295〕

大和元年（827），白居易還未六十歲，但已是老年時期。老年時期的

〔註 292〕謝思煒校注：《白居易詩集校注》，頁 2003。

〔註 293〕宋・朱熹著：《四書章句集注》〈大學章句〉，國立台灣大學出版中心，2016 年 6 月，頁 4。

〔註 294〕清・朱彬撰，饒欽農點校：《禮記訓纂》禮運第九，北京：中華書局，2013 年 9 月，頁 331。

〔註 295〕謝思煒校注：《白居易詩集校注》，頁 1971。

花木詩則偏重在種花、賞花與花間躑躅，或林園佈置池景與履道宅，徜徉池間，有賞花的情致。自省五十幾年來，宵衣旰食，忙碌著也有培養閒適情。物欲減低，享有林園自然之趣貴為真。衷心期許無過之處，還能自由自在，倘若強健過七十，閒行遊走在春風、夏雨、秋月、冬雪間。

白居易是一位懂得「順勢而為」之人，不管順境橫逆，都能在花木詩或園林書寫中，找到生活的意義與生命的價值。無論是培養生活的興趣，或是轉移自己的焦點，他都能盡善盡美的做好；再者，他的觀察力極為敏銳，想像力非常豐富，隨著生活裡的萬物型態，落筆的角度也有了不同。松竹花柳異樣植物，或是某些生物，屬性皆不同，可以是文人的象徵，或則意象藝術的發揮，在草堂與寺廟周圍的步道間發現，或是在池塘倒影蹤跡，或是對於新昌里居與履道園，悉心佈置裝飾探看時，都會發現新的花木與生物，驚喜不斷。

白居易詩歌著墨的內涵豐富多樣。他從大自然裡的變化，如何看待生命，提升主觀自信的智慧。他蒔花弄草的生活，觀察植物成長的過程。從種子發芽、茁壯，並隨著季節輪替開花結果，豐富多樣的自然變化，能為生活增添許多樂趣。白氏的詩歌中都有提到蒔花養卉、飲酒、茗茶或是養生之道等不同主題，無論是獨自一人或邀友共同賞玩，白氏透過具體的形象描摹，展現各種主題的意象思維，呈現其觀照後的生活面貌，觸發感官摹寫的體驗，閒適意象便有了寄託，呈現主題的文化底蘊。

第四節　白居易詩歌茶藝閒適之意象

本文從白居易茶詩裡的閒適逸趣，透過文化角度研討其文化與特徵。「文化」在漢語中實際上是「人文教化」的簡稱。有「人」才有文化，意即文化是討論人類社會的活動，教化是人群精神活動和物質活動的共同規範，並得到體現，也就是透過「人文教化」而達到傳承、傳播與認同的意義。「文化」一詞的英文 culture 於「牛津哲學辭典」〔註296〕的定義為：

> 文化是人們的生活方式，包含他們的態度、價值觀、信仰、藝術、科學、感知模式、思維和活動習慣。生活形式的文化特徵是學習而來，卻過於普遍，而不易於被內在察覺。〔註297〕

由此可知「文化」為人類生活方式的總稱。生活的形式與內容是學習而來的，學習到特有的態度、價值觀、信仰、藝術等等，於活動習慣中慢慢建立文化特徵，達到傳承、傳播與認同的意義。

白居易活躍於安史之亂後四十年的中唐時代，也是茶文化最鼎盛的時代。就在茶聖陸羽《茶經》的出書，推波助瀾下，更使飲茶文化走入真正的美學藝術與理論基礎的奠定，茶文化在這股潮流，顯得內涵豐富而多姿多采。白氏飲茶詩的作品共計六十四首，可堪稱是中唐時代文人寫茶詩之冠。藉由白氏茶詩中的文化內涵和生活美學，來探究詩歌情境本質與特徵，唐代文人茶詩的作品所反映出的飲茶生活中的情境與文化氣息，對於白氏在飲茶時有什麼影響，這些都在茶詩中，流露初生活享受中的那股清閒自適，悠靜高雅的飲茶氣氛，這種沁然自在，浸潤在輕鬆、從容的煮茶過程與茶香四溢的環境，更是使現今終日忙碌於生活生計下的，這都在白居易的生活美學的茶詩中來一探究竟。

白居易不僅是唐代傑出的現實主義詩人，也是一位善於鑒茶識水的高手，自譽「別茶人」。唐長慶二年（822），白居易在杭州刺史任上，大力疏浚西湖，修築湖堤，政餘閒暇則輕裘策馬尋幽探勝，賦寫了大量詩篇，對發揚西湖風光產生了深遠的影響。對於識茶和愛茶，白居易頗為自鳴不凡。他對自己的烹茶技藝也充滿自信，譬如他在江州創

〔註296〕引自 "culture" The Oxford Dictionary of Philosophy. Simon Blackburn. Oxford University Press, 2008. Oxford reference Online. Oxford University Press.National Dong Hwa University, 20 April 2010〈http://www.Oxford reference.com/views/ENTRY.html?subview=Main&entry=t98.e800〉.

〔註297〕原文為：The way of lufe of apeople, including their attitudes, values, beliefs, arts, sciences, modes of perception, and habits of thought and activity. Cultural features of forms of life are learned but are often too perception, to be readily noticed from within.

作〈謝李六郎中寄新蜀茶〉詩中吟道：「湯添勺水煎魚眼，末下刀圭攪麴塵。不寄他人先寄我，應緣我是別茶人」。「別茶人」，意即識得佳茗的茶人。元和十二年（817），在江州創作〈謝李六郎中寄新蜀茶〉：

> 故情周匝向交親，新茗分張及病身。紅紙一封書後信，綠芽十片火前春。湯添勺水煎魚眼，末下刀圭攪麴塵。不寄他人先寄我，應緣我是別茶人。〔註298〕

此詩是白居易被貶謫江州司馬後，收到忠州刺史李景儉（即李六郎中）從蜀地寄來新茶後所作的酬謝詩。白、李為同鄉少年好友，平素交往親密。詩中的分張指第一批春茶烘焙好後，就先分出一份寄給正在臥病中的白居易。火前春是說李寄來的珍貴綠芽是第一焙的明前茶。別茶人猶言難得嘗到好茶，多虧故人天涯相寄。隱含白氏在貶謫後，身處貧病交加的窘境，此為作者自許。白居易愛茶，每當友人送來新茶時，往往令他欣喜不已。詩的最後兩句，可見白氏是以善於鑒別茶而自豪的。白居易飲茶，對茶、水、茶具的選擇、配置和火候定湯是很講究的。白氏任職江州司馬時，還闢園種過茶。江州地近廬山，他非常喜歡東西二林間香爐峰下的雲水泉石，曾築草堂於此，茶園便在草堂旁。朋友間情意趣味在生活裡蔓延，給予白氏無限的回憶。

在白居易任杭州刺史的兩年中，西子湖的香茶與清泉，受到政績與才情皆稱超絕的白氏迷戀。如果說，陸羽在《茶經》中留下了西湖茶的源頭，那麼，白居易的〈招韜光禪師〉詩，則為西湖留下了一段汲泉烹茗時間上最早的佳話：唐代飲茶風氣興盛，這與僧道生活有密切的關係，因為飲茶提神、醒腦、消除疲勞，有助於禪僧之論道及道觀之修煉，僧道自然嗜茶，亦精於茶事。劉禹錫〈西山蘭若試茶歌〉一詩有描寫僧人採茶、製茶、煎茶的過程，並敘述詩人飲茶的心得。白居易〈招韜光禪師〉詩酬唱：

> 白屋炊香飯，葷腥不入家。濾泉澄葛粉，洗手摘藤花。青芥

〔註298〕謝思煒校注：《白居易詩集校注》，頁1325。

除黃葉，紅薑帶紫牙。命師相伴食，齋罷一甌茶。〔註 299〕

韜光禪師常與白氏唱和，雖然韜光禪師不與白氏共齋，但白氏以詩酬唱，生活樂趣自在其中，即便簡單設宴邀友，「齋罷一甌茶」成為待客之道與生活習慣。〈春盡勸客酒〉：「嘗酒留閑客，行茶使小娃。殘杯勸不飲，留醉向誰家？」〔註 300〕由此可知，置茶設湯成為留客與送客之禮儀習俗，此種禮俗自然的促成茶詩的發展，也帶來茶詩文化的多面向發展。

白居易以為刺史府的一甌茶，足以邀韜光禪師入城。禪師卻更看重滾滾紅塵之外林泉岩壑的清幽寧靜。他對於刺史大人的「詩招」無動於衷，而是以詩箋答之：「山僧野性好林泉，每向岩阿倚石眠。不解栽松陪玉勒，惟能引水種金蓮。白雲乍可來青嶂，明月難教下碧天。城市不堪飛錫去，恐妨鶯囀翠樓前。」〔註 301〕謙恭、瀟灑之中，暗喻友好的揶揄，猶如好茶往往帶著一絲微苦，而其馨香與隨和自然也蘊含其中。讀罷詩箋，白氏會心一笑，便親自渡湖、上山，與韜光禪師共度了一段詩、茶因緣的好時光。如今靈隱寺西北巢枸塢韜光寺裏的烹茗井，便是他們兩位煮茶共賞、促膝談禪的舊景遺蹟。〔註 302〕

〔註 299〕謝思煒校注：《白居易詩集校注》，頁 2903。

〔註 300〕謝思煒校注：《白居易詩集校注》，頁 1919。

〔註 301〕《御定全唐詩》，〈謝白樂天招〉，卷八二三，第 2b～3a 頁。詩詞檢索：https://sou-yun.cn/poemindex.aspx。

〔註 302〕唐．陸羽《茶經》八之出中載有「錢塘靈隱、天竺二寺產茶」，並將之定為全國名茶之一。這是杭州出產茶葉最早的文字記載，從栽種、炒製、飲用等方面看，後世龍井茶實為起源於天竺、靈隱寺所產的佛茶。由此，陸羽可為識得西湖茶的第一人。從上面這段西湖景與茶同在發軔時期的史事，可以推想：白居易這位在中國文化史上占據重要地位的文學巨匠，既是發現、保護和傳播西湖美景的「第一功臣」，又是最早參與西湖風景名勝與茶互動的赫赫有名的歷史人物。西元九世紀，當白「市長」在西湖最早的茶葉產地靈隱山中與韜光禪師一起品茶、詠茶之際，不經意間，已經給西湖留下了最古老的茶景觀與茶佳話。一口井，一次烹茗，開啟了西湖與名茶此後一千兩百多年相互包融、相互依存和相互推進的歷程。而且，在此後千餘年間諸般西湖茶事活動中，這種包融、依存和推進，不斷得到人們的效仿、傳承和弘揚，至今，其流風餘韻仍然浸潤在西湖的山山水水之間。

歷史上著名的隱士。林和靖也是愛茶之人，他的〈嘗茶次寄越僧靈皎〉詩寫道：「白雲峰下兩旗新，膩綠長鮮穀雨春。靜試卻如湖上雪，對嘗兼憶剡中人。瓶懸金粉師應有，筯瓊花我自珍。清話幾時搔首後，願與松色勸三巡。」〔註 303〕從詩中我們可以瞭解到白雲茶產於白雲峰下，為綠色散茶，穀雨前後採摘，茶芽挺秀如旗槍，沖點後湯沫如湖上積雪，茶過三巡仍色猶未盡，無怪乎白雲茶為當時的貢茶。林逋詩中的「兩槍」、「金粉」、「瓊花」，均喻指不同的茶。晚唐釋齊已〈聞道林諸友嘗茶因有寄〉詩中，即有「旗槍冉冉綠叢園，穀雨初晴叫杜鵑」之句。「槍」，喻指茶芽尚未舒展而呈現的尖銳形狀；「旗」，喻指茶的葉舒展如旗。後世杭產綠茶有「旗槍」一品，其在西湖本土的名源，應出於此。「膩綠長鮮穀雨春」一句，是傳到今最早描述和記錄西湖茶特色的文字之一。「膩綠」，講到了西湖宋代茶的色澤與質感；「長鮮」，傳達了其品性優點所在；「穀雨春」則不獨西湖茶，也是所有綠茶佳品採製至關重要的時令講究。

唐代陸羽在其所著《茶經》卷下中提到「茶之為飲，發乎神農氏，聞於魯周公。」這是從神農嘗百草的傳說之中主張上古論，認為飲茶起源於上古者，然而傳說不能等同於歷史證據，故此論存疑。清代學者顧炎武在《日知錄》卷十〈茶〉中認為「秦人取蜀，而後有茗飲之事」〔註 304〕並於文中證明四川是茶葉產地，也是古代很重要的茶區。故今人多是認同秦人入蜀之後，才將飲茶方法傳入中原。

白居易〈夜聞賈常州崔湖州茶山境會想羨歡宴因寄此詩〉中就提到了湖州顧渚山貢茶院，製造貢茶歡樂宴會的場面：「遙聞境會茶山夜，珠翠歌鍾俱遶身。盤下中分兩州界，燈前合音閤作一家春。青娥遞舞應爭妙，紫筍齊嘗各鬪新。自嘆花時北窗下，蒲黃酒對病眠人。時馬墜損腰，正勸蒲黃酒。」〔註 305〕只是可惜當時白氏「時馬墜

〔註 303〕《御選宋金元明四朝詩》，〈嘗茶次寄越僧靈皎〉，卷四十五，第 37a～38a 頁。詩詞檢索：https://sou-yun.cn/poemindex.aspx。

〔註 304〕清・顧炎武：《日知錄集釋》，北京：中華書局，2020 年 4 月。

〔註 305〕謝思煒校注：《白居易詩集校注》，頁 1911。

損腰」〔註 306〕，只好「正勸蒲黃酒」，不能夠品茗顧渚山的貢茶、紫筍茶，只好將其記錄下來了。可見白居易在當時確實是曾經探訪過湖州顧渚山貢茶院，並且對製造貢茶的一些過程有所瞭解，只是詩中並無明確記載製造的完整過程，實屬可惜。白居易〈琵琶行〉之中有一句「前月浮梁買茶去」，根據《元和郡縣圖志》〔註 307〕記載，當時「浮梁每歲出查七百萬駝，稅十五餘萬貫」，證明瞭當時浮梁確實是茶葉的集散中心之一，可見當時白居易也曾對唐代茶業有一定的瞭解與認識，才能強調茶詩裡的閒適心情，談茶詩文化與生活美學。

一、文人間之交流

歷來文人間聚會喝茶，也常把茶作為餽贈的禮品，以此聯繫彼此的情感，增加生活的樂趣，品茗之餘，友情間的契合度相對提高。自唐代以來寄茶贈詩便十分盛行，有李白〈答族侄甥中孚贈玉泉仙人掌茶詩〉、白居易〈蕭員外寄新蜀茶〉與〈謝李六郎中寄新蜀茶〉、柳宗元〈巽上人以竹間自采新茶見贈〉等不勝枚舉。盧仝〈走筆謝孟諫議寄新茶〉，答謝贈茶之詩，展現詩人的珍惜與友愛，兩人間的情誼流露純真無瑕，並呈現其人品學養，其良好茶人形象，深受後代茶人的尊崇。

白居易一生交遊廣闊，朋友間經常以茶、酒相贈，詩人間常以茗茶贈送親友，也會接受朋友的餽贈，並以詩答謝酬唱。白居易〈蕭員外寄新蜀茶〉，表達收到珍貴的蜀茶讓人感到驚訝，並在煮茶的過程中，體會友情的可貴。〈謝李六郎中寄新蜀茶〉詩中，描述白氏在病中接到朋友饋贈新茶的歡樂心情，與迫不及待地動手沏茶、品茗，感謝朋友。歡樂、自在、愉悅的形象在詩歌間酬唱中表情達意，酬唱之間可見白氏

〔註 306〕寶曆二年（826），蘇州。白居易〈馬墜強出贈同座〉：「足傷遭馬墜，腰重倩人擡。衹合窗間臥，何因花下來？坐依桃葉妓，行呷地黃杯。強出非他意，東風落盡梅。」參見謝思煒校注：《白居易詩集校注》，頁 1910。

〔註 307〕唐・李吉甫撰：《元和郡縣圖志》，北京：中華書局，2007 年 11 月。

正如他自己所說的：是善於鑒茶識水的「別茶人」。〔註 308〕

唐代茶葉或飲茶，在生活中扮演著不可或缺的角色，潛移默化的成為一種休閒活動。無論生活飲食、春遊訪友、待客宴飲，或是詩人間酬酢、餽贈禮物，都能以茶助興，茶葉也成為文人間聯繫情誼的文化特徵。如白居易詩〈夜泛陽塢入明月灣即事寄崔湖州〉，此詩作於寶曆元年（825），蘇州。白氏與崔太守（崔玄亮）為同年好友，初到蘇州，他曾經羨慕崔玄亮在湖州每年春天的茶山之遊，直到自己來遊太湖，見此絕妙景色，那種羨慕的心情才稍微減少，因為太湖太美了，絕不亞於茶山。〈夜泛陽塢入明月灣即事寄崔湖州〉詩：

> 湖山處處好淹留，最愛東灣北塢頭。掩映橘林千點火，泓澄潭水一盆油。　　龍頭畫舸銜明月，鵲腳紅旗蘸碧流。為報茶山崔太守，與君各是一家遊。〔註 309〕

詩中流露詩人間酬唱往返，情誼緊密，令人稱羨。詩中雖不言飲茶之閒適，但言生產紫筍茶的茶山。白氏對於崔玄亮常常春遊茶山，流露羨慕之情，茶山之美美不勝收。白氏透過遊太湖，發現其景致之優美，並巧妙以「為報茶山崔太守，與君各是一家遊」一句，點染白氏與好友之間的默契，有各自的喜愛與審美觀，兩人深厚之情溢於言表。文人間相互贈茶外，平常生活的往來，也常透過煮茶、品茗，邀友飲茶以度閒情，題詩唱和渲染愉悅的氛圍。白氏在洛陽養病，病後在茶灶一邊煮茶一邊取暖，以防寒風透過夾竹籬吹拂，感染頭風。在〈新亭病後獨坐招李侍郎公垂〉詩有提到：

> 新亭未有客，竟日獨何為？趁暖泥茶灶，防寒夾竹籬。頭風初定後，眼暗欲明時。淺把三分酒，閑題數句詩。應須

〔註 308〕〈謝李六郎中寄新蜀茶〉：「故情周匝向交親，新茗分張及病身。紅紙一封書後信，綠芽十片火前春。湯添杓水煎魚眼，末下刀圭攪麴塵。不寄他人先寄我，應緣我是別茶人。」詩中形象地描述了詩人在病中接到朋友新茶的歡樂心情，以及迫不及待地動手沏茶品茗，感謝朋友之際，也自稱自己是善於鑒茶識水的「別茶人」。

〔註 309〕謝思煒校注：《白居易詩集校注》，頁 1895。

置兩榻，一榻待公垂。〔註310〕

李侍郎公垂即李紳，與樂天為同年好友，趁著病況初癒，閒情煮茶，邀友品茗，閒題詩句，寄寓愉悅輕鬆心情。〈閑臥寄劉同州〉：「軟褥短屏風，昏昏醉臥翁。鼻香茶熟後，腰暖日陽中。伴老琴長在，迎春酒不空。可憐閑氣味，唯欠與君同。」〔註311〕茶湯隨著時間沸騰，茶香在空氣中緩緩流動著，鼻間聞到的茶香層次分明，和煦的陽光暖和了白氏的腰間，感受到舒適的氛圍。白氏將其豐沛情感透過詩句寄予劉禹錫，同享春光明媚的暖陽，只可惜「伴老琴長在，迎春酒不空。可憐閑氣味，唯欠與君同。」流露文人間對友情的重視，從劉禹錫〈酬樂天閑臥見寄〉：「散誕向陽眠，將閒敵地仙。詩情茶助爽，藥力酒能宣。風碎竹間日，露明池底天。同年未同隱，緣欠買山錢。」〔註312〕其真摯情感的交流，儼然不拘於某種形式。大和二年（828），另一首白居易〈病假中龐少尹攜魚酒相過〉詩：

宦情牢落年將暮，病假聯緜日漸深。被老相催雖白首，與春無分未甘心。閑停茶碗從容語，醉把花枝取次吟。勞動故人龐閣老，提魚攜酒遠相尋。〔註313〕

白居易病假時候朋友來訪，盡興品茶，「宦情牢落年將暮，病假聯緜日漸深」的體會暫且拋諸腦後，白氏與朋友飲茶、聊天，閒適從容。醉酒的朋友把玩樹梢花兒，吟唱一曲，人生一樂事莫過於此，而龐閣老友大老遠的提魚攜酒來訪，令白氏感動萬分，病老乃身外事，一時的愜意飲茶，為白氏官宦或退職的生活增添幾許新意與鼓勵。

二、茶飲間之對話

透過品茗的活動，飲茶讓人產生怡情適體的身心感受，對於質樸淡雅的茶湯，文人視其為「清雅」，亦是茶的精神本質。茶性寒為體，

〔註310〕謝思煒校注：《白居易詩集校注》，頁2493。
〔註311〕謝思煒校注：《白居易詩集校注》，頁2493。
〔註312〕《全唐詩》，卷358。
〔註313〕謝思煒校注：《白居易詩集校注》，頁2056。

提神、去熱，解膩為用。皎然＜飲茶歌誚崔石使君＞一詩中「滌昏、清神、得道」:「一飲滌昏寐，情思爽朗滿天地。再飲清我神，忽如飛雨灑清塵。三飲便得道，何須苦心破煩惱。」〔註 314〕詩中傳達茶能滌洗昏昧，提神醒腦，達於得道，形象生動的呈現身心所感受到的層次。白居易〈宿藍溪對月〉:「清影不宜昏，聊將茶代酒」說明茶之清雅，飲之神清氣爽。劉禹錫〈西山蘭若試茶歌〉一詩中「解酲去煩」:「悠揚噴鼻宿酲散，清峭徹骨煩襟開。」〔註 315〕詩中提出茶能消食解膩，悅志滌煩，還能舒筋有力。白居易〈宿酲〉:「夜飲歸常晚，朝眠起更遲。舉頭中酒後，引手索茶時。拂枕青長袖，攲簪白接䍦。宿酲無興味，先是肺神知。」〔註 316〕唐代文人透過對茶的品茗與體會，提出鑑賞的審美態度，也將對自我要求、自我實現依附其中，因此「清雅」是一種生活態度，更代表一種文化的集體意識。白居易茶詩裡展現的閒適寧靜，禪理意趣，不必外求，在生活之中就可以體物養性，也不在於參禪形式。白居易〈早服雲母散〉:

> 曉服雲英漱井華，寥然身若在煙霞。藥銷日晏三匙飯，酒渴春深一碗茶。　　每夜坐禪觀水月，有時行醉玩風花。淨名事理人難解，身不出家心出家。〔註 317〕

詩中提到白居易在日常生活中自然參禪，並不刻意苦行，透過藥、酒、茶三者的日常飲食與生活修行，他是「身不出家心出家」，但是這種行徑不是一般人所能夠瞭解的「淨名事理人難解」，自然而然的抒發禪理，流露對茶事的嚴謹態度。唐代飲茶風氣興盛，這與僧道生活有密切的關係，因為飲茶提神、醒腦、消除疲勞，有助於禪僧論道及道觀的修煉，僧道自然嗜茶，亦精於茶事。

〔註 314〕《全唐詩》，卷 821，《全唐詩》繁體電子書：https://books.google.com.tw/books?id=MyIHCgAAQBAJ。

〔註 315〕《全唐詩》，卷 356，《全唐詩》繁體電子書：https://books.google.com.tw/books?id=MyIHCgAAQBAJ。

〔註 316〕謝思煒校注：《白居易詩集校注》，頁 2467。

〔註 317〕謝思煒校注：《白居易詩集校注》，頁 2409。

白居易飲茶的生活逸趣，從〈食後〉：「食罷一覺睡，起來兩甌茶。舉頭看日影，已復西南斜。樂人惜日促，憂人厭年賒。無憂無樂者，長短任生涯。」〔註318〕一日的飲茶生活中能夠自得其樂，不假外求。〈閑眠〉一詩中：「盡日一飧茶兩碗，更無所要到明朝」這是白氏閒適生活的寫照，一種澹泊、悠閒的人生情趣。本論文透過茶宴風尚與茶藝文化，談茶飲逸趣的審美。

1. 茶宴風尚

茶文化在中國起源很早，發展至今近兩千年，累積古典茶書至少有124種。〔註319〕飲茶對生活的體悟與生命的哲思結合，則是到了六朝以後才逐漸發展。六朝時期，飲茶不僅成為文人的生活美學，同時也成為佛道修煉的憑藉。由此可知，中國茶文化融合儒、道、釋的精髓，結合雅俗共賞，更象徵一個民族生活與思想的文化涵養。飲茶文化發展至中唐以後，飲茶已成為當時的生活習慣與風俗，也是人際間迎賓餞別的交流活動，所以文人間，或僧人與文人，除了以詩文會友之外，也常因文人聚會而產生「茶宴」〔註320〕風尚。

魏晉南北朝時，公私宴會中已有專用茗茶來待客，當時不以茶會名之，客人也未必接受茗茶。「茶會」一詞的使用，與正式茶會的出現要到唐代。唐代關於茶會的人數，其實沒有嚴格的規定，從錢起的〈過長孫宅與朗上人茶會〉（《全唐詩》卷二三七）、〈與趙莒茶宴〉（《全唐詩》卷二三九）兩首詩題，可知二、三好友的品茗談心也叫茶會或茶宴。茶會參與者多，最忌諱人品雜遝，明人屠隆《考槃餘事．茶錄》：

〔註318〕謝思煒校注：《白居易詩集校注》，頁639。

〔註319〕清代學者顧炎武在《日知錄》，卷十〈茶〉中認為「秦人取蜀，而後有茗飲之事。」這是茶的飲食功能，推測應該始於王褒〈僮約〉，「烹茶盡道」、「武陽買茶」等記載，足以證明西漢飲茶有史可據。〈僮約〉寫定於西元前九十五年，可知中國的飲茶歷史已逾兩千年。

〔註320〕唐人李嘉祐〈秋曉招隱寺東峰「茶宴」送內弟閻伯均歸江州〉詩云：「萬畦新稻傍山村，數裏深松到寺門。幸有香茶留釋子，不堪秋草送王孫。煙塵怨別唯愁隔，井邑蕭條誰忍論。莫怪臨歧獨垂淚，魏舒偏念外家恩。」《全唐詩》6冊，卷二〇三，頁2165。

> 茶之為飲，最宜精行修德之人，兼以白石清泉，烹煮如法。不時廢而或興，能熟習而深味，神融心醉，覺與醍醐甘露抗衡，斯善賞鑒者矣。使佳茗而飲非其人，猶汲泉以灌蒿萊，罪莫大焉。有其人而未識其趣，一吸而盡，不暇辨味，俗莫甚焉。〔註 321〕

屠隆認為同是愛好飲茶，而且有修德良品之人，方能聚之茶宴「神融心醉」，如果與張口狂飲茶、不解飲茶之趣味的人聚宴，好像是以甘泉澆灌蒿蔚，實在可惜。白居易於會昌五年，廣邀當時相知的古稀老者共同品茗，促成了傳為佳話的七老茶會。〔註 322〕唐代最著名的大型茶會——顧渚山茶會。顧渚山位於湖州和常州交界處，所產之茶做為貢品進獻皇帝，務求茶之精美，每至早春造茶時，兩州太守皆到顧渚山監製，並邀名流雅士一同品嘗審定，因而形成每年一度之茶會〔註 323〕，白居易詩中有描述顧渚山茶會，〈夜聞賈常州崔湖州茶山境會想羨歡宴因寄此詩〉有：

> 遙聞境會茶山夜，珠翠歌鍾俱繞身。盤下中分兩州界，燈前各作一家春。青娥遞舞應爭妙，紫筍齊嘗各鬪新。自嘆花時

〔註 321〕明．屠隆：《考槃餘事．茶錄》，藝文印書館，1965 年初版。

〔註 322〕白居易〈胡吉鄭劉盧張等六賢皆多年壽，予亦次焉。偶於弊居合成尚齒之會，七老相顧，既醉且歡。靜而思之，此會稀有，因成七言六韻以紀之，傳好事者〉：「七人五百七十歲，拖紫紆朱垂白鬚。手裏無金莫嗟歎，尊中有酒且歡娛。詩吟兩句神還王，酒飲三杯氣尚粗。嵬峨狂歌教婢拍，婆娑醉舞遣孫扶。天年高過二疏傳，人數多於四皓圖。除卻三山五天竺，人間此會更應無。」底下白居易自注：「前懷州司馬安定胡杲，年八十九。衛尉卿致仕馮翊吉皎，年八十六。前右龍武軍長史滎陽鄭據，年八十四。前磁州刺史廣平劉真，年八十二。前侍御史內供奉官範陽盧真，年七十二。前永州刺史清河張渾，年七十四。刑部尚書致仕太原白居易，年七十四。以上七人，合五百七十歲。會昌五年三月二十一日，於白家履道宅同宴。宴罷賦詩。時祕書監狄兼謨、河南尹盧貞以年未七十，雖與會而不及列。」（《全唐詩》，卷四六〇）。《全唐詩》卷四六三收有胡杲、吉皎、劉真、鄭據、盧真和張渾等六老於此會上所賦之詩，其中劉真提及宴會上茶酒並置，可見唐代有些茶會是茶酒皆備。

〔註 323〕參考劉昭瑞：《中國古代飲茶藝術》，頁 163～164，對顧渚山茶會之介紹。台北：博遠出版有限公司 1992 年 4 月再版。

北窗下，蒲黃酒對病眠人。〔註 324〕

白居易當時「時馬墜損腰，正勸蒲黃酒」，所以無法參加，此詩為白氏想像之作，然而以其愛茶知茶，又與賈常州、崔湖州頗具交情〔註 325〕，相信常以茶宴交流，以詩文唱和，也成為文人之間的賞心雅事。詩中記述紫筍茶採製的季節，常州與湖州兩郡分別製造茶葉，於顧渚山境會亭齊嘗新茶、鬥茶的歡慶場合〔註 326〕，宴會中還有音樂歌舞等助興節目。白氏對於如此盛大、壯觀的茶會，因為自己臥病在床不能參加而感到十分遺憾。

元稹〈一字至七字詩：茶〉〔註 327〕：「茶，香葉，嫩芽。慕詩客，愛僧家。碾雕白玉，羅織紅紗。銚煎黃蕊色，碗轉麴塵花。夜後邀陪明月，晨前命對朝霞。洗盡古今人不倦，將知醉後豈堪誇。」此首詩說明詩人、僧人喜茶，銚煎茶葉，碗轉品茗，生活充滿茶香、茶趣，愜意人生。白居易宴客飲酒品茶歡聚的情況，如詩〈題周皓大夫新亭子二十二韻〉其中有部分描寫：

東道常為主，南亭別待賓。規模何日創，景致一時新。廣砌羅紅藥，疏窗蔭綠筠。鎖開賓閣曉，梯上妓樓春。置醴寧三爵，加籩過八珍。茶香飄紫筍，膾縷落紅鱗。輝赫車輿鬧，珍奇鳥獸馴。獼猴看櫪馬，鸚鵡喚家人。錦額簾高卷，銀花盞慢巡。勸嘗光祿酒，許看洛川神。斂翠凝歌黛，流香動舞

〔註 324〕謝思煒校注：《白居易詩集校注》，頁 1911。

〔註 325〕白居易有詩寄賈、崔二人，如〈晚春寄微之並崔湖州〉（《全唐詩》，卷四四六）、〈赴蘇州至常州答賈舍人〉、〈自到郡齋僅旬日，方專公務，未及宴遊，偷閒走筆題二十四韻，兼寄常州賈舍人、湖州崔郎中，仍呈吳中諸客〉、〈夜泛陽塢入明月灣即事寄崔湖州〉、〈戲和賈常州醉中二絕句〉、〈郡中閒獨寄微之及崔湖州〉（《全唐詩》，卷四四七）等，足見白居易與賈、崔交情匪淺。

〔註 326〕明．徐獻忠：《吳興掌故集》，卷十：「啄木嶺，西北六十里，山多啄木鳥。唐時，吳興、毗陵二守造茶，會宴於此，有境會亭。」台北：成文出版社，1983 年。

〔註 327〕（案：以題為韻，同王起諸公送白居易分司東郡作。）

巾。裙翻繡鸂鶒，梳陷鈿麒麟。〔註 328〕

詩歌中賓主逸趣清歡，室內佈置高雅，庭院環境花木遍植，幽賞怡情。文人們品嘗珍饈、飲酒興闌後飲茶，這不僅能紓解酒意，還能延續情誼的交流。迎賓送客，熱鬧萬分，才藝表演不絕，賓客川流不息。燈火輝煌之下，女舞者柔美曼妙姿態，形象儀態萬千，在茶香氛圍裡襯托茶宴活動的歡顏情境與文人們的閒適風流。白氏對於朋友非常重視，除了表現在飲茶，於菜餚、點心應該也是誠意十足。白居易〈自題新昌居止因招楊郎中小飲〉描述寒食、清明時節飲食，品嘗酒也喝茶，有其特殊的文化涵義。詩中有：

> 地偏坊遠巷仍斜，最近東頭是白家。宿雨長齊鄰舍柳，晴光照出夾城花。　　春風小榼三升酒，寒食深爐一碗茶。能到南園同醉否，笙歌隨分有些些。〔註 329〕

長安新昌裏坊宅偏僻，白居易職居密近門多閉，故人到門門暫開。當白氏做為東家時，蓬門偶然為君而開。白居易邀請楊汝士小酌，有酒菜，也有茶飲、點心，期待共酌品茗的盛情無限，昨日的雨勢磅礡，鄰家柳葉彷彿又抽高幾分，一早和煦的陽光，普照著含苞的花卉，立春後，或是寒食、清明時，晴光麗日，踏春訪友，與友人雅興小酌幾杯，品茗賞花，怡然自適，茶、酒盡興言歡，隨著樂聲輕哼幾曲，人生快意之事。生活隨遇而安，行止從容，心境悠閒，知足喜樂。

2. 茶藝文化

陸羽《茶經》產生在盛唐飲茶文化與佛教宗門結合的時代。唐代封演的《封氏聞見記》卷六〈飲茶〉記載：「開元中，泰山靈巖寺有降魔師，大興禪教。學禪務於不寐，又不夕食，皆許其飲茶，人自懷挾，到處舉飲，從此轉相仿效，遂成風俗。」〔註 330〕清人顧炎武《日知錄》

〔註 328〕謝思煒校注：《白居易詩集校注》，頁 1183。

〔註 329〕謝思煒校注：《白居易詩集校注》，頁 2061。

〔註 330〕唐・封演撰、趙貞信校注：《封氏聞見記》，北京：中華書局，2012 年 2 月。

記載:「自秦人取蜀,而後始有茗茶之事。」〔註331〕可知戰國末期已有飲茶習慣,直到魏晉六朝時,飲茶文化才開始發展,逐漸成為文人的生活美學與道家修禪的內涵。

陸羽《茶經》是中國飲茶文化的第一本專著,是中國茶道文化建立的起點,對中國的飲茶文化貢獻卓著,厥功甚偉,也影響日本茶道,被日本人奉為經典的茶書。可見飲茶文化從相傳的神農嘗百草,即知茶葉有解毒藥效,陸羽《茶經》:「茶,南方之嘉木也」。茶成為日常生活飲食,演進到生活藝術與思想文化的表徵。飲茶於中唐以後成為風尚,陸羽《茶經》中有提到煮茶方式和飲茶過程,將中國飲茶由散漫無章進入成熟階段。陸羽提倡清飲,對於煮茶的沸水聲、水沸狀態與餑沫特別描述其形象,啟發唐代文人賦予茶事活潑之情趣,豐富茶事的文學內涵。

唐代文人透過飲茶來品味閒適的人生,怡情養性,使得飲茶發展為休閒活動與茶道藝術;唐代文人喜愛攜茶以伴行旅,有時還會氣定神閒擔著茶具尋幽訪勝,享受山澗品茗的趣味;有時則以寒溪煎茶、泉水煮茶或以融化的雪水、野地礦石烹茗。陸羽《茶經》中對烹茶水質有精闢的論述:「其水,用山上水,江中水,井水下。」〔註332〕唐代文人認為雪水來自天上,潔白晶瑩,煞是可愛,所以也格外留心重視。白居易〈吟元郎中白鬚詩,兼飲雪水茶,因題壁上〉:

吟詠霜毛句,閑嘗雪水茶。城中展眉處,只是有元家。〔註333〕

中唐以後,飲茶已成為文人日常生活的一部分。白氏讀過元郎中白鬚詩,並飲用過雪水煮的茶而讚不絕口。李商隱〈即目〉:「小鼎煎茶面曲池,白鬚道士竹間棋。何人書破蒲葵扇,記著南塘移樹時。」〔註334〕

〔註331〕清・顧炎武《日知錄集釋》,北京:中華書局,2020年4月。

〔註332〕唐・陸羽《茶經》,見《景印文淵閣四庫全書》844冊,臺北:台灣商務印書館,1986年8月,頁618。

〔註333〕謝思煒校注:《白居易詩集校注》,頁1501。

〔註334〕唐・李商隱著,余恕誠編注:《李商隱詩》,北京:中華書局,2014年6月,頁42。

無論喜怒哀樂或琴棋書畫，都能與飲茶結合，營造獨特的氛圍，讓人低迴不已。白氏吟詠元郎中的霜毛詩，則取雪水煎茶，別有一番情趣與滋味。「城中展眉處，只是有元家」原本眉梢深鎖的白氏，自然笑逐顏開。白氏透過茶葉自然質性，以雪水煮茶的多元滋味提升到人品的高度涵養，以「展眉」點染唐代文人茶道的樂趣，生活豐富，多彩多姿。白居易另一首〈晚起〉，描寫融雪煎茶的情趣，詩云：

> 爛熳朝眠後，頻伸晚起時。暖爐生火早，寒鏡裏頭遲。融雪煎香茗，調酥煮乳糜。慵饞還自哂，快活亦誰知。酒性溫無毒，琴聲淡不悲。榮公三樂外，仍弄小男兒。〔註 335〕

白居易慵懶晚起，從「融雪煎香茗」中體悟生活的情趣，非常愜意道出：「快活亦誰知」，白氏是唐代著名的別茶人，其茶詩體現了儒家的「仁智文化」。〔註 336〕山是萬民所瞻仰的地方，故「萬民之所瞻仰也，草木生焉，萬物植焉，飛鳥集焉，走獸休焉，四方益取與焉。出雲道風，慽乎天地之間，天地以成，國家以寧，此仁者所以樂於山也。」〔註 337〕水是天地萬物之源，故「天地以成，群物以生，國家以寧，萬物以平，品物以正，此智者所以樂於水也。」〔註 338〕山水是自然景色，是生態資源，為人類提供豐富的物質生活，也提供賞心悅目的精神食糧。白氏從山水之中得到一種人生價值取向，並陶冶情操，傳遞著文化特質。白氏並非認知山泉水難得，卻要融雪水煎茶，這應該是與物同化，追求自然與心靈的自在；等待「融雪」的過程別有一番情趣，以雪水煎茶時，有他的雅興情懷；品茗的同時增添樂趣，展現詩人們之間飲茶、

〔註 335〕謝思煒校注：《白居易詩集校注》，頁 2214。

〔註 336〕宋・朱熹著：《四書章句集注》〈論語・雍也〉，子曰：「知者樂水，仁者樂山；知者動，仁者靜；知者樂，仁者壽。」意思是最有智慧的人喜愛水，道德高尚的人喜愛山。國立台灣大學出版中心，2016 年 6 月，頁 83。

〔註 337〕漢・韓嬰撰、許維校釋：《韓詩外傳集釋》卷三，北京：中華書局，2009 年 5 月。

〔註 338〕漢・韓嬰撰、許維校釋：《韓詩外傳集釋》，卷三，北京：中華書局，2009 年 5 月。

覺茶的閒適情致與茶藝文化的延伸。宋人陸龜蒙〈奉和襲美茶具十詠煮茶〉詩：

> 閑來松間坐，看煮松上雪。時於浪花裏，並下藍英末。傾餘精爽健，忽似氛埃滅。不合別觀書，但宜窺玉劄。〔註 339〕

白居易置身在松林間，並用松林樹梢雪霜化成的雪水煎茶，頗有松林野趣。雪花飄落挾帶了空氣中的塵埃，雪水並不潔淨，白氏的心靈包裹著詩情畫意，尋常事物在他的眼裡都成為跳躍的樂章，譜成的詩章也帶來歡愉。

唐代文人飲茶已有茶道，是以修行「道」為宗旨的飲茶藝術，茶道思想涵蓋儒、道、釋，這與唐代文化思想的背景一致，而茶道一詞，於《封氏聞見記》卷六，論及唐代人認為陸羽《茶經》的茶道內涵，飲茶修道層次。陸羽綜述茶具、造茶、煮茶、飲茶、茶事等茶藝活動，以茶學禮、以茶修道為其宗旨的飲茶藝術，而以茶寓禪則未臻完善境界。《茶經》倡導的「精行修德」與今人所追求的優雅、怡然的生活方式不謀而合，表現在品茶、研習茶藝、茶道，以及茶的健身等，亦為現代人休閒、會友、養生等情趣追求。鄭遨《茶詩》中的「寒爐對雪烹」，雪地烹茶不啻為浪漫，至於雪水是否宜茶，對於白氏來說，只要發現了「美」，雪水不潔亦無所謂了。冬天也可取冰煎茶，如：曹松〈山中寒夜呈進士許棠〉：

> 山中草堂暖，寂夜有良朋。讀易分高燭，煎茶取折冰。庭垂河半形，窗露月微稜。俱入詩心地，爭無俗者憎。〔註 340〕

姚合《寄元緒上人》：「研露題詩潔，消冰煮茗香」與曹松詩中「煎茶取折冰」同有雅趣，有良朋、月微稜，能詩心共賞，無俗則雅，取其意境之高。曹松〈山中言事〉：「雲濕煎茶火，冰封汲井繩」詩中別說不

〔註 339〕《全唐詩》，卷 620，《全唐詩》繁體電子書：https://books.google.com.tw/books?id=MyIHCgAAQBAJ。

〔註 340〕《全唐詩》，卷 716，《全唐詩》繁體電子書：https://books.google.com.tw/books?id=MyIHCgAAQBAJ。

潔的雪水，就是房檐下的雨水，只要心境好，煮茶亦無妨，如杜荀鶴〈懷廬嶽書齋〉就有一句「煮茶窗底水」。施肩吾〈春霽〉:「煎茶水裡花千片，候客亭中酒一樽。獨對春光還寂寞，羅浮道士忽敲門。」〔註341〕從唐人「融雪煎茶」「煎茶取折冰」中可感受到唐代文人雅士的浪漫情懷，他們盡情地享受生活，活得瀟灑、自在，正是在這種茶藝文化生態下，產生了傑出的詩歌，把中國的茶詩創作推向極致。煮茶的溫度與品嘗茶的美感當下，詩人們的詩作羅織一幅時光沉靜的畫面。白居易〈睡後茶興憶楊同州〉對知音楊慕巢的思念，透過光陰的遊移與茶的沉香表現出來：

> 昨晚飲太多，嵬峨連宵醉。今朝餐又飽，爛熳移時睡。睡足摩挲眼，眼前無一事。信腳遶池行，偶然得幽致。婆娑綠陰樹，斑駁青苔地。此處置繩牀，傍邊洗茶器。白瓷甌甚潔，紅爐炭方熾。沫下麴塵香，花浮魚眼沸。盛來有佳色，嚥罷餘芳氣。不見楊慕巢，誰人知此味？〔註342〕

詩歌中「白瓷甌甚潔，紅爐炭方熾。沫下麴塵香，花浮魚眼沸」，白居易在紅爐炭火下煮茶，以白瓷碗杯盛茶水，剛沸騰的茶葉像花浮魚眼，茶水也呈現淡黃色。白氏午餐、睡醒後飲茶，顯得神清氣爽，偶然幽賞情志，但未逢知友。煮茶茶器吐露悠悠清香，氤氳透骨，未能與友共享，白氏有點失落呢！

茶宴是邀請社會名流，文人雅士一起品茗賞舞，是熱鬧而隆重的，品茶的行家能手一邊品飲名茶，一邊欣賞歌舞，飲宴聯歡，好不快哉！但是飲茶也有獨酌自飲的情韻，獨飲也是古代文人們的生活習慣，因為飲茶是解渴醒酒之佳品，而古代文人也多嗜酒，酒後煎煮一壺好茶，是很多文人喜歡的一種愜意生活。琴也是白居易的愛好之一，平日彈

〔註341〕施肩吾（780～861），唐憲宗元和十五年（820）進士。參見《全唐詩》卷494～131，《全唐詩》繁體電子書 https://books.google.com.tw/books?id=MyIHCgAAQBAJ。

〔註342〕謝思煒校注：《白居易詩集校注》，頁2322。

琴品茗也是雅事一件。彈琴、飲酒、品茗是白居易的最愛。

本論文以白居易茶詩中文化為主題，並以其 11 首茶詩探討白氏茶詩文化特徵，並呈現唐代飲茶文化，研究白氏茶詩，展現中唐文人的生命情調與生活型態。研究發現：中唐以後文人的生活和飲茶息息相關，文人間情感的交流，以茶怡情養性，因茶興而賦詩，也因茶葉收成品質佳，贈友酬賓。其社交活動以茶遣興述懷，透過茶宴風尚與茶藝文化，飲茶的意義，在於獲得閒適意境與閒適的人生。

第六章　白居易詩歌閒適之轉進

白居易於大和三年（829）離開長安欲啟程到洛陽，如釋重負，心情非常愉快，身心得以舒展。每天的路程都很愜意，沒有以往的匆忙趕路，每天的路程也沒有固定的要求，一旦累了就歇息。一路上經過陝州稍做停留，沿途走到洛陽大約有四百里左右，白居易走了十三天，四月下旬才到家。〔註1〕

當他下了藤輿走進庭院時，首先察看的東西就是從江南帶回來的青石笋、白蓮花、蘇州龍頭舫，一看大都完好無缺，心裡自然開心。只是那一對丹頂紅鶴已送給裴度，感到有點兒惆悵，不過，對那些身外之物還是看得很開。〔註2〕對他而言，能夠擺脫政治漩渦的長安，就是極為幸運的事情，他心靈深處所受到無不歡欣。〈歸履道宅〉：「驛吏引藤輿，家童開竹扉。往時多暫住，今日是長歸。眼下有衣食，耳邊無是非。不論貧與富，飲水亦應肥。」〔註3〕白氏回到洛陽以後，朋友不比在長安少，日常生活仍是十分熱鬧。其中有他的摯友崔玄亮，當時崔玄亮為秘書少監分司東都，大和三年春改曹州刺史，辭不拜，故仍在洛

〔註1〕朱金城著：《白居易年譜》，臺北：文史哲出版社，1991年12月，頁199。

〔註2〕大和三年（829），洛陽，〈問江南物〉：「歸來未及問生涯，先問江南物在耶？引手摩挲青石笋，回頭點撿白蓮花。蘇州舫故龍頭暗，王尹橋傾雁齒斜。別有夜深惆悵事，月明雙鶴在裴家。」參見謝思煒校注：《白居易詩集校注》，頁2129。

〔註3〕謝思煒校注：《白居易詩集校注》，頁2128。

陽。他聽說白氏以太子賓客分司東都，馳詩迎迓，白氏曾以詩答之，〈答崔十八見寄〉：

> 明朝欲見琴樽伴，洗拭金盃拂玉徽。君乞曹州刺史替，我抛刑部侍郎歸。倚瘡老馬收蹄立，避箭高鴻盡翅飛。豈料洛陽風月夜，故人垂老得相依。〔註4〕

白居易把自己比喻為「倚瘡老馬」、「避箭高鴻」，說明他對宦海浮沉的生活感到厭倦，也有些畏懼。在「厭倦」、「畏懼」的另一個層面，則是理想的破滅，也就是說白氏已完全懂得他所憧憬的「兼濟天下之志」，將是永遠也不可能實現了，唯一可行的路，就是「獨善其身」了。因此，他對於目前的處境是滿意的，〈池上即事〉：「身閑當貴真天爵，官散無憂即地仙」〔註5〕大和三年（829）秋天，白氏在洛陽已經生活三、四個月了，他感覺日子過得愜意，初次感受到分司官的妙處，他在洛陽寫過一首詩〈中隱〉，可以反映其思想靈動：

> 大隱住朝市，小隱入丘樊。丘樊太冷落，朝市太囂喧。不如作中隱，隱在留司官。似出復似處，非忙亦非閑。不勞心與力，又免飢與寒。終歲無公事，隨月有俸錢。君若好登臨，城南有秋山。君若愛遊蕩，城東有春園。君若欲一醉，時出赴賓筵。洛中多君子，可以恣歡言。君若欲高臥，但自深掩關。亦無車馬客，造次到門前。人生處一世，其道難兩全。賤即苦凍餒，貴則多憂患。唯此中隱士，致身吉且安。窮通與豐約，正在四者間。〔註6〕

這首詩充滿了「知足」的思想，但白居易也深深體悟到能擁有這樣的生活，是建立在勞動的百姓之上，〈知足吟〉：「中人百戶稅，賓客一年祿」〔註7〕這個道理似乎很簡單，有此認知卻是不容易，這就是白氏異於常

〔註 4〕謝思煒校注：《白居易詩集校注》，頁 2126。
〔註 5〕謝思煒校注：《白居易詩集校注》，頁 2134。
〔註 6〕謝思煒校注：《白居易詩集校注》，頁 1765。
〔註 7〕謝思煒校注：《白居易詩集校注》，頁 1768。

人的地方。進一步說明了白氏的處世態度，這一種處世態度對於後世的士大夫，產生了深遠的影響。白氏中晚期「知足保和」、「吟翫情性」的樂天性格相對契合了明代公安三袁，他們無意為官，性喜交遊，縱情於山水的生活態度與休閒雅趣，白居易成為他門崇尚的對象，又白氏的文學理論主張平易、不事雕琢，情感真實與他們在「性靈說」所提倡知情真語直的特色尤為接近，所以三袁那些描寫自然風光、反映風俗人情，閒適逸趣的詩篇以及小品文，或多或少都是受白居易所影響，而能保有自我獨特的風格與藝術。〔註 8〕三袁之中，當以袁宗道與袁宏道最愛白詩。

白居易早年憂國憂民的熱忱抱負，在舉世皆濁的世道中，給他帶來了貶黜，他對於朝政不能力挽狂瀾，只能有限的拯民於水火，這就不禁使他產生了退隱的念頭。退隱知易行難，若一退到底，退到窮山僻壤，食衣住行就成首要問題。有沒有兩全其美的辦法呢？白氏找到了中隱的途徑：有一定的社會地位，又有穩定收入的閒差。這樣的中隱生活，雖無身居朝廷要職與富甲一方，但免於身居荒山野嶺、免於飢寒，雖無顯赫的實際權力與巨額財富，但受到禮遇與尊敬的社會地位，還可以自由自在的生活。

白居易在歷任皇帝身邊任機要官員、地方省長、司法部長等有實權的職務後，終於爭取到了東都洛陽的閒官太子少傅，也就是皇太子

〔註 8〕在唐代，有劉禹錫、皮日休、杜荀鶴、羅隱等人受到白居易的影響，詩風幾近閒適、平易又帶著雅趣，亦有題詠蘇杭的詩歌。到了宋代，以王禹偁、李昉為代表的白體派詩人，也學白居易作閒適詩，語言平淡，情致動人。大文豪蘇軾更是他最大的仰慕者，典杭州兩次，其生命歷程、人格思想、詩歌特色皆和白居易緊密相扣，是繼白居易之後題詠杭州最有名氣的人物，其他的如陸游、楊萬里、邵雍、張耒等人，作品皆具有白詩之遺風。明代有公安派三袁兄弟愛白詩，記蘇、杭之旅遊小品清新雋永，頗受世人喜愛。到了清代，主張「獨抒性靈，不拘格套」的詩人袁枚，本身就是杭州人，或許受白氏文學與藝術之都的浸濡，熱愛白詩。白氏相關蘇杭詩歌有〈杭州春望〉、〈錢塘湖春行〉、〈西湖留別〉、〈正月三日閒行〉、〈登閶門閒望〉、〈武丘寺路〉等詩。

的導師，可以指引皇太子訓遵循古聖先賢的治世之道，或赴皇家宴會喝上幾杯，可以遊山玩水，可以倒頭就睡，當然，可以從事最大的愛好：創作詩歌。這種隨心所欲、自由自在、悠哉遊哉的中隱生活，著實遂了白氏最大心願。白氏除了在這首〈中隱〉詩之外，還在其他許多詩裡對此津津樂道。這也引起了許多政治抱負得不到實現的士大夫的羨慕：他在描寫憧憬之後實現了人生理想，是一種難能可貴的自我實現。

白居易在此期間，花了許多時間在遊山玩水、賞花品茗，飲酒與吟詩也有增進。〈遊平泉贈晦叔〉：「欲眠先命酒，暫歇亦吟詩」〔註9〕，除了增強進業，其中的轉進與創作表現更加顯著。彈琴方面他花了許多時間，由於他的勤學苦練，或吟詩、或彈琴，琴藝也進步許多，他十分歡喜。有首詩〈寄崔少監〉寄託情致：

> 微微西風生，稍稍東方明。入秋神骨爽，琴曉絲桐清。彈為古宮調，玉水寒泠泠。自覺絃指下，不是尋常聲。須臾群動息，掩琴坐空庭。直至日出後，猶得心和平。惜哉意未已，不使崔君聽。〔註10〕

詩裡流露白居易晚年在洛陽的心情，拂曉時刻，他靜靜地彈琴，神清氣爽，似乎在琴藝有所心得與創新，感到怡然自得，興致高昂地掩琴而坐，岑寂林外影，風餘正舒爽，沉浸在一種極其溫馨的氛圍，呈現一幅愉悅自得的畫面。這是別人無法理解的愉快。他在〈偶作二首〉之一詩中描寫其自在的心態：

> ……登山力猶在，遇酒興時發。無事日月長，不羈天地闊。安身有處所，適意無時節。解帶松下風，抱琴池上月。人間所重者，相印將軍鉞。謀慮繫安危，威權主生殺。燋心一身苦，炙手旁人熱。未必方寸間，得如吾快活。〔註11〕

林明珠教授在〈試論白居易詩中的老人世界〉一文中有提到：「白

〔註 9〕謝思煒校注：《白居易詩集校注》，頁 2140。
〔註10〕謝思煒校注：《白居易詩集校注》，頁 1706。
〔註11〕謝思煒校注：《白居易詩集校注》，頁 1771。

居易是中國詩史上，第一個仔細描寫老年人日常生活的詩人，其歸洛以後的作品內容更能顯現出這樣的特色。」〔註 12〕本論文以白居易詩歌閒適的轉進為題，其詩歌閒適意象，展現日常生活的雅趣。白氏專心致力於詩歌創作，詩人形象的表徵逐漸明顯，呈現思想繁複，多元面向，詩歌風格也產生了一些變化。他詩的內容包含個人生活情趣，對人生的議論，還有記遊抒發情緒的詩歌；形式而言，他向民歌學習，也寫了一些寓言詩。

第一節　興於嗟嘆之外——超越形式之美學觀

意象是中國古代詩學的重要美學範疇。陸時雍《詩境總論》：「實際內欲其意象玲瓏，虛涵中欲其神色華著。」〔註 13〕意謂詩之意象應該玲瓏剔透，圓轉自如，不能過於板滯和求實。從詩歌的角度而言，陸時雍提出了實與虛的關係問題。風格渾成，意象獨出，意象俱新，尤為難得，又如水中之月，鏡中之影，難以實求也。意象「獨出」、「俱新」，都是指意境的獨創性。在創作中，首先要將現實的情事化為流動的意象，即為意中之象。意象，實乃意中之象和胸中之情。古人謂胸有成竹，意在筆先，做到見竹不見人，身與竹化的境界，主觀感情與客觀事物融為一體，不拘限外在物象，擷取竹之魂，而表現出心中的竹子，那麼竹子就從現實的變為藝術的。從詩歌創作而言，就是化實為虛的過程，亦即「轉意象於虛圓之中」。

白居易的眼中常存萬象，心中常生感悟，詩意的氣質在這種陶冶之中逐漸成形。陸時雍《詩境總論》中分說「精神」：「精神聚而色澤生，非此雕琢之所能為也。精神道寶，閃閃著地，文之至也。」〔註 14〕

〔註 12〕林明珠：〈試論白居易詩中的老人世界〉，花蓮：《花蓮師院學報》，卷 6，1996 年 6 月。

〔註 13〕明・陸時雍：《詩境總論》，北京：中華書局，2014 年 4 月第一次印刷，頁 213。

〔註 14〕明・陸時雍：《詩境總論》，北京：中華書局，2014 年 4 月第一次印刷，頁 47。

詩歌之所以有精神，貴在昂揚磊落之氣，這是「精神」品格對抗消沉抑鬱詩風的顯著特點。這「精神」一詞若以廣義而言，包含了「生命」、「氣息」、「心靈」、「才智」等意義。可見詩文風格之一的「精神」，意指作品具有內在的生命力，「精神」是一種藝術特質，往往表現為經由真情實意的藝術形象，產生動人心魄的魅力，可振奮情感和鼓舞心靈。

無論是詩歌、小說或者繪畫，外在的韻律、條理和精巧固然重要，作品的精神內涵，也不可或缺，它決定著作品的價值、格調或境界，正如王安石〈讀史〉所言：「糟粕所傳非粹美，丹青難寫是精神。」〔註15〕司空圖「精神」品中：「欲返不盡，相期與來。明漪絕底，奇花初胎。」〔註16〕欲返不盡，奧妙在於「精神聚而色澤生」，即是興於嗟嘆之外，不過於板滯和求實，或是瑣碎細語，才能真正超越字裡行間，超越形式追求的美學觀。精神蘊藏於內而形式顯於外，神之萃聚，一如家有寶藏而取之不竭，那麼一旦「欲返」而求，則有「不盡」之應，所謂「念念不忘，必有迴響」，即今日文藝所謂詩的發生學，亦是白居易筆下著力渲染「精神」情態中所蘊含的那一種生氣、生機，將現實的情事化為生動、自然的意象，即為意中之象。

大和四年（830）正月，武昌節度使牛僧孺來朝，李宗閔引薦牛僧孺也做了宰相，於是兩人相與排擯李德裕之黨。同時出元稹為武昌君節度使，調回陝虢觀察使王起為尚書左丞。一般朝丞，無不陷入兩李黨爭之中，只有白居易超然事外，遠離是非之地的長安。有詩〈自問〉：「年來私自問，何故不歸京。佩玉腰無力，看花眼不明。老慵難發遣，春病易滋生。賴有彈琴女，時時聽一聲。」〔註17〕實際上他並非生病了，也不是不能工作，主要是害怕陷入黨爭之中。〈無夢〉：「漸

〔註15〕王水照主編：《王安石全集·臨川先生文集》，臨川先生文集卷四，復旦大學出版社，2017年3月。

〔註16〕唐·司空圖：清·袁枚：《詩品集解·續詩品注》，北京：人民文學出版社，1963年10月，頁25。

〔註17〕謝思煒校注：《白居易詩集校注》，頁2187。

蠲名利想，無夢到長安」〔註18〕可知白氏雖已進入老年時期，他的腦筋還是非常清楚的，但對於崔玄亮西去長安，出任太常少卿，他的思緒又顯得有些混亂。他的詩〈臨都驛送崔十八〉：「勿言臨都五六里，扶病出城相送來。莫道長安一步地，馬頭西去幾時迴？與君後會知何處。為我今朝盡一杯。」〔註19〕白居易扶病相送，一直送到臨都驛。崔玄亮入朝，是一件喜事，詩歌裡的氣氛卻是如此低迷，說明他對崔玄亮入朝是有自己的看法。顯出鍾鼎山林，人各有志之道，既說「西去幾時迴」，又提「後會知何處」這兩句話顯得多餘、瑣碎，這是白氏詩歌情志所現，然而詩句中「扶病出城相送來」透出端倪，應該是造成詩歌文意板滯原因。

大和四年（830）三月末，白居易聽說玉泉寺裡的山石榴花開了，決定前往觀賞。三月三十日，他一個人乘肩舁去了，〈獨遊玉泉寺〉：「雲樹玉泉寺，肩舁半日程。更無人作伴，只共酒同行。新葉千萬影，殘鶯三兩聲。閑遊竟未足，春盡有餘情。」〔註20〕白居易看著鮮紅的小石榴，感慨萬端油然而生，彷彿理解到老病侵襲的常態，是一個不可改變的規律，於是顯現出一種默然無語的氛圍，卻含有「精神」的心情。春將歸去依依，其中又帶來對生命的迴響，包含著循環往復的生命氣息，詩歌〈三月三十日作〉：

> 今朝三月盡，寂寞春事畢。黄鳥漸無聲，朱櫻新結實。臨風獨長歎，此歎意非一。半百過九年，艷陽殘一日。隨年減歡笑，逐日添衰疾。且遣花下歌，送此杯中物。〔註21〕

白居易雖然閒居，但生活非常有規律。他說「半百過九年」，因為過了新年已五十九歲，至於所提到的「逐日添衰疾」，是有些誇張的。白氏用文學語言之誇飾，在看似低迷沉寂的灰色調上，帶點色彩，實

〔註18〕謝思煒校注：《白居易詩集校注》，頁2194。
〔註19〕謝思煒校注：《白居易詩集校注》，頁2142。
〔註20〕謝思煒校注：《白居易詩集校注》，頁2197。
〔註21〕謝思煒校注：《白居易詩集校注》，頁1777。

際上，他透過身體老去的事實，創作詩歌給予心靈鼓舞的作用。他在〈安穩眠〉說得很清楚：

> 「身雖日漸老，幸無急病痛。」又說：「既得安穩眠，亦無顛倒夢。」既然能吃能睡，身體應該相當結實。每天「宿鳥動前林」的時候，他就起床。起來靜坐，什麼也不想，然後叩齒三十六下。盥漱畢，喝杯雲母粥，吃過早點，便到池上的小亭中去，亭中有素琴和黃卷，於是他就「蕊珠諷數篇，秋思彈一遍。」〔註22〕

等朝課完畢，才開始會客。午餐吃的比較豐盛，要吃飽吃好。餐後午睡，要恣意恣情而寢，睡到什麼時候都不準驚動他。晚飯後，還要出去散步：「輕衣穩馬槐陰下，自要閑行一兩坊」〔註23〕，至於夜裡就寢時間，視精神而定，有時候很早就睡了，有時候「秋鶴一雙船一隻，夜深相伴月明中」〔註24〕，不管他什麼時候睡，早晨總是按時起床的。

白居易常常結伴出遊，除了香山寺，便是龍門山。有一次邀請三位進士科的同年相攜往遊龍門，引起白氏的今昔之感。〈同王十七庶子李六員外鄭二侍御同年四人遊龍門有感而作〉：「一曲悲歌酒一樽，同年零落幾人存？世如閱水應堪歎，名似浮雲豈足論。各從仕祿休明代，共感平生知己恩。今日與君重上處，龍門不是舊龍門。」〔註25〕他有時去平泉莊訪問韋楚和閑禪師，可以步行十里，還不覺得疲乏。有時候登上天宮閣，向遠方隨意眺望，一望就是整個下午，他都說：「洛下多閑客，其中我最閑」，有時繞池閑步，觀看水中游魚，巧遇孩童正在垂釣，他覺得非常奇特，〈觀游魚〉：「遶池遶步看魚游，正值兒童弄釣舟。

〔註22〕原詩：「家雖日漸貧，猶未苦饑凍。身雖日漸老，幸無急病痛。眼逢鬧處合，心向閑時用。既得安穩眠，亦無顛倒夢。」參見謝思煒校注：《白居易詩集校注》，頁1781。

〔註23〕謝思煒校注：《白居易詩集校注》，〈晚出尋人不遇〉，頁2197。

〔註24〕謝思煒校注：《白居易詩集校注》，〈舟中夜坐〉，頁2203。

〔註25〕謝思煒校注：《白居易詩集校注》，頁2199。

一種愛魚心各異，我來施食爾垂鈎。」〔註 26〕一是不求報償的施食；一是希望魚兒上鉤，然後帶回家烹成佳餚。兩者差異之大，從文學角度來看，自然有弦外之音。

人之神態有無精打采，有神采奕奕，詩學既為文學，文學既為人之學，自然也有精神飽滿與文氣蕭瑟之分。人無精神，便如槁木，文無精神，便如死灰。若是槁木死灰，則一變「精神」之貌，而成為悲慨之由，所以這一「精神」特筆突出「不著死灰」。我們常說文如其人，則精神勃發或精神萎靡，所在多有。唐人劉商〈胡笳十八拍〉有句話：「白從驚怖少精神，不覺風霜損顏色」。〔註 27〕由外在的精神，可以體察內在的精氣，那麼端詳詩文外在的意態，也同樣可以感受到詩的意境。精神熠熠生輝，令人振奮而又得其自然。

白居易詩裡的精神，來自於他對生活保持著熱情的態度，並能關心與觀察周遭的各種變化。他的詩、他的人都有精神，無論他的人生發生了何事，他都能賦予它們新的氣息與生命，融合在詩歌的妙韻之中。尋常事物趣味橫生需要創造，他具足才智與勤學，才能將詩歌妙意拋出。白居易偶然間遇見一個落第的程秀才，聽說他是蘇州人，覺得格外親近，像是遇見來自故鄉的朋友，把程秀才請到家裡來，煮蘇州風味菜飯讓他品嚐，然後要程秀才品評他從南方帶回來的一些好物，是否涵容江南風韻。程秀才多才多藝，善彈琴，〈沉湘曲〉為其擅長，旋律優美。因此還以詩記之，〈池上小宴問程秀才〉詩中，可見出白氏生活雅趣：

> 洛下林園好自知，江南景物暗相隨。淨淘紅粒炊香飯，薄切紫鱗烹水葵。雨滴篷聲青雀舫，浪搖花影白蓮池。停杯一問蘇州客，何似吳松江上時？〔註 28〕

此時白居易回到洛陽已經兩年了，在這兩年裡，他的心情非常閒適、散漫，生活慵懶、隨性。讓他喜形於色的，就是生了兒子阿崔，晚

〔註 26〕謝思煒校注：《白居易詩集校注》，頁 2206。
〔註 27〕《琴曲歌辭．胡笳十八拍》第四拍。
〔註 28〕謝思煒校注：《白居易詩集校注》，頁 2200。

年得子，值得慶幸，也時有期許。大和三年（829），他在洛陽有詩〈阿崔〉：「里閭多慶賀，親戚共歡娛。膩剃新胎髮，香繃小繡襦。玉芽開手爪，蘇顆點肌膚。弓冶將傳汝，琴書勿墜吾。」〔註29〕又詩句：「未能知壽夭，何暇慮賢愚」傳遞著死生壽夭，貧富榮辱，有得有失，是人生常事之故。大和四年（830），當時他正面臨老友李絳的遇害，還有皇甫湜的病故，心情起伏，時而低潮，強打起精神，才得以安頓心靈。白居易敬重皇甫湜其人其文，死去身後蕭條，曾以詩〈哭皇甫七郎中〉湜弔之：「志業過玄晏，詞華似禰衡。多才非福祿，薄命是聰明。不得人間壽，還留身後名。涉江文一首，便可敵公卿。持正奇文甚多，《涉江》一章尤出。」。〔註30〕

在這兩年裡，白居易在詩歌創作上，作品並不是很理想，大都記述一些友朋往來與生活的片段。雖然如此，有其用心謀篇創作的組詩〈勸酒十四首〉，從其詩句形式來看，深受民歌的影響。從詩句的內容而言，涉及許多社會問題，但也只是揭露出社會現象罷了。大和四年（830），洛陽〈勸酒十四首〉並序：「予分秩東都，居多暇日。閑來輒飲，醉後輒吟，若無詞章，不成謠詠。每發一意，則成一篇。凡十四篇，皆主於酒，聊以自勸，故以『何處難忘酒』、『不如來飲酒』命篇。」〔註31〕其中詩歌：

> 莫作農夫去，君應見自愁。迎春犁瘦地，趁晚餵羸牛。數被官加稅，稀逢歲有秋。不如來飲酒，酒伴醉悠悠。〔註32〕

因為詩歌形式的轉變，內容也隨之改變。從白居易〈勸酒十四首〉，反映出一些問題，就是白氏在閒適的生活之中，並沒有忘懷一切，在放浪形骸的背後，他關切著現實社會發生的事件。……白氏憐憫、同情農夫，深知農民疾苦；但是，他卻無法解救農民，最後不如飲酒，卻感嘆

〔註29〕謝思煒校注：《白居易詩集校注》，頁2189。
〔註30〕謝思煒校注：《白居易詩集校注》，頁2214。
〔註31〕謝思煒校注：《白居易詩集校注》，頁2143。
〔註32〕謝思煒校注：《白居易詩集校注》，頁2144。

酒意詩情誰與共？大和四年（830）秋天，他寫了〈池上篇〉序〔註33〕，其中描述得十分詳細，若說閒適，白居易這兩年以來，過得非常閒適、愜意，在洛陽兩年生活最為真實，安靜而舒適，他覺得非常滿意。每當他回憶過去的生活，不論是褒貶，貶謫遠方，或貴為大郡之長，都不如今天的愜意，他在這一年寫過一首詩〈思往喜今〉，誠摯地陳述其內心的喜悅：

> 憶除司馬向江州，及此凡經十五秋。雖在簪裾從俗累，半尋山水是閑遊。謫居終帶鄉關思，領郡猶分邦國憂。爭似如今作賓客，都無一念到心頭。〔註34〕

大和四年（830），詔除白居易為河南尹，以代韋宏景。以韋宏景為刑部尚書、東都留守。這樣的安排應是李宗閔、牛僧孺對白居易的照顧，家在洛陽而為河南尹，實是一件好事。同年白氏在洛陽創作〈早飲醉中除河南尹敕到〉：

〔註33〕〈池上篇〉并序：「都城風土水木之勝在東南隅，東南之勝在履道裡，里之勝在西北隅。西閈北垣第一第，即白氏叟樂天退老之地。地方十七畝，屋室三之一，水五之一，竹九之一，而島池橋道間之。初樂天既為主，喜且曰：雖有台池，無粟不能守也，乃作池東粟廩。又曰：雖有子弟，無書不能訓也，乃作池北書庫；又曰：雖有賓朋，無琴酒不能娛也，乃作池西琴亭，加石樽焉。樂天罷杭州刺史時，得天竺石一，華亭鶴二，以歸。始作西平橋，開環池路。罷蘇州刺史時，得太湖石、白蓮、折腰菱，青板舫，以歸；又作中高橋，通三島徑。罷刑部侍郎時，有粟千斛，書一車，泊臧獲之習筦、磬、弦歌者指百，以歸。先是，潁川陳孝山與釀法，酒味甚佳。博陵崔晦叔與琴，韻甚清。蜀客姜發授〈秋思〉，聲甚淡。弘農楊貞一與青石三，方長平滑，可以坐臥。大和三年夏，樂天始得請為太子賓客，分秩於洛下，息躬於池上。凡三任所得，四人所與，洎吾不才身，今率為池中物矣。每至池風春，池月秋，水香蓮開之旦，露清鶴唳之夕，拂楊石，舉陳酒，援崔琴，彈〈秋思〉，頹然自適，不知其他。酒酣琴罷，又命樂童登中島亭，合奏〈霓裳散序〉。聲隨風飄，或凝或散，悠揚於竹煙波月之際者久之。曲未竟，而樂天陶然已醉，睡於石上矣。睡起偶詠，非詩非賦，阿龜握筆，因題石間。視其粗成韻章，命為〈池上篇〉云爾。」參見謝思煒校注：《白居易詩集校注》，頁2845。

〔註34〕謝思煒校注：《白居易詩集校注》，頁2212。

> 雪擁衡門水滿池，溫爐卯後煖寒時。綠醅新酎嘗初醉，黃紙除書到不知。厚俸自來誠忝濫，老身欲起尚遲疑。應須了卻丘中計，女嫁男婚三逕資。〔註35〕

大和四年（830）十二月底，白居易奉到敕書感到有點意外，但他非常高興，因為他曾經有「更容求一郡」的想法。河南尹俸祿較高，他自然是求之不得的。白居易所說的「老身欲起尚遲疑」，不是真心話。說要弄些「三逕資」養老，倒是實情。他曾說：「薙草通三徑，開田占一坊」似有三徑就荒，松菊猶存的意味。白氏說的養老，歸田養拙的隱逸思想，隱於田園，過著自給自足，充滿親情、友情的生活。過了新年，他就是六十歲的老人了，特別考慮到養老的事情與計畫，也是極其正常的事情，然而，他自幼受到儒家思想的影響，其憂國憂民之濟世與江湖山藪之隱逸，在他心中思量著。最終他還是以治國安邦為己任，心憂黎民百姓，所以仍想積極入世。大和五年（831），洛陽詩歌創作〈六十拜河南尹〉：

> 六十河南尹，前途足可知。老應無處避，病不與人期。幸遇芳菲日，猶當強健時。萬金何假藉，一盞莫推辭。流水光陰急，浮雲富貴遲。人間若無酒，盡合鬢成絲。〔註36〕

長慶四年（824），白居易五十三歲謝任杭州刺史，自求分司都後，詩中便開始出現所謂的晚期風格，這種風格，在大和三年春，白居易五十八歲病免刑部侍郎以太子賓客分司東都後，愈趨明顯。陳家煌〈論白居易詩的晚期風格〉：「晚期風格，揭櫫的乃是一種創作態度及精神，也就是作者在晚期作品所展現的風格，……乃以晚期風格理論為切入點，審視藝術家及作品最有趣之處。」〔註37〕其中指的創作態度及精神樣貌，誠如袁枚《隨園詩話》：「凡菱筍魚蝦，從水中採得，過半個

〔註35〕謝思煒校注：《白居易詩集校注》，頁2219。

〔註36〕謝思煒校注：《白居易詩集校注》，頁2230。

〔註37〕陳家煌：〈論白居易詩的晚期風格〉，《臺灣師範大學國文學報》第54期，2013年12月，頁113～148。

時辰，則色味俱變，其為菱筍魚蝦之形質，而其天則已失矣。諺云：『死蛟龍，不若活老鼠。』可悟作文之旨。」〔註 38〕以喻為真性情之可貴，一旦失去真性情，充滿死氣，又如《儒林外史》：「死知府，不若一個活老鼠」〔註 39〕，雖貴為知府，一旦卸任或壽終又有何貴焉？寫作以情性為本，袁枚所謂的「作文之旨」即「鮮活」二字，正是司空圖「精神」的著眼之處。

白居易回到洛陽，履道里舊居之後，他很清楚地感覺到自己生命有個嶄新的開始。他又請人對宅院、林園、小池等景觀，重新修葺、整頓。在一個具有審美景觀設計的天地裡，時間的觀念彷彿漸漸淡去。這一段時期，白氏最重要的是自我主觀感受，別人怎麼看他並不在意，對於愁的滋味，味道顯然淡了許多！就白氏詩中氛圍不以愁解，「興會」應可以視為白氏筆下情景妙合之詮釋，在於景致猶如應約赴期，相應自來。所謂「興會成章，即以佳好」〔註 40〕，若白氏心有所欲言，景有所欲繪，情為之神往，興不期而遇。所謂「相期」，實為「有如相期」，這是比喻白氏心手感應的奇妙狀態。大和五年（831），洛陽創作〈府西池北新葺水齋即事招賓偶題十六韻〉：

繚繞府西面，潺湲池北頭。鑿開明月峽，決破白蘋洲。清淺漪瀾急，夤緣浦嶼幽。直衝行徑斷，平入臥齋流。石疊青稜

〔註 38〕清・袁枚：《隨園詩話箋註》（上中下），下冊補遺卷一，蘭臺網路出版，2012 年 12 月，頁 1362。

〔註 39〕清・吳敬梓：《儒林外史》十八回，臺北：五南圖書出版，2013 年 9 月。

〔註 40〕情與景是詩的要素，情景交融又是意象或意境的基本規定。所以若無「興會」，即便情景兼備，也難有佳作，而「興會成章，即以佳好」（明・王夫之：《明詩評選》，卷五，長沙：嶽麓書社，1996 年）。王夫之說：「含情而能達，會景而生心，體物而得神，則自由靈通之句，參化工之妙。」（明・王夫之：《薑齋詩話・夕堂永日緒論內編》，長沙：嶽麓書社，2011 年），這就是說「靈通之句」定是源於詩人的靈感，是詩人即景會心的直覺反映。總之從詩的情景、詩的風格或詩的創造角度來看，興會的重要性都是顯而易見的，特別是對審美意象的產生具有重要的意義。

> 玉，波翻白片鷗。噴時千點雨，澄處一泓油。絕境應難別，同心豈易求？少逢人愛玩，多是我淹留。夾岸鋪長簟，當軒泊小舟。枕前看鶴浴，床下見魚游。洞戶斜開扇，疏簾半上鉤。紫浮萍泛泛，碧亞竹修修。讀罷書仍展，棋終局未收。午茶能散睡，卯酒善銷愁。簷雨晚初霽，窗風涼欲休。誰能伴老尹，時復一閑遊？〔註 41〕

由此可見，這年在園北第宅之西開挖了水池，堆了小島白蘋洲和疊置了明月石峽，並在水邊建了水齋（水榭），這是一項較大的園林工程。大和三年（829）冬，白居易五十八歲，修葺池上舊亭：「欲入池上冬，先葺池中閣」又置太湖石於園中。「遠望老嵯峨，近觀怪嶔崟。才高八九尺，勢若千萬尋。」這年寫〈池上篇〉，全面記述了園林的規模、景物。其中經白居易親建的有池東粟廩、池北書庫、池西琴亭、西平橋、環池路、中高橋、三島徑等。大和五年（831）在洛陽，白居易六十歲重葺府西水亭院，〈重修府西水亭院〉:「因下疏為沼，隨高築作臺。龍門分水入，金谷取花栽。遶岸行初匝，憑軒立未迴。園西有池位，留與後人開。」〔註 42〕

白居易寫的〈池上篇〉，此文所言均為大和三年的情況。六十歲重修府西水亭院，水池又有擴大，因此後來有詩句：「十畝閑居半是池」，在六十七歲作〈醉吟先生傳〉時，就寫道：「宦遊三十載，將老，退居洛下。所居有池五、六畝，竹數千竿，喬木數十株，臺榭舟橋，具體而微。」〔註 43〕關於宅園的佈局，大體是：宅門向西臨坊里巷，西巷有伊渠從南往北，又往東流去。園內水由西牆下引入，在園內周圍繞流，上東北隅流出入伊渠。南面是園，有水池；第宅在東北，第宅西是西園。〈府西池〉詩句：「柳無氣力枝先動，池有波紋冰盡開。今日不

〔註 41〕謝思煒校注：《白居易詩集校注》，頁 2224。

〔註 42〕謝思煒校注：《白居易詩集校注》，頁 2231。

〔註 43〕唐・白居易著，謝思煒校注：《白居易文集校注》，北京：中華書局，2019 年 8 月第二次印刷，頁 1981。

知誰計會，春風春水一時來。」〔註 44〕又〈履道池上作〉詩云：「家池動作經旬別，松竹琴魚好在無？樹暗小巢藏巧婦，渠荒新葉長慈姑。不因車馬時時到，豈覺林園日日蕪。猶喜春深公事少，每來花下得踟躕。」〔註 45〕繞池千竿脩竹、桃樹、垂柳，園中多是高樹密林，挺拔高聳的青松、老槐等樹木；園中各種花卉，帶來花光焰焰的艷麗風光；樹林是為禽鳥而栽，林木青蔥，眾鳥欣然來集。

林園的風光因四季之故，有各異其趣的林相，白居易非常融入林園生活，欣賞林園景致。他講求生活的藝術，除了經營自己的林園，寄情其中，也喜歡到別人的居處去遊玩宴飲，無論是溪居山亭、野居小池，或是名園別墅，都留下了他的足跡。他在洛陽一住十幾年，除了外調，在朝做官，和做河南尹時期，暫時離開林園，其餘的歲月，閒適地寄情其中，或招客飲酒，或賦詩彈琴，一直到致仕、終老。這些勝景名園，雪泥紅爪的往事留在詩篇，其文字印記也成為生活的藝術了。

大和七年（833）春天，白居易由於朋友相繼謝世，時常感到人生無常，時覺心靈空虛，因而影響他做官的興致，於是產生了辭去河南尹的念頭。他曾在府廳上題過詩，流露出這種想法，〈七年春題府廳〉：「潦倒守三川，因循涉四年。推誠廢鉤距，示耻用蒲鞭。以此稱公事，將何銷俸錢？雖非好官職，歲久亦妨賢。」〔註 46〕白居易河南尹是正官印，屬東都首長，握有相當的政治權力。何以辭官？放棄政治權力，優遊於履道宅第的之中呢？他不都是以治國安邦為己任，心憂黎民百姓，積極入世嗎？不管是老莊或佛道的思想，還有自創的文學理論，這一切都是為了克服宦途中，遭遇到的種種疑難雜症，或是詩歌創作內容的心境所必須持有的精神活動與人生態度。

白居易一生追求實現自己的願望，是愛好閒居快樂的生活者。他為了實現此目的，一生忠於自己的感情和願望。每一個時期，他都很明

〔註 44〕謝思煒校注：《白居易詩集校注》，頁 2221。
〔註 45〕謝思煒校注：《白居易詩集校注》，頁 2230。
〔註 46〕謝思煒校注：《白居易詩集校注》，頁 2353。

確地意識到自己面臨的問題，還有人生的價值。白居易晚年似乎不厭其煩地以詩歌向他人訴說他的悠閒快樂，我們在閱讀時必須了解，他再三強調這是他「抉擇」後的生活與政治權勢無關。他在詩中也流露對朝政中名利權勢的遠離，才能擁有人生的快樂與自在。從他開成元年（836）在洛陽，與其往前幾年所創作的詩歌互讀，便能觀其思維模式，有詩〈老夫〉可見其思緒：「世事勞心非富貴，人間實事是歡娛。誰能逐我來閑坐，時共酣歌傾一壺？」〔註47〕關於長安朝政所發生的事情，他的政治立場，〈初夏閑吟兼呈韋賓客〉：「世事聞常悶，交遊見即歡。杯觴留客切，妓樂取人寬。雪鬢隨身老，雲心著處安。此中殊有味，試說向君看。」〔註48〕又〈池上逐涼二首〉：「簪纓怪我情何薄，泉石諳君味甚長。遍問交親為老計，多言宜靜不宜忙。」〔註49〕之二：「門前便是紅塵地，林外無非赤日天。誰信好風清簟上，更無一事但翛然。」〔註50〕晚年生活自適，深覺明哲保身為重，有詩體悟〈感興二首〉之一：「名為公器無多取，利是身災合少求。雖異匏瓜難不食，大都食足早宜休。」〔註51〕之二：「魚能深入寧憂釣，鳥解高飛豈觸羅？熱處先爭炙手去，悔時其奈噬臍何。樽前誘得猩猩血，幕上偷安燕燕窠。我有一言君記取，世間自取苦人多。」〔註52〕詩句中表達他晚年退居洛下的生活情況與態度，其詩意多含道德說教式言語，卻沉穩地決定不再理會世事，他追求當下生活歡愉為念，也追求身心的安頓。

詩歌意境之「縝密」，本乎「天然流露」而非「詞語湊泊」，力戒人為造作，而是取法天然，行文流露自然之跡、傳神之跡，而非人工之跡、形似之跡。以詩人晚年生活規劃與晚期詩歌風格，於一字一句之中，見其詩人思想之縝密，文氣精神的貫注。詩文縝密，意在筆先。「意

〔註47〕謝思煒校注：《白居易詩集校注》，頁2512。
〔註48〕謝思煒校注：《白居易詩集校注》，頁2436。
〔註49〕謝思煒校注：《白居易詩集校注》，頁2510。
〔註50〕謝思煒校注：《白居易詩集校注》，頁2510。
〔註51〕謝思煒校注：《白居易詩集校注》，頁2427。
〔註52〕謝思煒校注：《白居易詩集校注》，頁2427。

在筆先」是藝術創作的經驗，也是藝術評論家的共同術語，早自書論中的表現過程，或是畫論中的創作精神，乃至詩論、詞話家所推崇的藝術原理，都是以「意在筆先」作為寫意、傳神的重要法則，是一種能同時掌握主體與客體的創作經驗，也是「得乎心、應乎手」的深刻描述。杜牧〈答莊充書〉說：「意不先立，止以文采辭句繞前捧後，是言愈多而理愈亂。」〔註 53〕白居易由於朋友相繼辭世，對於死生有了進一步的思維；詩文來自生活，對於詩人以何事入詩，他人無法置喙；關於詩文收藏，對於詩文編輯或藏諸寺廟謹慎以對，詩文格局與鋪陳結構，有自己的文思理路，得體周詳，鋪敘有度，自不在話下。

太和八年（834）夏天，白居易從蘇州帶回來的白蓮花，經過幾年的時間，突然盛開起來。花白如玉，散播著香氣，夜裡沉香。白居易見此南方移植來的芙蓉花，居然能在北地開放，因而聯想到天寶年間，流落在西涼州的遺民，也在那裡繁衍子孫，就像池中的白蓮花一樣，他們已忘卻鄉土，他們甚至不知道自己是中原人，白居易為失去邊塞土地而傷心。他在元和四年（809）寫的詩中討論過這件事情，〈西涼伎〉提到：

> ……涼州陷來四十年，河隴侵將七千里。平時安西萬里疆，今日邊防在鳳翔。緣邊空屯十萬卒，飽食溫衣閑過日。遺民腸斷在涼州，將卒相看無意收。……〔註 54〕

白居易寫此詩是元和四年（809），到現在又過去了二十五年，涼州仍未收復，他一看見白蓮花，立即想起涼州沒蕃的遺民，足可證明他是日日夜夜關心國家邊疆的，其愛國之情，老而不衰。同時，白居易隨同道嵩等一百四十人，受八戒、修十善、設法供、舍淨財，畫兜率陁天公彌勒上身一幀，白居易則同是願，並為之寫了贊語。說明他對佛事愈加虔誠了。

〔註 53〕唐・杜牧《唐文粹》，卷八十四，〈答莊充書〉，頁 19，文淵閣四庫全書電子報。

〔註 54〕謝思煒校注：《白居易詩集校注》，頁 367。

大和八年（834），七月十日，他為自己回到洛陽以後寫的詩寫了序，〈序洛詩〉略云：

> ……自三年春至八年夏，在洛凡五周歲，作詩四百三十二首。除喪朋、哭子十數篇外，其他皆寄懷於酒，或取意於琴。閑適有餘，酣樂不暇。苦詞無一字，憂嘆無一聲，豈牽強所能致耶？蓋亦發中而形外耳。斯樂也，實本之於省分知足，濟之以家給身閑，文之以觴詠弦歌，飾之以山水風月。此而不適，何往而適哉？茲又以重吾樂也。予嘗云：「理世之音安以樂，閑居之詩泰以適。」非理世，安得閑居？故集洛詩，別為序引，不獨記東都履道裡有閑居泰適之叟，亦欲知皇唐大和歲有理世安樂之音。集而序之，以俟夫采詩者。……〔註55〕

白居易為自己的詩與歲月承平做了聯繫，他對於這五年來的詩歌分析，並不完全符合實際狀況。雖然沒有明顯的「憂嘆」，明顯的「苦詞」，但在字裡行間流露出淡淡的哀愁，事實上依然未能擺脫「怨而不怒」詩教的束縛，即使是飾以「山間水澗，風動月明」，也是掩蓋不了的。司空圖〈縝密〉品中有言：「是有真跡，如不可知。意象欲生，造化已奇。」〔註56〕詩歌創作，有感於心中而難以言傳之際，猶如文學情境的營造。意象朦朧，字裡行間縹緲、恍惚，不可捕捉的光影，恰處於有跡可尋，但尚未形成之際，透過詩人觀察入微、構思縝密，山水風月無閑處，花樹禽蟲有覓間，將自然擬人化，意象之生動傳神，如自然本色。無怪自然怕寫生，攝像彷彿傳真，造化自然驚奇。

白居易晚年，從大和三年（829）起在洛陽十七個年頭，大凡在家日居多，整個宅第就是他日常活動舞台所在。卜居十二年後，即開成五年（840），白居易就創作了八百首詩，分布十卷，並結集名稱為《洛中

〔註55〕〈序洛詩〉收於白居易：《白氏長慶集》，《景印摛藻堂四庫全書薈要》，集部第十七～十八冊，臺北：世界書局，1987年。

〔註56〕唐・司空圖：清・袁枚：《詩品集解・續詩品注》，人民文學出版社，1963年10月，頁25。

集》。這年他六十九歲。此前五年，即大和八年（835），就有成詩四百三十二首，他集成一帙，是《洛中集》首度問世的版本。白居易還為此集，寫有〈序洛詩〉一文，內中提到他當時的詩風，大抵是走閒適詩風格。

大和二年（828）至開成三年（838），白居易的詩歌風格有些變化，他已有創作民歌曲韻，也曾用禽鳥蟲魚為題材，寫了一些非常精彩的寓言小詩。〈楊柳枝二十韻〉題下自注云：「〈楊柳枝〉，洛下新聲也。洛之小妓有善歌之者，詞章音韻，聽動可人，故賦之。」〈楊柳枝二十韻〉楊柳枝，洛下新聲也。洛之小妓有善歌之者，詞章音韻，聽可動人，故賦之。其詩句：

> 風條搖兩帶，煙葉貼雙眉。口動櫻桃破，鬟低翡翠垂。枝柔腰裊娜，荑嫩手葳蕤。唳鶴晴呼侶，哀猿夜叫兒。玉敲音歷歷，珠貫字纍纍。袖為收聲點，釵因赴節遺。重重遍頭別，一一拍心知。〔註57〕

舊曲多有〈楊柳枝〉，他在第一首〈楊柳枝詞八首〉之一裡，說明是新翻之曲：「六麼水調家家唱，白雪梅花處處吹。古歌舊曲君休聽，聽取新翻楊柳枝。」〔註58〕白居易與劉禹錫始創作〈浪淘沙詞〉，〈浪淘沙〉原是教坊曲名，它實際上是七言絕句，〈浪淘沙詞六首〉之一：「借問江潮與海水，何似君情與妾心？相恨不如潮有信，相思始覺海非深。」〔註59〕詞意感性雋永，亦為新聲創作。白居易當時也偶爾創作小品，詩句雖短而有韻致，如〈池上二絕〉之一：「小娃撐小艇，偷採白蓮回。不解藏蹤跡，浮萍一道開。」〔註60〕即使非小品，詩句前六句中帶有謎題意味，如〈白羽扇〉：「素是自然色，圓因裁製功。颯如松起籟，飄似鶴翻空。盛夏不銷雪，終年無盡風。引秋生手裏，藏月入懷中。麈尾斑非疋，蒲

〔註57〕謝思煒校注：《白居易詩集校注》，頁2453。
〔註58〕謝思煒校注：《白居易詩集校注》，頁2415。
〔註59〕謝思煒校注：《白居易詩集校注》，頁2420。
〔註60〕謝思煒校注：《白居易詩集校注》，頁2469。

葵陋不同。何人稱相對，清瘦白鬚翁。」〔註61〕南朝梁・劉勰《文心雕龍・諧隱》：「自魏代以來，頗非俳優，而君子嘲隱，化為謎語。」〔註62〕筆者認為白氏此首詩可巧化為謎語，無關嘲隱。唐・段成式《酉陽雜俎・怪術》：「梵僧難陀，時時預言人兇衰，皆謎語，事過方曉。」〔註63〕從詩句中暗射事物或文字等供人猜測的隱語，根據字面說出答案的隱語。詩題〈白羽扇〉成為謎底，謎語應猜可以成為話題，姑且為歡，莊語非詼，言或神物靈跡奧妙，詩歌創作者自然成為謎題的推手。

白居易詩句中莊列寓言，風騷比興，多假蟲鳥以為筌蹄，〈禽蟲十二章并序〉：「……豆苗鹿嚼解烏毒，艾葉雀銜奪燕巢。鳥獸不曾看本草，諳知藥性是誰教？一鼠得仙生羽翼，眾鼠相看有羨色。豈知飛上未半空，已作烏鳶口中食。鵝乳養雛遺在水，魚心想子變成鱗。細微幽隱何窮事，知者唯應是聖人。」〔註64〕又詩歌〈問鶴〉：「烏鳶爭食雀爭窠，獨立池邊風雪多。盡日踏冰翹一足，不鳴不動意如何？」〔註65〕〈代鶴答〉：「鷹爪攫鶴鶴肋折，鶻拳蹴雁雁頭垂。何如斂翅水邊立，飛上雲松棲穩枝。」〔註66〕並以安知非魚、非我之樂之彷彿，〈池上寓興二絕〉：「濠梁莊惠謾相爭，未必人情知物情。獺捕魚來魚躍出，此非魚樂是魚驚。水淺魚稀白鷺飢，勞心瞪目待魚時。外容閑暇中心苦，似是而非誰得知？」〔註67〕還有〈山中五絕〉、〈池鶴八絕句〉等。

司空圖〈疏野〉品中有言：「惟性所宅，真取弗羈。控物自富，

〔註61〕謝思煒校注：《白居易詩集校注》，頁2469。

〔註62〕君子嘲隱，化為謎語：古代的弄臣往往藉嘲隱來諷喻。自從魏代不用弄臣，而士大夫間用嘲隱來戲謔，離開了戲喻，嘲隱便成了謎語。參見南朝梁・劉勰撰，周振甫注：《文心雕龍注釋・諧隱》，臺北：里仁書局，1985年，頁232。

〔註63〕唐・段成式：《酉陽雜俎》，上海：上海古籍出版社，2012年8月，頁31。

〔註64〕謝思煒校注：《白居易詩集校注》，頁2824。

〔註65〕謝思煒校注：《白居易詩集校注》，頁2428。

〔註66〕謝思煒校注：《白居易詩集校注》，頁2428。

〔註67〕謝思煒校注：《白居易詩集校注》，頁2748。

與率為期。」〔註68〕其「惟性所宅」，句式一如《管子》：「百姓無寶，以利為首，一上一下，惟利所處」〔註69〕之「惟利所處」，意謂安宅之地，一任內心所想。可見白居易天性本來如此，不可改變也不必改變。此句意謂一切以本性為出發點，如復性脫俗，順性而為，隨其所安。白氏因「時之不來也」、因「抉擇」生活之故，基本上是放棄了諷諭詩的創作，但有一種詩可以視為諷諭詩的變體，就是晚期居於洛下的寓言詩創作。這時期詩歌採舊曲創造新聲，反映時代聲音，具有生命力的表現，即是興於嗟嘆之外，與當下朝政保持適當的距離，另外居於洛下時期體悟死生夭壽，創作的內容具有超越形式的美學觀。

白居易正用其情，善養其氣，持守天性以立命。疏野之貌，根本在於他真性情的自然流露。真取弗羈，即杜甫：「由來意氣合，直取性情真」之意，白氏惟有真性，故有真情，有真情故可期真詩。真取弗羈，一則本乎自然造化，語自天然，豈有見奪之理。一則出自詩人心源，周遭萬象任由擷取，我以至情至性，但取當取，率真而為，有如曠野不羈了無約束。楊萬里《誠齋詩話》云：「詩家用古人語，而不用其意，最為妙法。」〔註70〕亦見白氏用舊典、舊曲而發新意，此中但取所需，化為己用，深得「弗羈」之義。無論是民歌或寓言詩，詩歌風格呈現易於朗讀、童趣橫生、用語雙關，採比興手法，將動植物人格化，深刻生動。無論是民歌或寓言詩，詩歌意境開闊，氣象雄渾，語言文字淺顯易懂。這類的詩歌描述各式各樣的生物，形象生動，構思新穎，饒富意趣，從而反映出白氏對某些問題的看法。

第二節　白居易詩歌閒適與詩寫劉禹錫之意象

白居易與劉禹錫的唱和詩，主要是以生命經驗的互相感通為主。

〔註68〕唐・司空圖；清・袁枚：《詩品集解・續詩品注》，人民文學出版社，1963年10月，頁30。

〔註69〕黎翔鳳：《管子・侈靡》，中華書局，2018年4月，頁691。

〔註70〕見《誠齋詩話》，《景印文淵閣四庫全書》，冊1480，頁729～730。

劉、白同歲，劉氏二十二歲中進士。貞元十九年（803）春，白居易做了校書郎，十二月，劉禹錫授監察御史，兩人同在長安，為初識。大和二年（828）在長安，白居易〈杏園花下贈劉郎中〉詩提到：「自別花來多少事，東風二十四迴春」〔註71〕可證其分別之年，應是自永貞元年（805）十一月。當時劉禹錫坐王叔文黨，貶朗州司馬。元和五年（810），透過元稹，白居易寄贈一百首詩給貶謫在朗州的劉禹錫，得到很高的評價。此後，二人並沒有立即建立詩歌寄贈交流的關係。前後二十餘年，劉氏不在京城，劉禹錫遠貶湘南，白居易仕宦長安，而在奉召回京的短暫時間裡，白居易剛好外任。在情感距離、空間距離上相隔頗遠，因此在他們相識的二十年裡，並沒有交往酬唱的記錄。此外，二人在元和年間有各自的生活圈與文友圈。直到長慶三年（823），白居易除杭州刺史，開始主動贈寄，劉禹錫也多有回應，二人直到寶曆二年（826），白居易罷蘇州刺史，劉禹錫罷和州刺史，在揚州相遇，結伴回洛陽，才時相酬唱。

當時劉、白詩歌往來，開始關切彼此的個人情感與生活經驗，如劉禹錫對白居易寄情詩酒與閒適風情的理解，以及對其晚年得子未達三歲即卒的安慰；白居易則對劉禹錫仕途中的蹭蹬乖蹇，寄予同情。他們參與彼此的生命困境，給予慰藉；唱酬寄贈的往來頻繁，不僅是一種創作行為，期間所具的精神活動，也有特別的意義。正因為這樣情感的交互作用，友誼逐漸升溫，他們相約退居洛陽。往後的日子，二人除了以詩歌交流內心的想法，還以書信傳遞思念，更帶有互相戲謔的性質。他們彼此稱讚對方的詩藝，劉禹錫〈翰林白二十二學士見寄詩一百篇因以答貺〉：「吟君遺我百篇詩，使我獨坐形神馳。玉琴清夜人不語，琪樹春朝風正吹。郢人斤斫無痕跡，仙人衣裳棄刀尺。世人方內欲相尋，行盡四維無處覓。」〔註72〕他讚美白居易的詩如天衣無縫，沒有斧鑿痕。二人如此相惜，慶幸遇到了強勁的對手，因此往來酬唱，欲罷不能。他們一起參與東都文人薈萃詩酒聯句的宴會，共同戮力於新聲

〔註71〕謝思煒校注：《白居易詩集校注》，頁2004。

〔註72〕劉禹錫：《劉禹錫集》，卷一，上海：上海人民出版社，1975年。

歌曲的創作。劉禹錫在朗州十年，以文章吟詠，陶冶性情。朗州地居西夷南，蠻俗祭神必有歌舞，而歌詞鄙俚，劉禹錫乃依騷人之作，為新辭以教巫祝。集中的〈楊枝詞〉、〈竹枝詞〉、〈踏歌詞〉、〈浪淘沙〉等等，都是仿民歌的形式以為詩。白居易在洛陽創作的〈楊枝詞〉、〈浪淘沙〉等，也是以民歌的形式寫成，應是受到劉禹錫的影響。他們在二十年的詩友交往，不乏詩藝競爭、遊戲唱作、閒適詩篇，但其中詩歌主軸還是以彼此生命經驗、情感上的交流互通為主。

詩意的脈絡，不同於邏輯的推理，詩的意境恰如一片朦朧之境，給人以跳宕欣賞的快感。這也是詩家左右逢源、繼明不絕，如入無人之境的寫照。唯此境界出離言說，必須另外烘托這種感受，因此將「分析」轉為「欣賞」，用「意象」來感通飄忽的感受，遂有「明漪見底，奇花初胎」之詩韻。袁宏道之「性靈」猶如司空圖之「精神」，精神的暢旺或是萎靡，關係到作品生氣的有無，明人江盈科《敝篋集序》云：

> 唐人之詩，無論工不工，第取而讀之，其色鮮妍，如旦晚脫筆研者。今人之詩即工乎，然句句字字拾人飣餖，才離筆研，已似舊詩矣。夫唐人千歲而新，今人脫手而舊，豈非流自性靈與出自模擬者所從來異乎！〔註73〕

劉、白二人唱酬寄贈的創作活動，筆下情境充滿生氣與活力，意象飽滿，精神富饒。據劉、白之間唱酬寄贈的詩歌，就閒適意象論之。劉禹錫的政治生涯不遇，其已遠離的政治生命蹉跎了光陰，白居易對於他的遭遇始終抱以同情，這也是讓劉禹錫感動之處。他們對彼此的了解非常深刻，無人可比。白居易對劉禹錫的政治不遇具有同理心，〈答劉和州〉：「不教才展休明代，為罰詩爭造化功」〔註74〕、〈醉贈劉二十八使君〉：「詩稱國手徒為爾，命壓人頭不奈何」〔註75〕、〈臨

〔註73〕明人．江盈科《袁石公敝篋集序》，見袁宏道：《袁石公敝篋集》，明萬曆間（1573～1619）袁氏書種堂校刊本第一冊序。

〔註74〕謝思煒校注：《白居易詩集校注》，頁1870。

〔註75〕謝思煒校注：《白居易詩集校注》，頁1957。

都驛答夢得六言二首〉之二：「謝守歸為祕監，馮公老作郎官。前事不須問著，新詩且更吟看。」〔註 76〕、〈代夢得吟〉：「世上爭先從盡汝，人間鬪在不如吾」〔註 77〕、〈和令狐相公寄劉郎中兼見示長句〉：「碧幢千里空移鎮，赤筆三年未轉官。別後縱吟終少興，病來雖飲不多歡。酒軍詩敵如相遇，臨老猶能一據鞍。」〔註 78〕以上所引白居易詩句，均創作於大和五年（831），為劉禹錫赴任蘇州刺史之前。可見白居易對於劉禹錫的政治際遇與詩文才能，深具同理心與理解。

劉禹錫結束「巴山楚水淒涼地，二十三年棄置身」的貶謫遭遇之後，並未馬上被召回長安，而是先被冷落在洛陽。隨著時光流逝，年華老去，任憑朝廷無情棄置，深感時不我予，當此時，劉禹錫仍然懷抱樂觀想法，在洛陽閒居的日子裡有詩〈罷郡歸洛陽閑居〉：「聞說功名事，依前惜寸陰」的自我勉勵。

劉禹錫晚年歸老於洛陽，常與佛家僧人往還論詩談禪，且曾為慧能大師撰寫碑銘，領悟到禪理與詩道的相通之處，故其詩學中的詩境論，深受佛教境界論與中唐前期皎然詩境理論所影響。此外，退隱洛陽期間，亦經常與白居易二人於當時的「詩筆文章，時無在其右者」〔註 79〕成就同高。故今存劉禹錫詩境說，除見其深受皎然與佛理所啟發〔註 80〕，與皎然的「取境」說，也有一定的繼承關係，亦融有中唐後期元、

〔註 76〕謝思煒校注：《白居易詩集校注》，頁 1998。

〔註 77〕謝思煒校注：《白居易詩集校注》，頁 2027。

〔註 78〕謝思煒校注：《白居易詩集校注》，頁 2150。

〔註 79〕《舊唐書．劉禹錫傳》論二人晚年交遊與詩文成就曰：「禹錫晚年與少傅白居易友善，詩筆文章，詩無在其右者。」參見五代劉昫：《舊唐書》（北京：中華書局，1975 年），卷一百六十四。

〔註 80〕劉禹錫因幼年隨父寓居嘉興，經常訪遊當時江南著名詩僧皎然和靈澈，對兩位詩僧十分敬仰，並以詩僧皎然為師，學詩習禪，據《澈上人文集紀．前言》中「方以兩髦執筆硯，陪其吟詠，皆曰孺子可教」。自述其早年學詩、禪屢獲皎然肯定，頗有領悟的經歷，可知此階段的詩、禪習染對其後來的詩歌創作與詩學理念，必然產生重大的影響力。參見董誥編《全唐文》（附陸心源輯補《唐文拾遺》）臺北：大化書局重編影印本，1987 年，卷四十九。

白新樂府運動所強調「內容要能反應現實」的主張，可說是中唐論詩標準多元化的兼融者，在他前、後兩期迥異的詩學見解中，取得審美與功能並重的巧妙平衡。

「境生於象外」是劉禹錫詩境論所欲取「境」的最高境界，以此為核心的相關論述亦是對皎然「取境」說的直接承繼與開展。今存劉禹錫論詩之「境」，除散見於其詩歌內容外，主要體現於〈董氏武陵集序〉與〈秋日過鴻舉法師寺院送歸江陵詩引〉兩篇敘述中。探究其論，劉禹錫繼承皎然「取境說」，亦援引莊子與魏晉名士的言論觀點，來闡述詩歌意境創造中的言意關係。他從認識論的角度，明晰詩歌語言語情意之間的巧妙關係，提出「片言可以明百意」與「義得而言喪」兩種層次。本論文即從劉禹錫〈董氏武陵集序〉與白居易〈與元九書〉談其詩歌閒適意象之意蘊。

第一個層次，以「片言可以明百意」表達詩歌語言，呈現五彩斑斕的典麗形象，自然流露出詩人真奧之思，體現詩人情志的境界。然而要超越華麗舖陳的詩歌形式，還能保有真情實意，即是性情之靈現，將文字語言的形式拋諸腦後，但非不重要，其見解呈現：

> 片言可以明百意，坐馳可以役萬景，工於詩者能之。《風》、《雅》體變而興同，古今調殊而理冥，達於詩者能之。工生於才，達生於明，二者還相為用，而後詩道備矣。余嘗執斯評為公是，且衡而度之。〔註81〕

劉禹錫巧妙運用「言不盡意」的觀點來說明言、意之關係，並分析意境創造中詩體獨具的美學特色，他發展皎然「苦思」論述，進而提出凝煉精約的「片言」達詁與「坐馳萬景」想像力的兩種創作論。白居易〈與元九書〉提出詩歌的審美價值與宣導人情的作用：

> 人之文《六經》首之。就《六經》言，《詩》又首之。何者？

〔註81〕周祖譔編選《隋唐五代文論選》，北京：北京人民文學出版社，1999年，頁229。劉禹錫：《劉禹錫集》，上海：上海人民出版社，1975年，頁271。

> 聖人感人心而天下和平。感人心者，莫先乎情，莫始乎言，莫切乎聲，莫深乎義。詩者，根情，苗言，華聲，實義。上自聖賢，下至愚騃，微及豚魚，幽及鬼神。群分而氣同，形異而情一。未有聲入而不應、情交而不感者。聖人知其然，因其言，經之以六義；緣其聲，緯之以五音。音有韻，義有類。韻協則言順，言順則聲易入；類舉則情見，情見則感易交。〔註 82〕

白居易以《詩經》有著最高的審美價值，因為具有「根情，苗言，華聲，實義」的特色。它最能感動人，具有強烈的情感與和諧的韻律，是為「音有韻」。所謂「義有類」的義，即是「六義」，指詩歌的類別和表現手法。由此可知，白居易提及詩歌藝術特徵，基本上是源於先秦、兩漢的詩歌理論。白居易的論述具體而明確，他如此推崇《詩經》中六義，主要是強調詩歌有宣導人情的作用。其「因有韻」、「義有類」則具有詩歌形式表現，亦具有抒懷情感的寫照。「於是乎孕大含深，貫微洞密，上下通而一氣泰，憂樂合而百志熙。」大凡人感於事，則必動於情，然後興於嗟嘆，發於吟詠，而形於歌詩。白居易「苦心孤詣」後的創作表現，即是劉禹錫「片言可以明百意」的精煉語言，透過高度的「苦思」經營而得的至麗語，卻是呈現讓人以為淺近明白的語境，最終讓人認為易於藉著歌詠，獲得詩歌裡所寄寓的各種情感。此類自然渾成的詩歌藝術境界，即皎然所欲追求的最上乘詩境。

皎然《詩議》「論文意之詩不要苦思條」中，以「采奇於象外，壯飛動之句，寫真奧之思。」〔註 83〕三句，表敘其取境時之審美目標，實為一種兼具形式「奇麗」而內容「情真」的詩境審美觀點。然苦思經營此審美詩境的最終目標，但求「貴成章之後，有其易貌，若不思而

〔註 82〕唐・白居易著，謝思煒校注：《白居易文集校注》，北京：中華書局，2019 年 8 月第二次印刷，頁 322。

〔註 83〕周萌：《宋代僧人詩話研究：詩學、禪學、競爭交織的文學案例》，北京：北京大學出版社，2017 年 3 月，頁 154。

得」的美學效果，此即至麗而自然的最上乘詩「境」，一種形式至麗，內容情真卻又全似自然而成，絲毫不見詩人在形式藝術上苦思美化的鑿痕。

劉禹錫「片言可以明百意」的詩學觀點，除了承皎然詩語理論，同時主張追求工巧而自然的語言。劉氏經過錘鍊與潤飾的工夫，用語精煉，表達精準的詩意，文字呈現如自然的「片言」。誠如劉氏詩境論乃立基於皎然「緣境不盡」的取境說，加之援引魏晉的言意觀點，繼之開展詩歌意境創造中的言意關係，提出一種含蓄的審美特質，強調「言有盡而意無窮」的詩境內蘊，主張在詩歌中實現「境生於象外」以作為詩境藝術的最高層次。其〈酬樂天詠老見示〉：「莫道桑榆晚，為霞尚滿天」〔註84〕，〈酬樂天初冬早寒見寄〉：「兩傳千里意，書札不如詩」〔註85〕在〈董氏武陵集序〉：「詩者，其文章之蘊邪！義得而言喪，故微而難能。」一句話寫出具體詮言，說明詩歌與其他體裁的文類在言、意的通讀下，有很大的差別，這一種差別，即是詩歌「片言可以明百意」，也是形成詩歌意境美與意象藝術的特徵之要點。從這個角度來詮釋，便可理解劉禹錫推崇「言約而意味深長」的詩歌創作主張。白居易〈與元九書〉提出詩歌精煉的社會功能性，涵蓋詩歌意象的藝術生活化：

> 今僕之詩，人所愛者，悉不過雜律詩與〈長恨歌〉已下耳。時之所重，僕之所輕。至於諷諭者，意激而言質。閑適者，思澹而詞迂。以質合迂，宜人之不愛也。今所愛者，並世而生，獨足下耳。然百千年後，安知復無如足下者出而知愛我詩哉？故自八、九年來，與足下小通則以詩相戒，小窮則以詩相勉，索居則以詩相慰，同處則以詩相娛。知吾罪吾，率以詩也。如今年春遊城南時，與足下馬上相戲，因各誦新艷小律，不雜他篇，自皇子陂歸昭國里，迭吟遞唱，不絕聲者

〔註84〕劉禹錫：《劉禹錫集》，上海：上海人民出版社，1975年，頁271。
〔註85〕劉禹錫：《劉禹錫集》，上海：上海人民出版社，1975年，頁271。

二十里餘，樊、李在傍，無所措口。知我者以為詩仙，不知我者以為詩魔。何則？勞心靈，役聲氣，連朝接夕，不自知其苦，非魔而何？偶同人，當美景，或花時宴罷，或月夜酒酣，一詠一吟，不覺老之將至。雖驂鸞鶴、游蓬瀛者之適，無以加於此焉，又非仙而何？〔註86〕

〈與元九書〉中談到詩歌創作遍及生活，無論窮、達，無論離、群，還是春遊城南，以詩贈答相戲，迭吟遞唱，實非他種文體可依附繫情的。

〈與元九書〉雖為白居易「新樂府運動」的詩歌理論總結，卻是當時一批關心時政、文學的文人們共同的聲音，顯然不是他一個人的看法。朝政「復採詩之官以察風俗」，並重視「勞歌怨誹之音」，認為可以「察吏理，審教化」。白居易的復古主張主要以《詩經》為宗，以「六義」為標準，來衡量詩歌的審美價值。他認為：「人之文《六經》首之。就《六經》言，《詩》又首之。何者？聖人感人心而天下和平。感人心者，莫先乎情，莫始乎言，莫切乎聲，莫深乎義。」其中：「審教化」、「感人心者，莫先乎情，莫始乎言，莫切乎聲，莫深乎義。」若以閒適意象之審美，詩歌與散文較之，在語言與情意間的關係，有所差異，它不像散文可以不憚煩言，暢懷己見，無論是對人生的看法或是幽微心事，盡情闡述其複雜曲折的情節。如〈酬夢得比萱草見贈〉：「杜康能散悶，萱草解忘憂。借問萱逢杜，何如白見劉？老衰勝少夭，閑樂笑忙愁。試問同年內，何人得白頭？」〔註87〕又〈戲贈夢得兼呈思黯〉詩中：「雙鬢莫欺今老矣，《傳》曰：「今老矣，無能為也。」一杯莫笑變陶然。陳郎中處為高戶，裴使君前作少年。陳商郎中酒戶涓滴，裴洽使君年九十餘。顧我獨往多自哂，與君同病最相憐。月終齋滿誰開素，須擬奇章置一筵。」〔註88〕可見白居易創作時，必須透過高度凝鍊的語言，精

〔註86〕唐・白居易著，謝思煒校注：《白居易文集校注》，北京：中華書局，2019年8月第二次印刷，頁327。

〔註87〕謝思煒校注：《白居易詩集校注》，頁2623。

〔註88〕謝思煒校注：《白居易詩集校注》，頁2583。

準的文字，含融豐沛的情思，創造出言近旨遠的詩歌。白氏除了要具足背景知識，還要傳載著許多古事或典故，他務必勤學與苦思，方能將詩歌婉轉呈現，展現其審美價值。

第二層次「義得而言喪」的美學效用，劉禹錫分別以詩人創作與讀者鑑賞兩種視角，來揭示詩境的美學層次，並以莊子、魏晉名士的言意之辨，論述詩歌語言與情意間的巧妙關係。在〈董氏武陵集序〉中，他從認識論的角度，提出「義得而言喪」的審美論述，就詩歌境界的審美特質，具體說明詩歌取「境」的過程，其中「言」、「象」、「意」間層遞的美學工夫。其論述主要見於〈董氏武陵集序〉中的一段文字：

> 詩者，其文章之蘊邪！義得而言喪，故微而難能。境生於象外，故精而寡和。千里之謬，不容秋毫。非有的然之姿，可使戶曉。必俟知者，然後鼓行於時。自建安距永明已還，詞人比肩，唱和相發。有以「朔風」、「零雨」高視天下，「蟬噪」、「鳥鳴」蔚在史策。國朝因之，粲然複興。由篇章以躋貴仕者相踵而起。〔註 89〕

劉禹錫以「境生於象外」來表達詩歌含蓄情致的玄妙境界，此詩「境」即是前期皎然「取境」說的第二範疇，即是詩人所欲取得「但見性情，不睹文字」的超越境界。如何取得最上乘詩境，他不同於皎然「詩情緣境而發」之論述。此境乃虛、實的情景交融所得的藝術境界。劉禹錫以此論述詩歌的第二層言、意關係，繼「片言可以明百意」後，論述「工於詩者」如何以虛境成詩的創作規律。他主張要進一步運用「義得而言喪」的高超手法，玄妙地將詩境和象外聯繫起來，即可成為「境生於象外」此一含蓄情致的上乘詩境。

劉禹錫以詩人創作與讀者鑑賞兩種視角，示現詩境的美學層次。從詩人創作的才華評論，認為「義得而言喪」是「微而難能」的詩境方法，因為詩情所依據的是語言文字，一旦經過「言喪」，無執著於文字

〔註 89〕 周祖譔編選《隋唐五代文論選》，北京：北京人民文學出版社，1999 年，頁 229。

時，通過情感內蘊，所表達的情致，必然是微妙旨趣的意象，接著所營造出的意境，是「生於象外」自然含蓄的詩境。故在「言喪」前的詩詞語彙的創造，便是差之毫釐，亦將形成千里謬誤，影響詩歌最後要呈現的詩境狀態。若是以讀者鑑賞的能力評論，認為「言喪」後產生「境生於象外」的詩境，可能造成曲高和寡之知音難覓的情況。原因在於高妙精湛的美學境界，並無必然之姿，能使眾人皆有詩歌鑑賞能力，而體悟其中的詩趣。譬如千里良駒，必得伯樂之賞識，才有機會出類拔萃。換言之，詩歌創作最終必須遇得知音，方能欣賞他所營造的詩歌情境美感。

〈董氏武陵集序〉是劉禹錫重要的詩歌理論。開篇數句是其詩歌理論的綱領：「坐馳可以役萬里」，此接近陸機〈文賦〉所說的：「耽思旁訊，精騖八極，心游萬仞」,「片言可以明百意」的重心，在於強調積累的生活體驗、精煉的詩歌語言。「風雅體變而興同，古今調殊而理異」，說明隨著詩歌古體、今體不同，而理致（語言、境界、結構等）亦不同的道理，並要才華與識見交相為用，才是構成劉禹錫詩歌理論精華的部分。其「境生於象外」超越了皎然關於「取境」的詩學思想，也對詩歌發展有了新變的適應。這一切都與他豐富的創作實踐有很大的關係。詩歌的語「言」，是來說明景物實「象」的一種工具，「象」也是詩人表達內心幽微情感的符號，它們都是寄託情感的媒介。「言」與「象」都不是詩意的本質，而是用來傳達「意」的媒介，並在藝術審美上，呈顯出底蘊豐富的境界。白居易〈與元九書〉中提到詩人表達內心幽微情感：

> 《國風》變為《騷》辭，五言始於蘇、李。蘇、李、騷人，皆不遇者，各繫其志，發而為文。故河梁之句，止於傷別；澤畔之吟，歸於怨思。彷徨抑鬱，不暇及他耳。然去《詩》未遠，梗概尚存。故興離別則引雙鳧一雁為喻，諷君子小人則引香草惡鳥為比。雖義類不具，猶得風人之什二、三焉。〔註90〕

〔註90〕《國風》變為《騷》辭，五言始於蘇、李。蘇、李、騷人（《舊唐書．白居易傳》作詩騷）。唐．白居易著，謝思煒校注：《白居易文集校注》，北京：中華書局，2019年8月第二次印刷，頁322。

白居易切合自己的情志，抒發感慨而寫成詩文。通過「象」來傳情悟意，以具體可感的景「象」，來表達精微之情「意」。此「象」為詩文描寫具體可感實象，即詩人「坐馳」觀照下，冥想外部無限的娑婆世界而選擇的一部分景物實象，但其傳情悟意的能力也是有限的，因此「攜手上河梁」之類的詩句，僅止於表達離別的傷感，「行吟澤畔」這樣的吟詠，最終也只歸於怨憤的思緒。詩中所表達的是彷徨難捨，抑鬱愁苦，沒有寫到別的內容；但是，距離《詩經》還相去不遠，因此，描寫離別就以雙鳧、一雁起興，諷詠君子小人就用香草、惡鳥比方。透過「言」之語言文字與「象」之景物實象，以「言喪」、「象外」的工夫，表現精微之情「意」，並涵容「境」之深闊玄遠。

詩境論是唐朝詩學發展的重要成就。中唐前期皎然「取境」說，更開啟後代詩境論。〔註 91〕劉禹錫晚期「詩境論」，援引莊子與魏晉名士的言意觀點，來闡述詩歌意境創造中的言意關係，提出「片言可以明百意」與「義得而言喪」兩種層次。白居易〈與元九書〉詩學思想內涵，與劉禹錫詩境論異曲同工，卻能以唱和的形式，傳達詩歌理論之特質與生命力，展現其在創作上的理念與情志。

第三節　知足、保和與澹泊之人生追求

大和七年（833），白居易回到洛陽履道坊後，情勢突然改變了，〈出府歸吾廬〉：「出府歸吾廬，靜然安且逸。更無客干謁，時有僧

〔註 91〕其以佛家哲學作為指導，援引佛理中對「境」的詮釋來論述詩「境」，對照修行佛法所達的「六境」和「佛境界」兩種層次，亦分詩「境」為兩大範疇。除明白闡釋了「境」為虛實結合的本質內涵，並以「緣境」詮解了詩人主觀世界如何與客觀世界契合交融唯一的因由，開展了詩歌情景交融的思辨理路，並承劉勰的神思觀點進而提出獲致最上乘詩境的具體「取境」法則與「但見情性，不睹文字」的詩藝審美目標，誠可謂中國第一位直接探究詩歌之「境」的內在藝術規律者。鄭垣玲：《中唐詩論研究》，新北市：輔仁大學中國文學研所博士論文，2012 年，頁 181。

問疾。」〔註 92〕當時與白居易過從較密的僧人，有神照禪師、清閑上人、宗實上人、自遠禪師等，所以他在〈喜照密閑實四上人見過〉詩歌中提到：「官秩三迴分洛下，交遊一半在僧中」〔註 93〕。儘管他說：「與俗乖疏與道通」，實際上與老友的來往還是比較多的。他當時的心情，充滿知足而快樂的感覺，似乎他已經不再追求什麼了。大和七年（833）在洛陽，其詩歌〈首夏〉中有提到：

……食飽慚伯夷，酒足愧淵明。陶潛詩云：「飲酒常不足。」壽倍顏氏子，富百黔婁生。有一即為樂，況吾四者並。所以私自慰，雖老有心情。〔註 94〕

這首詩就是寫在他回到履道舊居不久，當時「林靜蚊未生，池靜蛙未鳴」，大約是在四月末，所以詩題〈首夏〉，最能表現他當時的思想。凡人若能知足，自然與世無爭，當然也不會沾惹煩惱。白居易的晚年就是在這種思想下度過的，在其閒適詩中，將其適意心情以詩贈友，有詩〈三適贈道友〉：「褐綾袍厚暖，臥蓋行坐披。紫氈履寬穩，蹇步頗相宜。足適已忘履，身適已忘衣。況我心又適，兼忘是與非。三適合為一，怡怡復熙熙。禪那不動處，混沌未鑿時。此固不可說，為君強言之。」〔註 95〕或是充滿怡悅之心，有詩〈自喜〉：「身慵難勉強，性拙易遲迴。布被辰時起，柴門午後開。忙驅能者去，閑逐鈍人來。自喜誰能會，無才勝有才。」〔註 96〕

無論是描繪日常生活起居，還是抒發內心情志，飲酒常歡，道訴尋常事，〈把酒思閑事二首〉有描寫：「把酒思閑事，春愁誰最深？乞錢羈客面，落第舉人心。月下低眉立，燈前抱膝吟。憑君勸一醉，勝與萬黃金。」又「把酒思閑事，春嬌何處多？試鞍新白馬，弄鏡小青娥。

〔註 92〕謝思煒校注：《白居易詩集校注》，頁 2248。
〔註 93〕謝思煒校注：《白居易詩集校注》，頁 2369。
〔註 94〕謝思煒校注：《白居易詩集校注》，頁 2256。
〔註 95〕謝思煒校注：《白居易詩集校注》，頁 2298。
〔註 96〕謝思煒校注：《白居易詩集校注》，頁 2362。

掌上初教舞，花前欲按歌。憑君勸一醉，勸了問如何。」〔註 97〕每日的菜餚香宜酌調味，日復一日酬新奇，所以翻曲作詞、酌酒餐食也都能入詩，在〈殘酌晚餐〉寫飲食：「閑傾殘酒後，煖擁小爐時。舞看新翻曲，歌聽自作詞。魚香肥潑火，飯細滑流匙。除卻慵饞外，其餘盡不知。」〔註 98〕即使時光已逝，季節更迭如常，白氏仍是有著身閒心適的情致，〈閑居春盡〉詩有這樣的描述：「閑泊池舟靜掩扉，老身慵出客來稀。愁因暮雨留教住，春被殘鶯喚遣歸。揭甕偷嘗新熟酒，開箱試著舊生衣。冬裘夏葛相催促，垂老光陰速似飛。」〔註 99〕白氏達觀知足的思想貫串其中，看出他生活裡的無華，〈無長物〉提到：「莫訝家居窄，無嫌活計貧。只緣無長物，始得作閑人。青竹單床簟，烏紗獨幅巾。其餘皆稱是，亦足奉吾身。」〔註 100〕無論是排遣政治苦悶與人生悲歡，抑是閒居獨處，把酒言歡、笑逐顏開，書卷暫放、聊藉取睡，在〈閑居〉詩中：「風雨蕭條秋客少，門庭冷靜晝多關。金羈駱馬近賣卻，羅袖柳枝尋放還。書卷略尋聊取睡，酒杯淺把粗開顏。眼昏入夜休看月，腳重經春不上山。心靜無妨喧處寂，機忘兼覺夢中閑。是非愛惡銷停盡，唯寄空身在世間。」〔註 101〕寫詩就是生活，活著就是要寫詩，〈新秋夜雨〉：「蟋蟀暮啾啾，光陰不少留。松簷半夜雨，風幌滿牀秋。曙早燈猶在，涼初簟未收。新晴好天氣，誰伴老人遊？」〔註 102〕白氏晚年生活遊賞無須他人陪伴，也能徜徉其中，好風景收進眼底。

大和七年（833）七月，崔玄亮病逝，白居易深為痛悼，有詩〈哭崔常侍晦叔〉哭之：

> ……春日嵩高陽，秋夜清洛陰。丘園共誰卜，山水共誰尋？
>
> 風月共誰賞，詩篇共誰吟？花開共誰看，酒熟共誰斟？惠死

〔註 97〕謝思煒校注：《白居易詩集校注》，頁 2381。
〔註 98〕謝思煒校注：《白居易詩集校注》，頁 2494。
〔註 99〕謝思煒校注：《白居易詩集校注》，頁 2509。
〔註 100〕謝思煒校注：《白居易詩集校注》，頁 2513。
〔註 101〕謝思煒校注：《白居易詩集校注》，頁 2812。
〔註 102〕謝思煒校注：《白居易詩集校注》，頁 2813。

莊杜口，鍾歿師廢琴。道理使之然，從古非獨今。吾道自此孤，我情安可任？唯將病眼淚，一灑秋風襟。〔註 103〕

崔玄亮死後，他常感到孤單，〈自問〉：「自問老身騎馬出，洛陽城裡覓何人」〔註 104〕每當聽到歌者唱元稹的詩，就會引起他深深的悲哀，〈聞歌者唱微之詩〉：「時向歌中聞一句，未容傾耳已傷心」〔註 105〕不料，閏七月時，李紳詔除浙東觀察使兼越州刺史，又要與他分離，白居易的心情有些怏怏不樂。他知道李宗閔（牛黨領袖）已被李德裕排擠，出任興元尹山南西道節度使。朝廷大權為李德裕獨攬，李紳才有浙東之命；李紳知道李德裕排擠他，當然不會重用他，心情不怎麼愉快。在送李紳的席上，白居易竟喝醉了，因而回憶起年輕時候的情景，〈醉送李十二常侍赴鎮浙東〉：「靖安客舍花枝下，共脫青衫典濁醪。今日洛橋還醉別，金盃翻污麒麟袍。」〔註 106〕當時白居易、元稹、李紳都自命不凡，放蕩不羈，可以當場卸下「春衫」典當，用來買酒喝。現在呢？官做大了，「酒污錦袍」用不著「典衣沽酒」了，可是人卻老了，能不傷感嗎？

大和七年（833）深秋時，白居易和張仲方、舒元輿同遊龍門，遊賞四天三夜，盡興而返。他寫了詩歌為記，說明了他晚年的打算，〈秋日與張賓客舒著作同遊龍門醉中狂歌凡二百三十八字〉：

秋天高高秋光清，秋風嫋嫋秋蟲鳴。……我有狂言君試聽。丈夫一生有二志，兼濟獨善難得並。不能救療生民病，即須先濯塵土纓。況吾頭白眼已暗，終日戚促何所成？不如展眉開口笑，龍門醉臥香山行。〔註 107〕

他之所以做這樣的決定，和他的宿命論思想有關，他在詩中明確地說

〔註 103〕謝思煒校注：《白居易詩集校注》，頁 2259。
〔註 104〕謝思煒校注：《白居易詩集校注》，頁 2383。
〔註 105〕謝思煒校注：《白居易詩集校注》，頁 2378。
〔註 106〕謝思煒校注：《白居易詩集校注》，頁 2378。
〔註 107〕謝思煒校注：《白居易詩集校注》，頁 2261。

過，〈和夢得〉：「所嗟非獨君如此，自古才難共命爭」〔註108〕，當時他與劉禹錫詩歌唱酬贈答較為頻繁，常相互勉勵，相互慰藉。臘月歲暮之時，洛陽氣候非常寒冷，接近過年的那幾天，烏雲密佈，霜風裂面。白居易想起洛陽城內的窮苦百姓，〈歲暮〉：「……洛城士與庶，比屋多飢貧。何處爐有火，誰家甑無塵？如我飽煖者，百人無一人。安得不慚愧，放歌聊自陳。」〔註109〕他以自己優渥富裕的生活與窮苦人對照之下，心裡感到不安，感到慚愧。朝廷官員有這一層面認知非常不容易，也是他超乎一般士大夫的地方。

大和八年（834）洛陽，是晴朗、風和日麗的春天，對白居易而言卻是寂寞的。他深居簡出，每天在庭院裡澆花、掃徑，整理履道園林。他有一詩，記述得非常清楚，〈營閑事〉：「自笑營閑事，從朝到日斜。澆畦引泉脈，掃徑避蘭芽。暖變墻衣色，晴催木筆花。桃根知酒渴，晚送一甌茶。」〔註110〕其描述勞動的時間不短，透過「從朝到日斜」知悉，另外是侍女桃根送茶時間「晚送一甌茶」。可見在「洛下日初長」的季節，白居易生活時有閒常安適，不知覺中懷念起蘇州的春日遲遲，〈早春憶蘇州寄夢得〉：「吳苑四時風景好，就中偏好是春天」〔註111〕若是家釀新熟，也會舀一杯嘗嘗，當他端起酒杯，突然想起摯友崔玄亮，〈嘗新酒憶晦叔二首〉：「樽裏看無色，杯中動有光。自君拋我去，此物共誰嘗？」〔註112〕有時候閒時無事，〈池邊〉的景致：「柳老香絲宛，荷新鈿扇圓。殘春深樹裏，斜日小樓前。醉遣收杯杓，閑聽理管絃。池邊更無事，看補採蓮船。」〔註113〕他已習慣於這種生活，而且主觀上他也是願意如此，〈且遊〉詩中可以看出：「手裡一杯滿，心中百事休。春應為仰醉，老更不禁愁。弄水迴船尾，尋花信馬頭。眼看筋

〔註108〕謝思煒校注：《白居易詩集校注》，頁2366。
〔註109〕謝思煒校注：《白居易詩集校注》，頁2266。
〔註110〕謝思煒校注：《白居易詩集校注》，頁2399。
〔註111〕謝思煒校注：《白居易詩集校注》，頁2396。
〔註112〕謝思煒校注：《白居易詩集校注》，頁2396。
〔註113〕謝思煒校注：《白居易詩集校注》，頁2402。

力減，遊得且須遊。」〔註 114〕所以在三月暮春，他應神照禪師之約，往遊龍門，並在香山寺小住。

白居易從大和三年（829）回到洛陽迄開成四年（839）已十一年，他的生活安逸，閒適慵懶，也不大喜歡出門。白氏在家閒居終日創作詩、吟唱詩歌，他常感到力不從心，身體逐漸衰弱，稍有時間，不是閒遊散步，便是醉眠，但他的精神卻是愉快的。他宿命論的思想，越來越濃厚，誠如〈問皇甫十〉所說的：「苦樂心由我，窮通命任他。坐傾張翰酒，行唱接輿歌。榮盛傍看好，優閑自適多。知君能斷事，勝負兩如何？」〔註 115〕他不僅知命，而且能夠逆來順受，這就使他在任何環境下，有他明哲保身的處世方法；也因為他從不苛求別人，行為合乎恕道，行事從容，中立於各派之間；也因為他能夠控制自己的欲望，心裡容易產生知足保和的思想，安之若素，潛心研究。

〔註 114〕謝思煒校注：《白居易詩集校注》，頁 2404。
〔註 115〕謝思煒校注：《白居易詩集校注》，頁 2624。

第七章　結　論

歷史上的白居易，我們可以從史傳記載，詩歌或文章陳述中，獲得人物形象，但若要了解白氏精神典範與心靈的轉變，必須從詩歌或散文的「文本」爬羅剔抉，方能明白。白居易詩歌創作二千八百餘首〔註1〕，詩歌創作的篇幅，幾為唐人之冠。從詩作實事陳述，了解白居易是中唐士大夫的典型人物，從白氏身上，可以看出中唐時期士子們的精神面貌和心理狀態，他的人生觀念和詩歌創作，反映中唐社會階層的生活條件，因此本論文以白居易為研究對象。本論文就史傳記載來探其詩歌意旨，從史傳、文學、文化的角度，切入白氏詩歌「文本」，探究白氏心靈面貌，以及其詩意與詩本事之詮釋。

白居易以整個詩歌藝術淋漓盡致地表現這個世界。透過白氏的視角，看到他筆下的中唐文史，他的詩歌藝術、文學、文化。他的詩歌內容多樣紛陳，其中詩歌閒適是當下生活狀態的描寫與呈現。他以敏銳的心靈感受周遭世界，並記錄其心境，其作用是「吟詠情性」。白氏閒適詩拓展了家庭生活和人際情感的題材，不僅是人我溝通的媒介，尤

〔註1〕依據謝思煒：白氏文集內詩歌卷共計 2804 首，散文卷可歸入詩歌的（如〈不能忘情吟〉等）共 11 首，集外補遺（含不確定是否為白居易所創作的），完整的詩歌共有 147 首，此外尚有零星的單句，不列入統計。見謝思煒校注：《白居易詩集校注》，頁 2831～2853，頁 2855～2930。

其以閒適對話、閒適抒情的方式表達，更將彼此的情感內容、生活意象等作為創作的主題，使他在生活中探尋人生哲理，使詩歌題材朝世俗化、生活化的方向發展。白氏閒適詩幾乎成為士大夫的生活迷津指導，也引起後代無數詩人們的共鳴。本論文以《白居易詩歌閒適意象之研究》為題，旨在從閒適意象的角度，來揭示白居易詩歌「閒適」的性質與功能，並就其創作的實踐與進程，來體認古典詩歌意象的演化軌跡及其經驗成果。

總結本論文研究的結果，旨在說明詩歌閒適意象藝術性，起源於白居易的生命體驗，這種對生命的體驗與情意抒發而為詩，便有了詩歌閒適意象的延展。無論是理論或實踐，前賢對白氏詩歌研究均累積諸多的文化資產，當然由白氏內在的生命轉型為外在的詩歌作品，還須要有一個逐步演化的過程。對於白氏詩歌演化軌跡及其經驗成果，其閒適詩之創作因應時代潮流，透過白氏的生命理念與藝術性實踐，及其詩歌的功能與多樣化的意象藝術性，期許提出具體的看法與見解。古人論詩，有「情志為本」之說〔註2〕，「情志」是在人的生命活動中形成，作為特定的情感體驗與意向懷抱，其固然離不開客觀世界的影響與形成作用，而亦根基於主體自身的生命理念，這與詩人長期在生活實踐中養成的人生態度息息相關。詩學以「情志」為詩性生命的根本，同時主張「因物興感」為詩性生命的發動，再通過「立象盡意」讓詩生命得到「物化」形態的顯現，更由「境生象外」以開啟詩生命經自我超越後所趨向的深層境界。

本論文研究的結論是透過詩歌閒適意象所遵循的基本思路，及立足於白居易對生命的體驗，追溯閒適意象肇端於白氏意象思維活動，藉由意象思維的更新，進以觀照意象結構和意象語言，實質上乃是以

〔註2〕見晉．摯虞《文章流別論》所云：「詩雖以情志為本，而以成聲為節」（中華書局影印本《全晉文》，卷七七）。又《文心雕龍．附會》有：「夫才量學文，宜正體制，必以情志為神明，事義為骨髓，辭采為肌膚，宮商為聲氣」之說。（見范文瀾《文心雕龍注》，卷九，人民文學出版社，一九五八年版。）

白氏的生命體驗來論詩歌的具體應用。分別以白居易詩歌閒適模式、白居易詩歌閒適意象特徵、以及研究發現與未來展望等三節論述：

第一節　白居易詩歌閒適之模式

白居易詩歌主要是以藝術、以美學之思維，創作「閒適詩」，使得其詩中所描寫的「閒事」，亦顯「閒適」的高雅與風流，更是白氏「詩人之意識」自覺性的提升，這也成為主要特點與其中國詩學史上的意義。

「模式」（Form）意指某一種類之事物，所共具普遍的存在經驗形式。它是諸多個別事物之共相，也就是諸多個別事物，以其共同特徵所構成的普遍性存在經驗形式。「心靈」一詞，往往只作為一般詞，泛指一切情感、意志及觀念的心理活動，而無特定理論之概念內容，例如《隋書，經籍志》云：「詩者所以到達心靈，歌詠情志者也。」〔註3〕佛經中的「心靈」也是指一般涵義之雜語，統括諸識而言，因「心」之作用靈妙，故稱為「心靈」。〔註4〕本文所謂「心靈」不做為一種特殊理論之術語，而視作一般詞語，將它的基本概念規定為靈性或精神之心理活動，而不指涉生理感官的知覺活動〔註5〕，因此，我們所謂「心靈」，乃指主體涉入價值性的文化社會存在情境中，所衍生的情感、意志、觀念等精神的心理活動。

綜言之，本文所謂的「心靈模式」，乃指諸多個別主體涉入同一種價值性的文化情境中，從而衍生出情感、意志、觀念等精神上的心理活

〔註3〕《隋書》：臺北：藝文印書館，二十五史影印清乾隆武英殿刊本，卷三十二，頁474。

〔註4〕參見丁福保主編：《佛學大辭典》，臺北：台灣印經處，1974年，上冊，頁711。至於西方哲學中，「心靈」一詞，希臘文Psyche，德文Seele，或英文Soul，其作為哲學之術語，則涵義隨各種學派理論而作不同之界定。參見德國布魯格（Brugger）編著，項退結編譯：《西洋哲學辭典》，臺北：先知出版社，1976年，頁385～387。

〔註5〕所謂生理性感覺官能的知覺活動，指眼、耳、鼻、舌、身等感官作用於物質對象，而產生顏色、形狀、聲響、味道、質地等知覺經驗。

動。凡此精神上之心理活動，皆表現出共同特徵，而構成普遍性之存在經驗形式。人的生命都是文化性的存在、社會性的存在，也就是都存在於某一具「價值觀念體系」的文化傳統及社會區域的情境中，故謂之「價值性的文化社會存在」。

江州之後，白居易逐漸產生「詩言志」詩人之主體概念，因此白氏於江州時，開始關注自身周遭事物。詩歌的內容藉著描寫日常生活瑣事，詩歌的敘事視角亦由社會轉移到白氏內心情致的抒發，亦即由外觀而內省的心靈模式。本文所要論述之價值文化社會存在經驗現象，指的是「士不遇」，即「士」這一階層之人物，在當代政治教化活動中，所遭受不合理待遇之存在經驗現象。我們把這一文化社會存在經驗現象〔註6〕，框限的時間在唐代，主體人物則為士階層的「文人」，或稱為「文士」。「文人」、「文士」即是指以文學為能事之人士，文學除了狹義的文章創作之外，也包含一切文化社會實踐及知識活動。顏崑陽《詮釋的多項視域——中國古典美學與文學批評系論》：

> 漢代之後，這一心靈模式既有同質性的延展，也有「異質性的轉變」。〔註7〕所謂「同質性的延展」，是指在政局中士人出處進退一元化與被決性的痛苦；以及在權力位階的官僚體系中，士人一方面以道義期許於國君而體現忠君的精神，一

〔註6〕文章寫作之能事，描述了這一類頗為普遍性的文化社會存在經驗現象，這一「士不遇」文化社會存在經驗現象，雖然已屢見於先秦時代，但是到了兩漢，才被作為文章創作而反覆出現的主題，逐漸形塑成固定的「心靈模式」。兩漢之後，士人們這一文化社會存在經驗現象，當然還是不斷在發生，而文學創作上也同樣常以此為主題，但大致上仍是漢代文人所形成的此一心靈模式的延續發展。因此，討論中國古代文人「悲士不遇」這一心靈模式，應以漢代為中心，再向上追溯其源流，向下觀察其演變。顏崑陽：《詮釋的多項視域——中國古典美學與文學批評系論》，台灣學生書局，2016年3月初版，頁161～162。

〔註7〕所謂「異質性的轉變」，是指隋唐以後，逐漸出現另一種很個人性的不遇經驗模式，其不遇的主因並非邪佞害正，而是個人未能通過客觀科舉制度的考驗。因此，阻礙文人自我實現的主要因素，已經由主觀人性轉為客觀制度。

> 方面卻又在威權的強制之下，被要求絕對忠實地服從國君，以及在同僚的關係中，受到背理傷德的讒害。凡此心靈經驗，皆與漢代文人作同一模式的呈現。〔註 8〕

文人的悲怨來自普遍價值、理想願景、自我實現的失落，順勢而來，轉為個人現實功名利祿的挫敗，也就是從充滿政教理想色彩的「悲世之怨」，轉變為充滿功名欲望色彩的「悲己之怨」。唐代科舉屢試名落孫山的文人們，於詩文中抒發「不遇」情境，基本上就是透過轉變的心靈模式，以及由內而外的心靈模式。這一轉變，宋玉已啟其端，東方朔、揚雄又揚其緒〔註 9〕，這一心靈模式的普遍發展則在隋唐之後。最主要原因：

> 一是隋唐之後，科舉制度日趨嚴密，使得文人實現自我的障礙，由人與人的相對，轉為人與制度的相對。二是東漢魏晉以來，士人的個體自覺已形成文化上的新思潮。所謂「個體自覺」者，即自覺為具有獨立精神之個體，而不與其他個體相同，並處處表現其一己獨特之所在，以期為人認識之義。〔註 10〕

由此，士人也就自覺地關懷到個人才性價值的體現，而才性價值的體現，若上通於平治天下的政教意圖，則與普遍價值理想並不違背；但是，若下墮於個人功名利祿的追求，則喪失其理想而俗化為功利價值。顏崑陽《詮釋的多項視域——中國古典美學與文學批評系論》：「隋唐以來，科舉制度的日趨嚴密，以及東漢魏晉以來，士之個體意識覺醒，遂使這一心靈模式中的情感特質，由政教理想失落所生的『悲世之怨』，

〔註 8〕顏崑陽：《詮釋的多項視域——中國古典美學與文學批評系論》，臺北：台灣學生書局，2016 年 3 月初版，頁 181。

〔註 9〕宋玉〈九辯〉已啟文人窮愁之端，而東方朔在〈答客難〉、揚雄在〈解嘲〉中，皆表現個人才性不得用於當世之牢騷。故劉熙載《昨非集》卷二〈讀楚辭〉云：「若悲己則宋玉以下至魏晉人為甚矣」。

〔註 10〕參見余英時：《中國知識階層史論》之〈士之個體自覺〉，臺北：聯經出版，2019 年 3 月，頁 231。

轉而為個人功名挫敗所生的『悲己之怨』。相對於漢代而言，這可以說是悲士不遇心靈的窄化、俗化，甚至空洞化。」〔註 11〕白居易生命的處境生起無數的煩惱、憂苦，大部分來自心靈的模式，若透過心靈模式的轉變，氛圍與習氣產生了變化，信念與價值自然有了不同。

對於白居易來說，被貶謫江州司馬是一個人生轉捩點。在此之前，他熱衷朝政，體現士大夫的擔當；在此之後，他把更多的時間與心思都投注在詩文創作中。「詩歌」為白居易贏得當世的聲譽，也奠定身後名，換言之，白氏個人的生命意義，因其文學資產與文化經典，顯其不朽的人生價值。

第二節　白居易詩歌閒適意象之特徵

本論文以《白居易詩歌閒適意象之研究》，經由詩歌文本的分析、詩意的詮釋，將白居易詩歌擴大閒適的意趣，以白氏詩之閒適為題，旨在通過他蒔花種樹、除草曬茶、釣魚下棋、音樂舞蹈、茶道品茗、羽觴飲酒，乃至打拳養生、園林造景等，展現日常生活的雅趣。白氏專心致力於詩歌創作，詩人身份形象表徵逐漸明顯，詩歌大量描寫自身的興趣，並以學識培養興趣，花了許多工夫經營，公餘之際、閒適之時養成的活動習慣。

詩歌「閒適意象」是一種社會文化行為，白居易文字以詩歌的形式，其內容具有生活的意識，貼近心靈的意識，於是感發而為詩的意義，呈現「詩性心靈」的特徵。白氏「詩性心靈」貼近生活，並以對話、抒情的閒適方式，表達詩歌閒適意象特徵。顏崑陽《反思批判與轉向——中國古典文學研究之路》：

> 什麼是「生活詩人」？從字面意義來說，就是「能將生活過得像詩一樣的人」。所謂「紙上詩人」，就是能拼湊文字，以

〔註 11〕顏崑陽：《詮釋的多項視域——中國古典美學與文學批評系論》，臺北：台灣學生書局，2016 年 3 月初版，頁 182。

符合某種詩的語言形式而自以為會寫詩的人。當然「紙上詩人」與「生活詩人」並非截然為二而可兼融為一；生活裡有詩、心靈裡有詩，而又能將這些詩意表現於文字，如此，則既是「生活詩人」又是「紙上詩人」。這樣的詩，從生活來，從心靈來，是「真詩」，而這種人也就是「真詩人」。例如唐代的李白、杜甫等，現代的鄭愁予、余光中、洛夫等都是真詩人，……詩不只是語言形式構造，因此究竟是「真詩」或是「假詩」，關鍵就在於有沒有「詩性心靈」。〔註12〕

顏崑陽提到「詩性心靈」，說明不管是否寫詩，都可以成為「生活詩人」，只要我們愛讀詩，經常讀詩，將生活過得很有詩意，但要如何以「詩性心靈」使讀詩有感受或寫詩有意境，務必掌握存在感受、鑑賞之情、同情心靈、想像能力四種特徵。白居易及第前後的心理轉折，不僅是詩歌的意象藝術性，其春風得意形象呼之欲出，詩歌創作出自於不負家族的期望，透過白氏與某種特定對象雙向表意的媒介形式，有了知足的味道，構成詩歌「閒適意象」創作的一種社會文化行為。本論文以對話式、抒情式敘述其閒適意象創作特徵：

一、對話式

詩歌的對話式，指的是詩人在交往詩中，將詩歌視為人我互動、溝通的媒介，有自覺地將彼此的情感意志、生活內容作為創作的主題。此一特徵在白居易詩歌中具有特別的主題意識，透過與王質夫對話錄，或與元稹的政治對話，還是與劉禹錫刻劃老年時期的詩歌，或深或淺的情感交流，均表現出「詩性心靈」的特徵。

透過王質夫讓白居易下定決心創作〈長恨歌〉這件事，是白氏遇見懂得他的人，他們相識不滿一年便互道別離，即使短暫緣份，詩歌情長意動。懂你傷心、喜悅就傾聽或說故事給你聽，懂你需要向前就引路

〔註12〕顏崑陽：《反思批判與轉向——中國古典文學研究之路》，臺北：允晨文化實業股份有限公司，2016年4月初版，頁328。

伴你前行或鼓舞士氣，懂你獨行夜黑，需要有人相伴或指盞明燈。「生物之以息相吹」，萬生萬物間彼此交互影響，情感關係中的彼此是相互扶持，還是相刃刀靡、相累相傷？有緣相逢的朋友，交織成所謂「意義關係網中」，是否都曾經盼望能因為這段緣遇，使自我生命更加充實、美好，可是不知不覺間，隨著時間流逝，彼此情誼相互消磨殆盡。白居易寫給王質夫的詩闡述友情可貴，貴在真誠，難在分寸。分寸之難，難在尊重，尊對方之所重，既往之情寄託詩歌如數家珍。他寫給王質夫的詩，不妨視為自我與贈詩對象的對話錄，或寫給其他人的詩歌，透過聚會酣飲，亦莊亦諧，各呈已貌。

元稹、白居易友誼的開始是在這個階段（803～809），也是兩個人詩歌交往的起步階段。「自我從宦遊，七年在長安」，白氏貞元十五年冬至長安應進士試，至元和元年適為七年。宦遊對於白居易而言，並非吏隱，長期宦遊不遂，心事好幽偏。白氏在長安，與元稹情誼深厚，久要不忘平生之言，透過：「豈無山上苗，徑寸無歲寒」，藉著松樹與一般苗類是無法比擬的，歲寒便隱喻松柏之後凋。白居易寫給元稹的詩，大都是對元稹的思念和同情，以及替元稹抱屈。沒有人能像他們懂得理解彼此，相互思念、掛懷，希望能獲得身心靈的自由。劉禹錫對於白居易寄情詩酒與閒適風情的理解，二人詩歌往來贈寄，開始關切彼此的個人情感與生活經驗，如對其晚年得子未達三歲即卒的安慰；白居易則對劉禹錫仕途中的蹭蹬乖蹇，寄予同情。他們參與彼此的生命困境，給予慰藉；唱酬寄贈的往來頻繁，不僅是一種創作行為，期間所具的精神活動也有特別的意義。正因為這樣情感的互相切磋，友誼逐漸升溫，他們相約退居洛陽。往後的日常，二人除了以詩歌交流內心的思想，還常作書信傳遞思念，更有戲謔娛樂的功能性。鍾曉峰《詩意的對話與影響——元和詩人交往詩論》，提到元白、白居易與劉禹錫的往來詩論：

> 從白居易生平最重要的兩位詩友元稹、劉禹錫看來，其交往均超過二十年的時間。對象的設定，也意味著詩歌內涵的自動分類，諸如白居易與元稹的政治對話，與劉禹錫的老年對

> 話等。由此引申出對話主題的一貫性與系統性，如元稹與白居易的政治對話，從諷諭詩作的自覺創作，到政治心態的修正，莫不是兩方心靈的參與和對談。在對話的過程中，不僅相互影響，也彼此啟發……。如果說，元白政治性的對話是確認彼此交情的保證，那麼，劉禹錫的詩歌對話，則是政治場域的詩性存有。面對不同的政治情境與人物，劉禹錫有著不同的詩歌情感與言語表現，這種對話性成為晚年劉禹錫詩歌最顯著的創作特質。〔註13〕

以元和詩人表現得最為突出，在於是否具足「詩性心靈」的特徵。語言文字的符碼為詩歌，詩歌即具有溝通的功能，詩歌交往對象的設定，因贈答之對象不同，作表意傳情所呈現的詩風相異。白居易前期詩歌交往的對象是元稹，後期交往的對象是劉禹錫。對象的不同，應釐清交往期間的時間差，演繹著交往程度情感的濃烈與淡薄。通過詩歌敘事、感興，表現出他們與白居易詩歌酬唱往來，幾經宦途波折，世路坎坷之後的心靈對談，詩歌涵蓋著意蘊深厚的人生況味。

二、抒情式

本論文以白居易詩歌閒適意象為題，旨在通過蒔花種樹、音樂舞蹈、茶道品茗、羽觴飲酒，乃至打拳養生、園林造景等，展現日常生活的雅趣。從大曆詩人到元和詩人，交往詩的寫作內涵，或是白氏與朋友唱和間主體之情感，或是白氏獨特的生活面貌。詩人之間的集會，所留下的唱和集是盛會之記載，非詩人主體的獨特面貌與精神，賦予唱和集傳遞個人委婉情意，承載獨特的精神面貌，以抒情詩為主流的詩史傳統中，傳遞個人生活情志為詩歌抒情式的生活寫照。

世道多艱難，情感多生變，生活中如此世態一旦進入詩歌，白居易以轉折為之含蓄，以委婉為之委屈，通過詩歌的反射，人生變得充滿

〔註13〕鍾曉峰：《詩意的對話與影響——元和詩人交往詩論》，臺北：秀威科技股份有限公司，2017年9月出版，頁325～326。

詩情歌韻，情韻生致。閒適，以自我為出發，能在無奇的事物中，在自然的理則裡找到物趣。閒適，若從休閒的角度來看，對身心所帶來的正面效果相當多，並能調節負面壓力產生正向的調適結果，來維持身心健康，更進一步指出人們為因應日常生活的各種壓力，產生休閒調適和認知，藉由參與休閒作為改善壓力，產生休閒和身心健康的方式。閒居泰適的抒情式展開，接著浪遊四方的美學觀建立，以婉轉而達，曲筆傳情，隱而不宜，盡在不言中鋪陳蒔花養卉的生活美學，培養愉悅逸樂與自得雅趣的提升，正是「達意」的這種朦朧，乃至分歧美感，經營浪遊閒適的生活美學，並透過琴音舞藝與聽樂觀舞，構成了審美與自足的愜意生活，創作了詩文中特有的藝術風格，分歧美感終究殊途同歸。白居易詩歌有世俗與審美的閱讀感受外，還具有體察萬物，託喻心靈的創作，由此可見白氏詩歌閒適意象思維的轉折。吳航斌《司空圖二十四詩品解析》：

> 孔子曰「情欲信，詞欲巧」，古人云「人貴直，文貴曲」。詩藝之婉轉，司空圖用「委曲」一品特地標出。委曲，原指曲調之委婉、道路之蜿蜒或河流之曲折，比如行路之「委曲穿深竹，潺湲過遠灘」。交際之「委曲周旋儀，姿態愁我腸」，曲調之「欲說昭君斂翠蛾，清聲委曲怨於歌」，陳情之「為君委屈言，願君再三聽」，現實生活常見的相逢相別場景，在錢鍾書筆下將人情心裡寫得曲致動人：「匆匆得晤先憂別，汲汲為歡轉賺愁」，可見詩人「體物察情，巧吐心曲」的功底。〔註14〕

閒適，帶有一種憂患的苦寂，清冷的澀味，白居易或身處亂世的年頭或避居山林，看似平淡灑脫的外衣裡，盡是旁人無法理解的苦悶。其實他並未完全消除傷時憂國之心，只是帶著幾分對民族、歷史和自我宿命的感傷，在寂寞的不寂寞氛圍裡，苦中作樂罷了。白氏表達其情

〔註14〕吳航斌：《司空圖二十四詩品解析》，臺北：致知學術出版社，2016年4月初版一刷，頁243。

感，用筆平淡，使人反覆讀之，咀嚼再三，方能領悟俯仰用筆之妙，字裡看似淺白，行間卻有情韻節奏。賈島〈渡桑乾〉詩云：「客舍并州數十霜，歸心日夜憶咸陽。無端更渡桑乾水，卻望并州是故鄉。」〔註15〕白氏表達思鄉之情，語多平淡，餘味有之。

白居易公餘自適的生活，透過花木詩中的自然意象，與園林書寫的閒居詩境，或是茶詩裡的閒適逸趣文化，展現文人間情感交流的清雅逸趣、審美態度，呈現唐代茶文化「茶宴」風尚與茶藝文化。這都是詩歌託喻之情，含蓄之悠然，委曲之幽美。詩文非公文，不可過於坦率明瞭。白氏詩歌用語看似耿直，情感彷彿直白，殊不知詩歌情致之奧妙，在於閱讀者吟詠之際，融入當下描繪的情境，輾轉思之或超然物外。吳航斌《司空圖二十四詩品解析》：

> 袁枚主張「做人貴直，而作詩文貴曲」意謂詩文應當有「委曲」之妙，藝術所以為藝術，自然是本乎自然提煉自然，人而入世太深，是無法領略「曲徑通幽處，禪房花木深」那種幽雅淡味的。《隨園詩話》舉王仔園〈訪友〉詩為例：「亂烏棲定夜三更，樓上銀燈一點明。記得到門還不扣，花陰悄聽讀書聲。」袁枚點評「到門不扣」為意境委曲。詩人若是郵差送信一般到門便扣，那麼有效率而乏意蘊，也就不成詩了。〔註16〕

「委曲」詩風來自於詩人的觀察無處不到，無微不入，在此基礎上，詩歌之筆法與思維轉折，常有變化。適當的休閒活動生活，或能舒解壓力，或能讓人在短暫的壓力中解脫，也可以將「彼登太行，翠繞羊腸」比喻為文章的架構，「彼登太行」是終極目的地，達到閒適之幽情，而「翠繞羊腸」是途徑與方法，透過意象的美感經驗與白居易詩歌閒適創作之思維轉折，逐漸柳暗花明，沿途「杳靄流玉，悠悠花香」雲霧縹

〔註15〕宋·潘永因《萬首唐人絕句》卷二十四，上海：上海科學文獻出版社，2019年1月。

〔註16〕吳航斌：《司空圖二十四詩品解析》，臺北：致知學術出版社，2016年4月初版一刷，頁244～245。

緲，幽深渺茫之境，終見水流花開，花香襲人的自然意象。詩歌詩境之細節、詩之委曲，在於表達的婉轉與細節的精細，白氏筆下理當有別開生面、別樣風光的體察萬物。這是一種優雅、儒雅的閒適，透過詩人成熟、鎮靜客觀之眼來觀察生活裡的尋常，與喜怒哀樂的人事物百態，或許苦澀、清冷、寂寞自然轉化為溫暖，白氏從中獲得形象的文學藝術性，沒有形象就沒有文學藝術性，形象是藝術的主要特徵之一，字裡行間煥發出理性的光采。

第三節　研究發現與未來展望

中國古典文學作品中，古典詩的閒適意象有兩個來源：一是陶淵明，以田園自然作為主要的審美對象；二是謝靈運，以山水自然作為主要的審美對象。本論文以白居易詩歌閒適意象為主題，從事審美的意象研究，關注白居易詩歌閒適意象中的物象內容，歷時性的詩歌意象內涵，衍生了對理想的追求與閒適生活品質的重視。

一、研究發現

白氏詩集中標明為「閒適詩」有 216 首，寶曆元年（825）後，其有創作閒適詩，卻沒有明確標示為「閒適詩」。從其詩歌創作歷程發現白居易律詩、感傷詩、雜律詩等亦具有閒適意境。本論文就「閒適詩」文學作品的建構應超過 216 首，提出三點說明：一、詩歌以「意」為白氏的情意體驗，詩作中呈現胸懷坦達，不慕名利，是白氏知命的情性表現，今與當時編輯「閒適」作品的標準因時代而有所不同。二、詩歌以「意」為白氏個人情意體驗，滲入所構築的詩境之中，整個詩境呈現意與象會、意與境會，閒適意象的範圍更為擴大。三、詩歌閒適意象為白氏文學創作理念，以「屬對排偶」、「意象」、「比興」來說明白氏詩歌閒適意象創作內容的多元。

本論文透過白居易詩歌中敘事、感傷、閒適等體裁，鋪陳其詩之豐富，論述其特色，並以閒適意象為旨歸。白詩中有「蘇州及彭澤，與我不同時」、「謝公才廓落，與世不相遇」，白氏將陶淵明、謝靈運、韋應物視為文學、文化偶像，敘述其為詩歌閒適意象的來源。本論文以白居易詩歌閒適意象為主題，敘事、鋪陳為豐富多彩的詩歌，詮釋白詩「閒適意象」，形成獨特的文化意義。從「閒適意象」主題與詩歌作品內容分類，本論文各自整理成章，分別在第一章至第六章論述，第七章結論為本論文研究之成果、研究發現與未來展望。

第一章緒論。說明本論文的研究動機與目的，概括說明學者相關著作、論文之文獻探討。啟發本論文的寫作動機，透過前賢之論著，義界閒適意象的定義，並彰顯詩歌閒適的數量在白居易詩集中，大約占有三分之一之詩作。

第二章論述白居易詩歌閒適文化。本論文以白居易詩歌閒適文化為研究對象，原因有二：一是儒道佛思想深滲白居易生命底蘊，其詩歌與豐富的唐代文化融合。二是白詩詩歌語言形式特色，如何以「寄託式譬喻」見其情志，來探究詩歌文化，涵蓋詩人的生活態度、價值觀、信仰、藝術、感知模式等思維活動。以白居易詩歌閒適之社會文化行為義界，將閒適意象定位在社會文化行為，透過託喻、興寄、詠懷論析白氏詩歌閒適意象之主題。

第三章論述白居易詩歌閒適創作之淵源。白居易詩歌閒適之綴慮裁篇是指寫作的構思謀篇，在構思謀篇之前，作家便須要培養氣勢，辭句才能有骨力而內容充實，作品方能有新穎的見解。本章論述白氏將陶淵明、韋應物視為文學、文化偶像，藉由敘事的詩歌內涵，詮釋著白詩閒適意象與其淵源，形成獨特的社會文化意義。

第四章論述白居易詩歌閒適創作之關係。白居易一向喜歡閱讀老莊，老莊思想能使他拋開塵俗雜事。白氏常與道士往來論道，道士的仙風道骨使他有出塵之思。白氏與王質夫、元稹往來論詩，相濡以沫，情誼高厚。白居易貞元永貞元年（805）大約三十四歲進入仕途，即有感於人生的短促，富貴無法強求；對於貧賤生活，則正面看待，詩歌閒適中帶有忘我自足，淡泊名利的思想。

第五章論述白居易詩歌閒適意象之思維。白氏對於閒適詩的闡釋，在元和十年（815）提出了理論根據，基本上都跟官職的身份有關，展現任官閒適的樂趣。綜觀發現：白居易「閒適詩」類的範圍，分為「官職」類與「閒適」類，閒適詩的創作並不全在任官職之際，卸下官職身份的創作也有不少閒適作品。本論文透過詩歌閒適意象之思維，論述飲酒茶事之風雅，蒔花園林之逸趣，還有琴舞音藝之曼妙，敘其風情。

第六章論述白居易詩歌閒適之轉進。白居易回到洛陽，履道里舊居之後回歸本性，他很清楚自己暫棲閒適境地，生活卻有個嶄新的開始。白氏早年憂國憂民的熱忱抱負，在舉世皆濁的世道中，遭受了貶黜，白氏找到了中隱的生活：雖無身居朝廷要職，但免於身居荒山野嶺的饑寒，亦官亦隱，擁有令人尊敬的社會地位和自由自在的生活，代價就是放棄顯赫的實際權力。最終白氏的人生追求是一種知足、保和與澹泊的生活。

第七章結論。為本論文研究之成果、研究發現與未來展望。旨在說明白居易詩歌閒適意象起源於白氏的生命體驗，這種情意體驗發而為詩歌，便有了詩歌閒適意象之生發。無論是理論或實踐，前賢對白氏詩歌研究均累積諸多的文化資產，當然由白氏內在的生命轉型為外在的詩歌作品，有一個逐步演化的過程，這個過程就是其生活歷練，其對生活的體驗與理解。對於白氏詩歌演化軌跡及其經驗成果，其閒適詩之創作內容，因應時代潮流微調而成為一種創新，透過白氏的生命理念與生活實踐，及其詩歌的功能與多樣化的閒適意象，筆者發現白氏詩歌閒適是一種文青式的生活方式，推陳出新的具體看法與見解，而不落窠臼，獨創風格。

白居易（772～846）被推崇為中唐大詩人，其在古典詩歌和古文的成就與貢獻為眾所推許，已受肯定，但對於其詩歌「閒適」作品，現代學者較少有專題研究。筆者考察 2010 年毛妍君所撰博士論文《白居易閒適詩研究》，與 2004 年蔡叔珍所撰碩士論文《白居易「閒適」詩研究——以「情性」為考察基點》，此以「閒適」為名的作品，與本論文《白居易詩歌閒適意象之研究》作一比較，如表所示如下：

論文名稱 主題	白居易閒適詩研究	白居易「閒適」詩研究——以「情性」為考察基點	白居易詩歌閒適意象之研究
一、義界	閒適詩概念之界定	閒適意識的形成與閒適詩類溯源	白居易詩歌閒適之社會文化
二、淵源考察	閒適詩的歷史淵源	白居易閒適詩的提出與作品的呈現（一）「前集閒適詩的考察」	白居易詩歌閒適創作之淵源
三、淵源界定關係	白居易閒適詩的思想淵源	白居易閒適詩的提出與作品的呈現（二）「後集閒適詩的界定」	白居易詩歌閒適創作之關係
四、內容建構思維	白居易閒適詩的內容	白居易閒適詩的自我建構策略及意義	白居易詩歌閒適意象之思維
五、特色品味轉進	白居易閒適詩的藝術特色	白居易閒適詩中開展的獨特文人品味	白居易詩歌閒適之轉進
六、影響（一）	白居易閒適詩對後代文人的影響		
七、影響（二）	白居易閒適詩在海外的影響		
八、價值	白居易閒適詩的現代價值		

首先對於閒適主題意義的界定：毛妍君是以閒適詩概念之界定，蔡叔珍是以閒適意識的形成與閒適詩類溯源。本論文則是以白居易詩歌閒適之社會文化義界，將閒適意象定位為一種社會文化行為，透過託喻、興寄、詠懷論析白氏詩歌閒適意象之主題。

第二點、第三點是淵源的論述與創作關係，毛妍君以回歸本性、亦官亦隱、暫棲閒境、隱身郡齋等主題的歷史淵源，並以儒釋道對白居易閒適詩影響的思想淵源。蔡叔珍以白居易閒適詩的提出與作品的呈現「前集閒適詩的考察」與白居易閒適詩的提出與作品的呈現「後集閒適詩的界定」做為討論，本論文以陶、韋前賢，談白居易詩歌閒適受其影響與創作之起源，以《莊子》、《詩經》之經典，並提詩寫王質夫、元稹之意象，論析白居易詩歌閒適創作之關係。

第四點毛妍君針對白居易閒適詩的內容進行析論，以創作經歷與思想動機，還有意象選擇與主要內容為題，蔡叔珍則以白居易閒適詩的自我建構策略及意義為要點，透過自我審察與描寫，開啟白居易自我的定位。本論文透過白居易詩歌閒適意象之思維，討論閒適詩作品的意象與審美特色。

第五點毛妍君論述白居易閒適詩的藝術特色包含題材特色、遣詞用句，修辭藝術。蔡叔珍論述白居易閒適詩中開展閒靜、閒賞、飲酒審美意趣的獨特文人品味，本論文以白居易詩歌閒適之轉進，談詩興於嗟嘆之外，超越形式的美學觀，詩寫劉禹錫之意象，與白氏知足、保和與澹泊的人生追求。

第六點、第七點、第八點毛妍君論述白居易閒適詩對後代文人的影響，白居易閒適詩對海外的影響，白居易閒適詩的現代價值。

毛妍君所撰博士論文《白居易閒適詩研究》，與蔡叔珍所撰碩士論文《白居易「閒適」詩研究——以「情性」為考察基點》，與本論文《白居易詩歌閒適意象之研究》三者論述白居易詩歌閒適之論點各異其趣，追求「知足保和，吟翫情性」之閒適詩意旨，可謂殊途同歸。

二、未來展望

元和十年（815）以後，白居易的諷諭詩創作逐漸變少，其諷諭詩代表著白居易人生中某一時期的詩歌表現，而閒適詩成為他將後期詩歌創作的主流，同時也成為白居易中、晚年的生活內容。然白居易詩歌閒適為當時主流的一種社會文化行為，其間與詩朋酒友會興小聚，期未來研究白居易詩歌的內容興寄言深。元和十一年（816），白氏在江州創作〈讀謝靈運詩〉中有云：「大必籠天海，細不遺草樹。豈唯玩景物，亦欲攄心素。往往即事中，未能忘興諭。因知康樂作，不獨在章句。」〔註 17〕

〔註 17〕謝思煒校注：《白居易詩集校注》，頁 603。

山水逸韻的詩篇，讓壯志豪情的白氏擁有更多的奇趣。

本論文研究白居易詩歌閒適意象，表現在詩歌上，除了文學理念、文學思想外，他晚年大量於詩中描寫自身的興趣與嗜好，這些興趣他下了非常深的工夫進行研究，以學識培養興趣，如飲酒下棋、喝茶品茶、音樂舞蹈、豢養禽類，乃至打拳養生、園林造景、栽種茶園、曬茶等展現其雅趣。簡要之，白居易中、晚年主要是以藝術、以美學之思維創作詩歌，使得其詩歌所描寫的「閒事」，彰顯詩歌閒適之高雅與風流，這也是其詩歌閒適的主要特點與白氏在中國詩學史上的成就。期許展現更多雅趣的生活內容，藉著詩歌的傳播，普羅社會大眾與莘莘學子。

白居易努力將詩歌平易化、生活化，包含更多的敘事成分，也是本論文詩歌閒適意象的文學內涵。「知足保和，吟翫情性」是閒適追求的目標，達到「知足」、「保和」與「澹泊」的人生追求，見其創作的思維轉折，以觸事興詠，以意境為軸。以期建構白氏源於情性之作的閒適文學，以敘事形式，敘其詩歌之原委、本事，即是依據故事情節或典故所呈現的文學作品。會昌二年（842）至會昌五年（845），白居易在洛陽創作〈閑居貧活〉，可以說明其敘事內容：

> 冠蓋閑居少，簞瓢陋巷深。稱家開戶牖，量力置園林。儉薄身都慣，營為力不任。飢烹一斤肉，暖臥兩重衾。樽有陶潛酒，囊無陸賈金。莫嫌貧活計，更富即勞心。〔註18〕

白居易之前的朝代已有大量閒適詩的創作，但明確標示創作閒適詩當屬白氏第一人。晚唐．司空圖在《詩品》中將「疏野」作為詩歌的一種風格劃分，認為「疏野」：

> 惟性所宅，真取不羈。控物自富，與率為期。築室松下，脫帽看詩。但知旦暮，不辨何時。倘然適意，豈必有為。若其天放，如是得之。〔註19〕

〔註18〕謝思煒校注：《白居易詩集校注》，頁2809。
〔註19〕晚唐．司空圖著，郭紹虞集解：《詩品集解》，人民文學出版社，1963年版，第28頁。

司空圖所說的疏野風格有超然世外之感受，以及適意自然的思想，是一種精神境界與生活態度。古代詩歌作品題材，大多寫隱居村野的閒適生活，寧靜優美的自然風光，白居易的閒適詩從側面真實的反映其人生態度和審美情趣，其詩〈逍遙詠〉在長慶二年（822）所創作：「亦莫戀此身，亦莫厭此身。此身何足戀，萬劫煩惱根。此身何足厭，一聚虛空塵。無戀亦無厭，始是逍遙人。」即是身影百年外，相看一聚塵。白氏以一種優美、閒靜的心態體會到《楞嚴經》卷五：「根塵同源，縛脫無二」白氏對待周圍的環境，與之取得一種融洽、協調的關係，進而得到一種心理上的放鬆與愉悅。

本論文研究將「閒適意象」定位在「詩歌閒適社會文化」實踐行為所隱含的「託喻」觀念，除了呈現詩歌種種活動經驗與反省思辨外，還有與詩歌相關的一切社會文化活動。《文心雕龍．比興》：「觀夫興之託喻，婉而成章」〔註 20〕期許未來研究白居易詩歌閒適主題能夠繼續延伸，或言景深、物象、境闊，或言人物關係、人物形象之逼真。會昌元年（841），白居易在洛陽，〈卯飲〉一詩透露何不認真飲杯的率真：「短屏風掩臥牀頭，烏帽青氈白氎裘。卯飲一杯眠一覺，世間何事不悠悠？」〔註 21〕晨起飲酒也別有一番境界，窗外天地正闊，何不忘卻身。

〔註 20〕劉勰撰，周振甫注：《文心雕龍注釋．比興》，臺北：里仁書局，1985 年，頁 569。

〔註 21〕謝思煒校注：《白居易詩集校注》，頁 2762。

參考書目

一、古籍（依作者年代排序）

1. 西漢·戴聖編著，張博編譯：《禮記》，遼寧：萬卷出版社，2019年。
2. 晉·干寶撰，陶淵明，李劍國輯校：《新輯搜神記·新輯搜神後記》，北京：中華書局，2012 年。
3. 晉·陶淵明著：《陶淵明集校箋》，上海：上海古籍出版社，2019年。
4. 魏·王弼撰：《老子注》，臺北：世界書局，1984 年。
5. 魏·王弼撰，樓宇烈校釋：《周易注：附周易略例》，北京：中華書局，2011 年。
6. 後晉·劉昫等撰：《舊唐書》，北京：中華書局出版，2012 年。
7. 南朝梁·劉勰撰，周振甫注：《文心雕龍注釋》，臺北：里仁書局，1985 年。
8. 南朝梁·鍾嶸，曹旭集注：《詩品》，上海：上海古籍出版社，2011年。
9. 北齊·顏之推著，王利器集解：《顏氏家訓集解》，臺北：明文書局，1982 年。
10. 唐·司空圖著，郭紹虞集解：《詩品集解》，北京：人民文學出版社，1963 年。

11. 唐．司空圖：清．袁枚：《詩品集解．續詩品注》，北京：人民文學出版社，1963 年。
12. 唐．白居易：《白氏長慶集》，臺北：臺灣商務印書館，1967 年。
13. 唐．范攄：《雲谿友議》收入《唐國史補八種》，臺北：世界書局，1968 年。
14. 唐．房玄齡等撰：《晉書》，北京：中華書局出版，1974 年。
15. 唐．劉禹錫：《劉禹錫集》，上海：上海人民出版社，1975 年。
16. 唐．白居易著，《白氏長慶集》，《景印摛藻堂四庫全書薈要》，集部第十七～十八冊，臺北：世界書局，1987 年唐．白居易，朱金城箋校：《白居易集箋校》，上海：上海古籍出版社，1988 年。
17. 唐．劉禹錫：《劉禹錫集》，北京：中華書局，1990 年 3 月。
18. 唐．白居易著，謝思煒校注：《白居易集綜論》，北京：中國社會科學，1997 年。
19. 唐．劉禹錫著，蔣維崧等人箋注：《劉禹錫詩集編年箋注》，濟南：山東大學出版社，1997 年。
20. 唐．元稹著，楊軍箋注：《元稹集編年箋注》，西安：三秦出版社，2002 年。
21. 唐．李吉甫撰：《元和郡縣圖志》，北京：中華書局，2007 年。
22. 唐．杜甫著，清．仇兆鰲注：《杜詩詳註》北京：中華書局，2007。
23. 唐．白居易著，謝思煒校注：《白居易詩集校注》，北京：中華書局，2009 年。
24. 唐．劉禹錫著，瞿蛻園箋證：《劉禹錫集箋證》，上海：上海古籍出版社，2009 年。
25. 唐．陸羽著，沈冬梅校注：《茶經校注》，臺北：宇河文化出版有限公司，2009 年。
26. 唐．元稹著：《元稹集校注》，上海：上海古籍出版社，2011 年。
27. 唐．李賀著，清．王琦、姚文燮、方扶南等評注：《三家評注李長吉歌詩》，上海：上海古籍出版社，2011 年。

28. 唐・韋應物著，陶敏、王友勝校：《韋應物集校注》，上海：上海古籍出版社，2011 年。

29. 唐・段成式：《酉陽雜俎》，上海：上海古籍出版社，2012 年。

30. 唐・封演撰、趙貞信校注：《封氏聞見記》，北京：中華書局，2012 年。

31. 唐・孟啟撰：《本事詩》，北京：中華書局，2014 年。

32. 唐・李商隱著，余恕誠編注：《李商隱詩》，北京：中華書局，2014 年。

33. 唐・張籍著：《張籍集繫年校注》，北京：中華書局出版，2016 年。

34. 唐・李白著，瞿蛻園、朱金城校注：《李白集校注》，上海：上海古籍出版社，2018 年。

35. 唐・白居易著，謝思煒：《白居易文集校注》，北京：中華書局，2019 年。

36. 唐・魏徵著：《隋書》點校本二十四史修訂本：北京：中華書局，2019 年。

37. 宋・胡元任：《苕溪漁隱叢話》，臺北：長安書局，1979 年。

38. 宋・羅大經：《鶴林玉露・唐宋史料筆記》，北京：中華書局，1997 年。

39. 宋・洪興祖：《楚辭補注》，臺北：國立台灣大學出版中心，2015 年。

40. 宋・朱熹著：《四書章句集注》，臺北：國立台灣大學出版中心，2016 年。

41. 宋・潘永因《萬首唐人絕句》卷二十四，上海：上海科學文獻出版社，2019 年。

42. 金・王若虛著，胡傳志、李定乾校注：《滹南遺老集校注》卷中，瀋陽：遼海出版社，2006 年。

43. 明人．江盈科《袁石公敝箧集序》，見袁宏道：《袁石公敝箧集》，明萬曆間（1573～1619）袁氏書種堂校刊本第一冊序。
44. 明．屠隆：《考槃餘事．茶錄》，藝文印書館，1965 年初版。
45. 明．徐獻忠：《吳興掌故集》臺北：成文出版社，1983 年。
46. 明．王夫之：《明詩評選》，長沙：嶽麓書社，1996 年。
47. 明．《少室山房筆叢》，上海：上海書店出版社，2009 年。
48. 明．王夫之：《薑齋詩話》，長沙：嶽麓書社，2011 年。
49. 明．陸時雍，李子廣評注：《詩鏡總論》，北京：中華書局，2014 年。
50. 清．彭定求等編校：《全唐詩》卷 386。
51. 清．黃宗羲：《明儒學案》，北京：中華書局，2008 年。
52. 清．嚴可均校輯：《全上古三代秦漢三國六朝文》，北京：中華書局，1991 年。
53. 清．郭慶藩編，王孝魚整理：《莊子集釋》，臺北：萬卷樓圖書，1993 年。
54. 清．董誥主編：《全唐文》，臺北：文友書店印行，1974 年。
55. 清．胡震亨：《全唐詩》，臺北：宏業書局，1977 年。
56. 清．劉熙載：《藝概》，北京：中華書局，1978 年。
57. 清．顧龍振編輯：《詩學指南》卷三，臺北：廣文書局，1970 年。
58. 清高宗敕編：《唐宋詩醇》卷二十五，瀋陽：春風文藝出版社，1995 年。
59. 清．李漁著：《閒情偶寄》，上海：上海古籍出版社，2000 年。
60. 清．丁如明等人校點：《唐五代筆記小說大觀》，上海：上海古籍出版社，2000 年。
61. 清．顧炎武：《日知錄》，上海：上海古籍出版社，2012 年。
62. 清．袁枚：《隨園詩話箋註》（上中下），下冊補遺卷一，蘭臺網路出版，2012 年。

63. 清．趙翼著．江守義、李成玉校注：《甌北詩話》，北京：人民文學出版社，2013 年。
64. 清．朱彬撰，饒欽農點校：《禮記訓纂》禮運第九，北京：中華書局，2013 年。
65. 清．吳敬梓：《儒林外史》，臺北：五南圖書出版，2013 年。
66. 清．朱彬撰，饒欽農點校：《禮記訓纂》，北京：中華書局，2013 年。
67. 清．納蘭性德著：《納蘭詞》，成都：天地出版社，2019 年。

二、專書（以出版年先後排序）

（一）白居易專書

1. 郭虛中：《白居易評傳》，臺北：正中書局，1936 年。
2. 陳友琴：《白居易詩評述彙編》，北京：北平科學出版社，1958 年。
3. 蕭文苑：《論白居易的詩歌理論及其創作》，北京：人民文學出版社，1959 年。
4. 陳友琴：《白居易》，臺北：中華書局，1961 年。
5. 劉維崇：《白居易評傳》，臺北：臺灣商務印書館，1973 年。
6. 劉本棟：《白居易》，臺北：林白出版社，1979 年。
7. 王拾遺編著：《白居易生活繫年》，銀川：遼寧人民出版社，1981 年。
8. 施鳩堂：《白居易研究》，臺北：天華出版社，1981 年。
9. 朱金城：《白居易年譜》，上海：上海古籍出版社，1982 年。
10. 陳香：《白居易的新樂府》，臺北：國家出版社，1982 年。
11. 楊宗瑩：《白居易研究》，臺北：文津出版社，1985 年。
12. 黃錦珠：《白居易——平易曠達的社會詩人》，臺北：幼獅文化事業公司，1988 年。
13. 廖美雲：《元白新樂府研究》，臺北：臺灣學生書局，1989 年。
14. 羅聯添：《白樂天年譜》，臺北：國立編譯館，1989 年。

15. 朱金城《白居易研究》，臺北：文史哲出版社，1992 年。
16. 陳友琴：《白居易》，臺北：萬卷樓出版公司，1992 年。
17. 謝思煒：《白居易集綜論》，北京：中國社會科學出版社，1997 年。
18. 葛培嶺：《白居易》，臺北：知書房出版社，2001 年。
19. 蹇長春：《白居易評傳》，南京：南京大學出版社，2002 年。
20. 陳友琴編：《白居易資料彙編》，北京：中華書局，2005 年。
21. 日人．靜永健著，劉維治譯：《白居易寫諷諭詩的前前後後》，北京：中華書局，2007 年。
22. 肖韋韜：《白居易生存哲學研究》，南京：南京大學出版社，2009 年。
23. 莫礪鋒：《評說白居易》合肥：安徽文藝出版社，2010 年。
24. 陳寅恪：《元白詩箋證稿》，臺北：世界書局，2010 年。
25. 毛妍君：《白居易閒適詩研究》，北京：中國社會科學出版社，2010 年。

（二）文學專書

1. 顧頡剛，《古史辨》，台北：明倫出版社，1970 年。
2. 計有功：《唐詩紀事》，北京：中華書局，1970 年。
3. 方瑜：《唐詩形成的研究》，臺北：牧童出版社，1972 年。
4. 梁啟超：《要籍解題及其讀法》，臺北：華正書局，1974 年。
5. 朱東潤：《中國批評史大綱》，臺北：開明書局，1975 年。
6. 羅根澤：《中國文學批評史》，臺北：學海書局，1976 年。
7. 德國布魯格（Brugger）編著，項退結編譯：《西洋哲學辭典》，臺北：先知出版社，1976 年。
8. 劉維崇：《元稹評傳》，臺北：黎明文化事業公司，1977 年。
9. 郭紹虞：《中國文學批評史》，臺北：文史哲出版社，1979 年。
10. 中國文學史編寫組：《中國文學史》，人民出版社，1979 年版。
11. 劉大杰：《中國文學史》，臺北：華正書局，1979 年。

12. 中國文學史編寫組：《中國文學史》，人民出版社，1979 年版。
13. 楊伯峻：《論語譯注》，北京：中華書局，1980 年。
14. 郭紹虞：《宋詩話輯佚》卷下〈蔡寬夫詩話〉，中華書局，1980 年。
15. 郭紹虞：《中國詩的神韻格調及性靈說》，臺北：河洛圖書出版社，1980 年。
16. 黃永武：《中國詩學（四冊）》，臺北：巨流圖書公司，1980～1982 年。
17. 何文煥編：《歷代詩話》，北京：中華書局，1981 年。
18. 劉麟生：《中國詩詞概論》，臺北：莊嚴出版社，1981 年。
19. 朱自清：《朱自清古典文學論文集》，台北：源流出版社，1982。
20. 黃美玲：《唐代詩評中「風格論」之研究》，臺北：文史哲出版社，1982 年。
21. 丁福保編：《歷代詩話續編》，北京：中華書局，1983 年。
22. 朱守亮著：《詩經評釋》，臺北：臺灣學生書局，1984 年。
23. 許清雲著：《皎然詩式輯校新編》，臺北：文史哲出版社，1984 年。
24. 羅宗濤：《中國詩歌研究》，臺北：中華文化復興運動推行委員會，1985 年。
25. 蕭滌非主編：《唐代文學論叢》，西安：陝西人民出版社，1986 年。
26. 袁行霈：《中國詩歌藝術研究》，北京：北京大學出版社，1987 年。
27. 張淑香：《李義山詩析論》，臺北：藝文印書館，1987 年。
28. 李元洛：《詩美學》，江蘇：江蘇文藝出版社，1987 年。
29. 林庚：《唐詩綜論》，北京：人民文學出版社，1987 年。
30. 葉慶炳：《中國文學史》，臺北：學生出版社，1987 年。
31. 日人・平野顯照：《唐代文學與佛教》，臺北：業強出版社，1987 年。
32. 美國・菲利普・巴格比（F. Bagby），《文化——歷史的投影》，台北：谷風出版社，1988 年。

33. 廖美雲：《元白新樂府研究》，臺北：臺灣學生書局，1989 年。
34. 杜若明：《詩經注釋》，北京：華夏出版社，1989 年。
35. 陳尚君輯校：《全唐詩補編》，北京：中華書局，1992 年。
36. 劉昭瑞：《中國古代飲茶藝術》，臺北：博遠出版有限公司 1992 年。
37. 吳聖昔：《劉勰文學思想建構與精髓》，臺北：貫雅事業文化有限公司，1992 年。
38. 童慶炳：《中國古代心理美學與詩學》，北京：中華書局，1992 年。
39. 韋政通著：《中國的智慧》，臺北：水牛出版社，1993 年。
40. 陳慶輝：《中國詩學．第一卷（中唐部分）》，臺北：文史哲出版社，1994 年。
41. 古遠清、孫光萱：《詩歌修辭學》，臺北：五南圖書出版公司，1997 年。
42. 童慶炳：《中國古代心理詩學與美學》，北京：中華書局，1997 年。
43. 蔡瑜：《唐詩學探索》，臺北：里仁書局，1998 年。
44. 杜松柏：《詩與詩學》，臺北：五南圖書出版公司，1998 年。
45. 杜松柏：《禪與詩》，臺北：五南圖書出版公司，1998 年。
46. 王淮注釋：《老子探義》，臺北：商務印書館，1998 年。
47. 傅璇琮主編，陶敏等著：《唐五代文學編年史．中唐卷》，瀋陽：遼海出版社，1998 年。
48. 孟二冬：《中唐詩歌之開拓與新變》，北京：北京大學出版社，1998 年。
49. 周祖譔編選：《隋唐五代文論選》，北京：北京人民文學出版社，1999 年。
50. 唐曉敏：《中唐文學思想研究》，北京：北京師範大學出版社，2000 年。
51. 喬維德、尚永亮：《唐代詩學》，長沙：湖南人民出版社，2000 年。
52. 毛文芳：《晚明閒賞美學》，臺北：學生書局，2000 年。

53. 朱自清：《詩言志辨》，臺北：漢京文化事業出版社，2001 年。
54. 陳伯海主編：《中國詩學史》，廈門：鷺江出版社，2002 年。
55. 中國唐代文學學會主編：《唐代文學研究》，桂林：廣西師範大學出版社，2002 年。
56. 潘德輿：《養一齋詩話》，《續修四庫全書》卷一，第 1706 冊，上海：上海古籍出版社，2002 年，頁 3，總頁 195。
57. 朱光潛：《詩論》，臺北：頂淵文化出版社，2004 年。
58. 陳伯海：《唐詩學史稿》，北京：河北人民出版社，2004 年。
59. 尚永亮：《貶謫文化與貶謫文學——以中唐元和五大詩人之貶即其創作為中心》，蘭州：蘭州大學出版社，2004 年。
60. 蘭喜并：《老子解讀》，北京：中華書局，2005 年。
61. 龔鵬程：《文學崇拜的社會》，北京：商務印書館，2007 年。
62. 日人．靜永健著，劉維治譯：《白居易寫諷諭詩的前前後後》，北京：中華書局，2007 年。
63. 郭紹虞：《中國文學批評史》，天津：百花文藝出版社，2008 年。
64. 明．李漁著，漢寶德譯者：《明朝的生活美學「閒情偶寄」》，臺北：網路與書出版社，2011 年。
65. 吳航斌：《司空圖二十四詩品解析》，臺北：致知學術出版社，2016 年。
66. 顏崑陽：《詮釋的多項視域——中國古典美學與文學批評系論》，臺北：學生書局，2016 年。
67. 顏崑陽：《反思批判與轉向——中國古典文學研究之路》，臺北：允晨文化實業股份有限公司，2016 年。
68. 韓良露、朱全斌著：美好生活，其實很簡單：韓良露和李漁的《閒情偶寄》，有鹿文化，2016 年。
69. 鍾曉峰：《詩意的對話與影響——元和詩人交往詩論》，臺北：秀威科技股份有限公司，2017 年。

70. 王水照主編：《王安石全集・臨川先生文集》，復旦大學出版社，2017年。
71. 周萌：《宋代僧人詩話研究：詩學、禪學、競爭交織的文學案例》，北京：北京大學出版社，2017年。
72. 李由：《唐詩選箋：中唐到晚唐》，臺北：秀威經典，2017年。
73. 黎翔鳳：《管子》，北京：中華書局，2018年。
74. 陳寅恪：《元白詩箋證稿》，北京：商務印書館，2019年。
75. 余英時：《中國知識階層史論》，臺北：聯經出版，2019年。
76.（日）埋田重夫：《白居易研究：閑適的思想》，西安市：西北大學出版社，2019年。
77. 孫昌武：《唐代文學與佛教》，北京：中華書局，2020年。
78. 蔡踐譯者：《閒情偶寄：地表最早的斜槓逛美學生活大師李漁，體現富遊窮玩的第一手休閒生活筆記》，臺北：好優文化，2020年。

三、期刊論文（以出版年先後排序）

1. 任嘉禾：〈談白居易的寫作方法〉，《文學遺產選集》第一冊，1956年。
2. 雷原：〈白居易論文學藝術的社會本質〉，《甘肅日報》，1957年6月。
3. 谷響：〈詩人白居易的佛教生活〉，《現代佛學》第九期，1958年9月。
4. 羅聯添：〈白居易年譜考辨〉，《大陸雜誌》第三十一卷，第3期，1965年8月。
5. 葉慶炳：〈武元衡之死與白居易之貶〉，《出版月刊》第25期，1967年12月。
6. 宗白華：〈中國藝術意境之誕生〉，《鵝湖》，第11期，1977年。
7. 劉翔飛：〈論唐代的隱逸風氣〉，《書目季刊》十二卷4期，1979年

3 月。

8. 梁容若：〈白居易的生平與作品〉，《文壇》第五十五卷第 3 期，1980 年。
9. 楊承祖：〈閒適詩初論〉，收入臺靜農先生八十壽慶論文集編輯委員會編撰：《臺靜農先生八十壽慶論文集》，臺北：聯經出版社，1981 年 11 月。
10. 周明：〈白居易對社會本質的探索和表現〉《文學評論叢刊》第 13 期 1982 年。
11. 張安祖：〈「兼濟」與「獨善」〉，《文學評論》第 2 期，1983 年。
12. 王水照：〈論蘇軾創作的發展階段〉，收於《社會科學戰線》第一期（文藝學），頁 259～269，1984 年。
13. 周振甫：〈什麼樣的詩算有「意境」〉，周振甫等著《詩文鑑賞方法二十講》，國文天地雜誌社，頁 1，1986 年。
14. 葛曉音：〈中唐文學的變遷〉（上）《古典文學知識》，1994 年第 4 期。
15. 葛曉音：〈中唐文學的變遷〉（下）《古典文學知識》，1994 年第 5 期。
16. 林明珠：〈試論白居易詩中的老人世界〉，花蓮：《花蓮師院學報》，卷 6，1996 年 6 月。
17. 林明珠：〈試論白居易詩中表現自我的藝術〉，《International Journal of the Humanities》第 5 期，1996 年 6 月。
18. （日）松浦友九著，李寧琪譯：〈論白居易詩中「適」的意義——以詩語史的獨立性為基礎〉，《山西師大學報》（社會科學版），1997 年第 1 期。
19. 邢東風：〈禪悟與詩悟〉，《世界宗教研究月刊》，1997 年第 2 期。
20. 謝思煒：〈禪宗的審美意義及其歷史內涵〉，《文藝研究月刊》，1997 年第 5 期。

21. 勞思光口述，王家鳳記錄：〈閒談閒適〉，《光華》卷二十三，4 期，1998 年 4 月。
22. 馬承五：〈唐詩傳播的文字形態與功能〉，《中國古代、近代文學研究月刊》，1998 年第 5 期。
23. 朱易安：〈中唐詩人的濟世精神和宗教情緒〉，《中國古代、近代文學研究月刊》，1998 年第 11 期。
24. 胡念貽：〈「詩經通論」簡評〉，見林慶彰、蔣秋華編《姚際恆研究論文集》(中)，臺北：中央研究院中國文哲研究所，1996 年，頁 382～383。
25. 史素昭：〈從閒適詩看白居易〉，《邠州師專學報》1998 年第 1 期。
26. 金卿東：〈元稹白居易「初識」之年考辨〉，文載《文學遺產》2000 年第 6 期。
27. 吳智和：〈明人山水休閒生活〉，《漢學研究》二十卷一期，2002 年。
28. 吳智和：〈明人習靜休閒生活〉，《華岡文科學報》25 期，2002 年。
29. 劉美華：〈白居易茶詩中的閑適之情〉，《亞東學報》23 期，2003 年 5 月，頁 1～8。
30. 蕭馳：〈洪州禪與白居易閑適詩的山意水思〉，《中國文哲研究集刊》26 期，2005 年 3 月，頁 37～71。
31. 顏崑陽：〈用詩，是一種社會文化行為模式──建構「中國詩用學」初論〉，《淡江中文學報》第 18 期，頁 279～302，2008 年。
32. 顏崑陽：〈論唐代「集體意識詩用」的社會文化行為現象──建構「中國詩用學」初論〉，《淡江中文學報》第 18 期，頁 47，2008 年。
33. 王芬濤：〈從「閒居賦」看潘岳的隱意心態〉，興義民族師範學院學報，2012 年第 4 期。
34. 陳家煌：〈論白居易詩的晚期風格〉，《臺灣師範大學國文學報》第 54 期，頁 113～148，2013 年 12 月。

35. 謝蒼霖：〈白居易閒適詩中的「知足」心〉，《江西教育學院學報》（社會科學），2001 年第 5 期。

36. 檀作文：〈試論白居易的閒適精神〉，《安慶師範學院學報》（社會科學版），2002 年第 1 期。

37. 謝虹光：〈論白居易兩京時期山水詩〉，《山西廣播電視大學學報》，2002 年第 4 期。

38. 鄧新躍：〈白居易閒適詩與禪宗人生境界〉，《湘潭師範學院學報》（社會科學版），2002 年第 4 期。

39. 趙榮蔚：〈論白居易後期閒適詩歌的創作心態〉，《陰山學刊》，2002 年第 4 期。

40. 史素昭：〈試論白居易閒適詩的分期、內容及藝術特色〉，《廣州大學學報》（社會科學版），2002 年第 10 期。

41. 史素昭：〈獨善和兼濟相交織，知足與保和相融合——試論白居易閑適詩體現出來的人生態度〉，《懷化學院學報》，2002 年第 3 期。

42. 錢志熙：〈元白詩體理論探析〉，《中國文化研究》，2003 年第 1 期。

43. 尹富：〈白居易思想轉變之再探討〉，《求索》，2004 年第 1 期。

44. 簡恩定：〈白居易詩中的「風情」與「正聲」〉，《空大人文學報》，13，頁 1～26，2004 年。

45. 王運熙：〈白居易詩歌的幾個問題〉，廣西：廣西師範大學出版社（收錄於《唐代文學研究年鑑》），2005 年。

46. 徐有富：〈詩的形象特點〉，《古典文學知識》，2005 年第 4 期。

47. 孫玉華：〈古代詩詞用典的美學意義〉，《江蘇工業學院學報》第 6 卷第 2 期，2005 年 6 月。

48. 尚永亮，李丹：〈元和體原初內涵考論〉，《文學評論》，第 2 期，2006 年。

49. 尚永亮，李丹：〈論「元和體」之形成與接受學的關聯〉，《福建論壇》（人文社會科學版），第 6 期，2006 年。

50. 尚永亮：〈論白居易的政治體認、人生解悟與「獨善」觀——以白氏之貶及其超越意識為中心〉，《湖北師范學院學報》，哲學社會科學版，第 5 期，2008 年。

51. 余育婷：〈論林占梅園林詩對白居易閒適詩的接受〉，《輔仁國文學報》，第 41 期，頁 99～124，2015 年 10 月。

52. 陳英傑：〈白居易詩中的「自我批評」〉，《淡江中文學報》，第 35 期，頁 205～242，2016 年 12 月。

53. 侯迺慧：〈身體意識、存在焦慮與轉為道用——白居易詩的疾病書寫與自我治療〉，《臺北大學中文學報》，第 22 期，頁 1～49，2017 年 9 月。

54. 林孜曄：〈論白居易的履道園風景體驗〉，《中國文學研究》，第 45 期，2018 年 1 月，頁 37～78。

55. 侯迺慧：〈從知命到委命——白居易詩命限主題中才、命、心的角力與安頓〉，《臺北大學中文學報》，第 25 期，頁 71～109，2019 年 3 月。

56. 黃進康：〈論方回「瀛奎律髓」選評白居易詩之獨特性〉，《雲漢學刊》，38 期，2019 年 10 月，頁 167～201。

57. 何儒育：〈論白居易江州時期氣化體驗中的「莊子」思想：以成玄英「南華真經疏」為參照系〉，《文與哲》，35 期，2019 年 12 月，頁 19～67。

四、學位論文（以出版年先後排序）

（一）博士論文

1. 馬楊萬運：《中晚唐詩研究》，臺北：國立台灣大學中文所博士論文，1975 年。

2. 張修蓉：《中唐樂府詩研究》，臺北：國立政治大學中文所博士論文，1981 年。

3. 呂正惠：《元和詩人研究》，臺北：東吳大學中文所博士論文，1983年。
4. 俞炳禮：《白居易詩研究》，臺北：國立台灣師範大學國文所博士論文，1988 年。
5. 侯迺慧：《唐代文人的園林生活——以全唐詩人的呈現為主》，臺北：國立政治大學中文所博士論文，1990 年。
6. 蔡榮婷：《唐代詩人與佛教關係之研究》，臺北：國立政治大學中文所博士論文，1992 年。
7. 謝思煒：《白居易詩集綜論》，北京：北京師範大學國文所博士論文，1995 年。
8. 林明珠：《白居易詩探析》，臺北：東吳大學中文所博士論文，1997年。
9. 林珍瑩：《唐代茶詩研究》，嘉義：國立中正大學中文所博士論文，2003 年。
10. 孫貴珠：《唐代音樂詩研究》，臺北：國立台灣師範大學國文所博士論文，2005 年。
11. 陳家煌：《白居易詩人自覺研究》，高雄：國立中山大學中文所博士論文，2006 年。
12. 鍾曉峰：《詩藝的對話與影響：元和詩人交往詩研究》，花蓮：國立東華大學中文所博士論文，2009 年。
13. 謝明輝：《中唐山水詩研究》，高雄：國立中山大學中文所博士論文，2009 年。
14. 吳嘉璐：《白居易感傷詩研究》，新竹：國立清華大學中文所博士論文，2020 年。

（二）碩士論文

1. 呂正惠：《元白比較研究》，臺北：國立台灣大學中文所碩士論文，

1974 年。

2. 馬銘浩：《唐代社會與元白文學集團關係之研究》，臺北：淡江大學中文所碩士論文，1980 年。
3. 林明珠：《白居易敘事詩研究》，臺北：東吳大學中文所碩士論文，1990 年。
4. 陳家煌：《白居易生命歷程對詩風影響之研究》，高雄：中山大學中文所碩士論文，1999 年。
5. 邱曉淳：《白居易敘事詩研究》，高雄：高雄師範大學國文所碩士論文，2001 年。
6. 蔣淨玉：《白居易詩歌中的陶淵明風範》，嘉義：國立中正大學中文所碩士論文，2001 年。
7. 王玫：《劉禹錫白居易唱和詩研究》，北京：首都師範大學中國古代文學所碩士論文，2002 年。
8. 何享憫：《白居易詩歌之歷史人物形象探討》，新竹：玄奘人文社會學院中國語文所碩士論文，2003 年。
9. 沈芬好：《白居易詩集中季節詩研究》，嘉義：南華大學文學研究所碩士論文，2003 年。
10. 蔡叔珍：《白居易「閒適」詩研究——以「情性」為考察基點》，臺南：成功大學中文所碩士論文，2004 年。
11. 蔡霓真：《白居易詩歌及樂舞研究》，臺北：中國文化大學中文所碩士在職專班碩士論文，2004 年。
12. 莊美緩：《白居易詩禪研究》，高雄：高雄師範大學國文教學所碩士論文，2005 年。
13. 簡意文：《白居易詩中的衣食雅趣》，高雄：高雄師範大學國文教學所碩士論文，2005 年。
14. 侯配晴：《白居易敘事詩美學研究——以諷諭詩、感傷詩為主》，臺北：臺北市立教育大學應用語文所碩士論文，2005 年。

15. 王宏仁：《白居易茶詩的文化內涵與生活美學》，嘉義：南華大學文學所碩士論文，2006 年。

16. 陳怡玲：《白居易花木詩研究》，嘉義：國立中正大學中國文學所碩士論文，2006 年。

17. 吳新蓮：《白居易詩之鏡子書寫——以先唐至白居易為考察序列》，嘉義：國立中正大學中文所碩士論文，2007 年。

18. 張育樺：《劉禹錫、白居易交往詩研究》，屏東：國立屏東教育大學中國語文所碩士論文，2009 年。

19. 賴詠鈴：《白居易蘇杭形勝詩之研究》，臺北：中國文化大學中文所碩士論文，2010 年。

20. 王琴雲：《白居易形象研究》，新竹：玄奘大學中國語文所碩士在職專班碩士論文，2010 年。

21. 蕭雯華：《白居易生命際遇對其樂舞詩風之影響》，高雄：國立高雄師範大學國文教學所碩士論文，2011 年。

22. 魏慧雯：《中唐元和時期白居易禪詩研究》，彰化：國立彰化師範大學國文所碩士論文，2017 年。

23. 詹皇毅：《白居易題畫詩研究》，臺北：淡江大學中國文學所碩士論文，2019 年。

五、學術網址

1.《全唐詩》中國哲學書電子化計劃：https://ctext.org/quantangshi/zh。

2.《全唐詩》繁體電子書：https://books.google.com.tw/books?id=MyIHCgAAQBAJ。

3.《全唐文》中國哲學書電子化計劃：https://ctext.org/wiki.pl?if=gb&res=425915。

4. 教育部重編國語辭典修訂本：http://dict.revised.moe.edu.tw/cbdic。

5. 詩詞檢索：https://sou-yun.cn/poemindex.aspx。

附錄：白居易閒適詩歌一覽表

下列表中為白居易詩集中標明閒適詩的篇目有216首，其詩題以楷體註明。寶曆元年（825）後，白氏有創作閒適詩，卻沒有明確標示為閒適詩。筆者以謝思煒《白居易詩集校注》為本整理如下：

一、元和十年（815）任江州司馬前的閒適詩歌

創作時間	創作的年齡	官職／地點	卷數／詩題
貞元十六年（800）	29	長安	卷五／及第後歸覲留別諸同年 卷十三／長安正月十五日、晚秋閑居
貞元十六年～貞元十七年（800～801）	29～30	不詳	卷十三／題施山人野居
貞元十七年（801）	30	洛陽	卷十三／和鄭方及第後洛下閑居
貞元十七年～貞元十九年（801～803）	30～32	華州	卷五／旅次華州贈袁右丞
貞元十八年～貞元十九年（802～803）	31	長安	卷十三／城東閑游
貞元十九年（803）	32	秘書省校書郎／長安	卷五／常樂里閑居偶題十六韻兼寄劉十五公輿王十一 卷十三／早秋獨遊曲江
貞元十九年～永貞元年（803～805）	32～34	秘書省校書郎／長安	卷五／答元八宗同遊曲江後明日見贈

貞元十九年～貞元二十年（803～804）	32	校書郎／長安	卷十三／曲江憶元九
貞元二十一年（805）	34	秘書省校書郎／長安	卷五／感時、首夏同諸校正遊開元觀因宿玩月、永崇里觀居、早送舉人入試 卷十三／看渾家牡丹花戲贈李二十
元和元年（806）	35	盩厔尉／盩厔	卷五／招王質夫、酬楊九弘貞長安病中見寄 卷九／新栽竹、秋霖中過尹縱之仙遊山居 卷十三／盩厔縣北樓望山、酬王十八李大見招遊山、遊仙遊山
元和元年～元和二年（806～807）	35～36	盩厔尉／盩厔	卷五／寄李十一建
元和二年（807）	36	盩厔尉／盩厔	卷五／祗役駱口因與王質夫同遊秋山偶題三韻、見蕭侍御憶舊山草堂詩因以繼和、病假中南亭閑望、早秋獨夜、聽彈古淥水 卷九／曲江早秋、寄題盩厔廳前雙松、禁中月 卷十三／戲題新栽薔薇、醉中留別楊六兄弟、醉中歸盩厔、遊雲居寺贈三十六地主、再因公事到駱口驛
元和二年（807）	36	翰林學士／長安	卷五／仙遊寺獨宿、前亭涼夜、官舍小亭閑望 卷十三／過天門街、遊雲居寺贈穆三十六地主、和王十八薔薇澗花時有懷蕭侍御兼見贈
元和三年（808）	37	左拾遺、翰林學士／長安	卷五／松齋自題、冬夜與錢員外同直禁中、和錢員外禁中夙興見示、夏日獨直寄蕭侍御
元和三年～元和五年（808～810）	37～39	左拾遺、翰林學士／長安	卷五／松聲、禁中 卷十四／曲江獨行

元和三年～元和六年（808～810）	37～40	翰林學士／長安	卷五／禁中寓直夢遊仙遊寺 卷九／翰林院中感秋懷王質夫 卷十四／重尋杏園 和錢員外早冬玩禁中新菊、春夜喜雪有懷王二十二、上巳日恩賜曲江宴會即事
元和四年（809）	38	左拾遺、翰林學士／長安	卷九／寄元九 送王十八歸山寄題仙遊寺、答張籍因以代書 卷十四／南秦雪、山枇杷花二首、江樓月、江上笛、江岸梨
元和四年～元和六年（809～811）	38～40	翰林學士／長安	卷十四／立春日酬錢員外曲江同行見贈、酬王十八見寄
元和五年（810）	39	左拾遺、翰林學士／長安	卷五／贈吳丹、禁中曉臥因懷王起居 卷六／自題寫真 卷十四／曲江早春、杏園花落時招錢員外同醉、同錢員外禁中夜直、酬錢員外雪中見寄、重酬錢員外、蕭員外寄新蜀茶
元和五年（810）	39	京兆戶曹參軍、翰林學士／長安	卷五／初除戶曹喜而言志、秋居書懷 卷九／青龍寺早夏、立秋日曲江憶元九
元和五年（810）	39	下邽	卷六／隱几
元和五年～元和六年（810～811）	39～40	長安	卷五／題楊穎士西亭、題贈鄭秘書徵君石溝溪隱居
元和五年～元和六年（810～811）	39～40	不詳	卷五／秋山、贈能七倫 卷六／夏日
元和六年（811）	40	下邽	卷六／渭上偶釣、春眠、閑居、首夏病間 卷十／自覺二首
元和六年～元和八年（811～813）	40～42	下邽	卷五／清夜琴興
元和六年～元和八年（811～814）	40～43	長安	卷五／養拙

元和六年～元和九年（811～814）	40～43	不詳	卷五／贈王山人
元和六年～元和九年（811～814）	40～43	下邽	卷六／遣懷
元和七年（812）	41	下邽	卷六／適意二首、晚春沽酒、蘭若寓居、麴生訪宿、聞庾七左降因詠所懷、答卜者、歸田三首、秋遊原上、九日登西原宴望、寄同病者、遊藍田山卜居、村雪夜坐、觀稼、聞哭者、自吟拙什因有所懷 卷九／秋日
元和七年～元和九年（812～814）	41～43	下邽	卷六／新構亭台示諸弟侄、東陂秋意寄元八、閑居、詠拙
元和八年（813）	42	下邽	卷五／效陶潛體詩十六首 卷六／東園玩菊
元和九年（814）	43	下邽	卷六／詠慵、冬夜、村中留李三固言宿、友人夜訪 卷十四／晝臥、村夜 卷十五／渭村退居寄禮部崔侍郎翰林錢舍人詩一百韵
元和九年（814）	43	藍田	卷六／遊悟真寺詩
元和九年（814）	43	太子左贊善大夫／長安	卷六／酬張十八訪宿見贈 卷十／寄楊六
元和十年（815）	44	太子左贊善大夫／長安	卷六／朝歸書寄元八、酬吳七見寄、昭國閑居、喜陳兄至、贈勺直、寄張十八、題玉泉寺、朝回遊城南 卷十五／戲題盧秘書新移薔薇、題盧秘書夏日新栽竹二十韻、遊城南留元九李二十晚歸、曲江醉後贈諸親故、和元八侍御開平新居四絕句之高亭、和元八侍御開平新居四絕句之松樹、戲題盧秘書新移薔薇、苦熱題恒寂師禪室
元和十年（815）	44	自長安赴江州途中	卷六／舟行 卷十／微雨夜行、夜聞歌者 卷十五／題李山人

二、江州司馬任內至寶曆元年（815～825）為太子左庶子分司的閒適詩歌

創作時間	創作的年齡	官職／地點	卷數／詩題
元和十年（815）	44	江州司馬／江州	卷六／湓浦早冬、江州雪 卷十五／初到江州 卷十五／醉後題李馬二妓、盧侍御小妓乞詩座上留贈 卷十九／移牡丹栽
元和十年～元和十一年（815～816）	44～45	江州司馬／江州	卷七／題潯陽樓
元和十一年（816）	45	江州司馬／江州	卷七／訪陶公舊宅、北亭、游湓水、答故人、官舍內新鑿小池、宿簡寂觀、讀謝靈運詩、北亭獨宿、約心、晚望、春遊西林寺、出山吟、歲暮 卷十／夜雪 卷十二／送春歸、隔浦蓮 卷十六／宿西林寺、題山石榴花、官舍閑題、早春聞提壺鳥因題鄰家、閑游、春末夏初閑遊江郭二首、題廬山山下湯泉、題元十八溪居、江樓早秋、四十五、寄李相公崔侍郎錢舍人、廳前桂、尋王道士藥堂因有題贈、南浦歲暮對酒送王十五歸京 卷十六／答春、櫻桃花下歎白髮、惜落花贈崔二十四、移山櫻桃、江亭夕望、階下蓮、見紫薇花憶微之、偶然二首、紅藤杖、端居詠懷、薔薇花一叢獨死不知其故因有是篇
元和十一年～元和十二年（816～817）	45～46	江州司馬／江州	卷七／早春、春寢、睡起宴坐、詠懷、詠意、食笋、遊石門澗、招東鄰 卷十九／暮江吟
元和十一年～元和十三年（816～818）	45～47	江州司馬／江州	卷九／新秋、夜雨

元和十二年（817）	46	江州司馬／江州	卷七／聞早鶯、栽杉、過李生、題元十八溪亭、香爐峰下新置草堂即事詠懷題於石上、草堂前新開一池養魚種荷日有幽趣、登香爐峰頂、答崔侍郎錢舍人書問因繼以詩、烹葵、小池二首、閉關、秋日懷杓直、題舊寫真圖 卷十六／上香爐峰、石楠樹、大林寺桃花、詠懷、箬峴東池、香爐峰下新卜山居草堂初成偶題東壁、山中問月、正月十五日夜、東林寺學禪偶懷藍田楊主簿因呈智禪師、臨水作、遺愛寺、黃石岩下作、醉中戲贈鄭使君、謝李六郎中寄新蜀茶、讀靈徹詩、閑吟、戲問山石榴、劉十九同宿、閑意
元和十二年～元和十三年（817～818）	46～47	江州司馬／江州	卷七／截樹、望江樓上作、題座隅、昔與微之在朝日同蓄休退之心迨今十年淪落老大追尋前約且結後朝，垂釣、晚燕、贖雞、食後、齊物二首、山下宿、閑居
元和十三年（818）	47	江州司馬／江州	卷七／白雲期、弄龜羅、對酒示行簡、詠懷、夜琴、山中獨吟、達理二首、湖庭晚望殘水、郭虛舟相訪 卷十／苦熱喜涼 卷十七／尋郭道士不遇、贈書煉師、問劉十九、南湖早春、山枇杷、題韋家泉池、醉中對紅葉、遣懷、薔薇正開春酒初熟因招劉十九張大夫崔二十四同飲、曉寢、答元八郎中楊十二博士、湖亭與行簡宿、殘暑招客、題遺愛寺前溪松、春江閑步贈張山人
元和十四年（819）	48	忠州刺史／忠州	卷十一／西樓夜、東樓曉、徵秋稅畢題郡南亭、歲晚、負冬日、委順、寄王質夫 卷十八／郡齋暇日憶廬山草堂兼寄二林僧社三十韻皆敘貶官已來出處、種桃杏、感櫻桃花因招飲客、東亭閑望、畫木蓮花圖寄元郎中、題郡中荔詩十八韻兼寄方州楊八使君、醉後戲題、和萬州楊使君四絕句之三白槿花

元和十五年（820）	49	忠州刺史／忠州	卷十一／東坡種花二首、開元寺東池早春、東澗種柳、臥小齋、步東坡、郊下、宿溪翁、桐花、花下對酒、哭王質夫 卷十八／聞雷、春至、感春、春江、題東樓前李使君所種櫻桃花、巴水、野行、喜山石榴花開、戲贈蕭處士清禪師、房家夜宴喜雪戲贈主人、醉後贈人、別種東坡花樹兩絕
元和十五年（820）	49	司門員外郎／長安	卷十九／曲江亭晚望寄
長慶元年（821）	50	中書舍人／長安	卷十一／西掖早秋直夜書意
長慶元年（821）	50	主客郎中、知制誥／長安	卷十一／竹宿 卷十九／西省對花憶忠州東坡新花樹因寄題東樓、題忠州小樓桃花、醉後、紫薇花、題新昌所居西省北院新構小亭種竹開窗東通騎省與李常侍隔窗小飲各題、酬元郎中同制加朝散大夫書懷見贈、曲江獨行招張十八、新昌新居書事四十韻因寄元郎中張博士
長慶二年（822）	51	中書舍人／長安	卷十一／庭松、同韓侍御游鄭家池吟詩小飲、玩松竹二首、逍遙咏二首 卷十九／偶題閣下有懷、晚庭逐涼、元家花、惜小園花
長慶二年（822）	51	自長安至杭州途中／杭州刺史	卷八／長慶二年七月自中書舍人出守杭州路次藍溪作、初出城留別、過駱山人野居小池、宿清源寺、宿藍橋對月、自望秦赴五松驛馬上偶睡覺成吟、鄧州路中作、朱藤仗紫驄吟、桐樹館重題、過紫霞蘭若、感舊紗帽、思竹窗、馬上作、秋蝶、登商山最高頂、枯桑、山路偶興、山雉、初下漢江舟中作寄兩省給舍、自蜀江至洞庭湖口有感而作 卷二十／山泉煎茶有懷、題別遺愛草堂兼呈李十使君

長慶二年（822）	51	杭州刺史／杭州	卷八／初領郡政衙退登東樓作、情調吟、狂歌詞、郡亭、詠懷、吾雛 卷十九／閑坐、採蓮曲、和殷協律琴思 卷二十／初罷中書舍人、舟中晚起、對酒自勉、郡樓夜宴留客、醉題候仙亭、東院、虛白堂、晚興、夜歸臘後歲前遇景、詠意、宿竹閣、與諸客空腹飲、錢塘湖春行、題靈隱寺紅辛夷花戲酬光上人、重向火、候仙亭同諸客醉作、早行林下、題孤山寺山石榴花示諸僧眾、獨行、二月五日花下作、戲題木蘭花、清明日觀妓舞聽客詩、重到江州感舊遊題郡樓十一韻
長慶三年（823）	52	杭州刺史／杭州	卷八／立春後五日、郡中即事、郡齋暇日辱常州陳郎中使君早春晚坐水西館書事詩十六韻見寄亦以十六韻酬之、官舍、題小橋前新竹招客、病中逢秋招客夜酌、食飽 卷二十／清明日觀妓舞聽客詩、西湖晚歸回望孤山寺贈諸客、贈蘇煉師、杭州春望、飲散夜歸贈諸客、湖亭晚歸、東樓南望八韻、醉中酬殷協律、孤山寺遇雨、樟亭雙櫻桃樹、湖上夜飲、贈沙鷗、余杭形勝、江樓夕望招客、木芙蓉花下招飲、重酬周判官、飲後夜醒、予以長慶二年冬十月到杭州……遂留絕句、早冬 卷二十三／閑臥
長慶四年（824）	53	杭州刺史／杭州	卷八／嚴十八郎中在郡日改制東南樓因名清輝未立標牓徵歸郎署予既到郡性愛樓居晏遊其間頗有幽致聊成十韻兼戲寄嚴、南亭對酒送春、玩新庭樹因詠所懷、仲夏齋戒月、除官去未間、三年為刺史二首、別萱桂 卷二十／歲假內命酒贈周判官蕭協律、內道場永歡上人就郡見訪善說維摩經臨別請詩因以此贈、正月十五日夜月、題州北路傍老柳樹、題清頭陀、自嘆二首、自詠、晚興、早興、竹樓宿、湖上招客送春泛舟、戲醉客、紫陽花 卷二十三／北院、詩解、酬周協律 外集卷上詩補遺／招韜光禪師

長慶四年（824）	53	杭州至洛陽途中	卷八／自餘杭州歸宿淮口作、舟中李山人訪宿
長慶四年（824）	53	左庶子分司／洛陽	卷八／洛下卜居、洛中偶作、贈蘇少府、移家人新宅、琴、鶴、自詠、林中閑步寄皇甫庶子、晏起 卷二十三／味道、好聽琴、愛詠詩、小院酒醒、履道新居二十韻、分司、秋晚、池西亭、臨池閑臥、吾廬、題新居寄宣州崔相公
長慶四年～寶曆元年（824～825）	53～54	左庶子分司／洛陽	卷八／池畔二首
寶曆元年（825）	54	左庶子分司／洛陽	卷八／春葺新居、贈言、泛春池 卷二十三／池上竹下作、閑出覓春戲贈諸郎官、城東閑行因題尉遲司業水閣、雲和 卷二十四／船夜援琴

三、寶曆元年（825）後的閒適詩歌

創作時間	創作的年齡	官職／地點	卷數／詩題
寶曆元年（825）	54	蘇州刺史／蘇州	卷二十一／郡齋旬假命宴座客示郡寮、題西亭、郡中西園、北亭臥、九日宴集醉題郡樓兼呈周殷二判官、霓裳羽衣歌、小童薛陽陶吹觱篥歌、啄木曲 卷二十四／答劉和州、去歲罷杭州今春領吳郡齋僅經旬日方專公務未及宴游偷閑走筆題二十四韻兼寄常州賈舍人湖州崔郎中仍呈吳中諸客、登閶門閑望、秋寄微之十二韻、郡西亭偶咏、郡中夜聽李山人彈〈三樂〉、喚聲歌、對酒吟、偶飲、宿湖中、泛太湖書事寄微之 題新館、西樓喜雪命宴

寶曆二年（826）	55	蘇州刺史／蘇州	卷二十一／題靈隱寺、雙石、宿東亭曉興、日漸長贈周殷二判官、自詠五首、吳中好風景二首、卯時酒、自問行何遲、有感三首 卷二十四／正月三日閑行、夜歸、郡中閑獨寄微之及崔湖州、小舫、病中多雨逢寒食、清明夜、蘇州柳、偶作、城上夜宴、重題小舫贈周從事兼戲微之，吳櫻桃、春盡勸客酒、仲夏齋居偶題八韻寄微之及崔湖州、官宅、六月三日夜聞蟬、蓮石、夜游西武秋寺八韻、重詠、百日假滿、題報恩寺、晚起、宿靈巖寺上院、齊雲樓晚望偶題十韻、河亭晴望、自喜、江上對酒二首、夜聞賈常州崔湖州茶山境會想羨歡宴因寄此詩 卷二十五／想歸田園、琴茶
寶曆二年（826）	55	蘇州至洛陽途中	卷二十四／喜罷郡
大和元年（827）	56	洛陽	卷二十一／就花枝 卷二十五／初到洛下閑遊、太湖石、種白蓮
大和元年（827）	56	秘書監／洛陽	卷二十一／寄庾侍郎 卷二十五／酬皇甫賓客
大和元年（827）	56	秘書監／長安	卷二十五／閑詠、初授秘監並賜金紫閑吟小酌偶寫所懷、新昌閑居招楊郎中兄弟、秘省後廳、松齋偶興、閑行、閑出、與僧智如夜話、憶廬山舊隱及洛下新居、晚寒、偶眠
大和元年～大和二年（827～828）	56～57	秘書監／洛陽	卷二十一／寄崔少監
大和元年～大和二年（827～828）	57	長安	卷二十一／寄皇甫賓客 卷二十五／杏園花下贈劉郎中 、花前有感兼呈崔相公劉郎中
大和二年（828）	57	秘書監／洛陽	卷二十五／宿竇使君莊水亭、龍門下作、履道春居、洛下諸客就宅相送偶題西亭、答林泉

大和二年（828）	57	刑部侍郎／長安	卷二十五／閑出、晚從省歸、北窗閑坐 卷二十六／雨中招張思業宿、對窗待月、楊家南亭、齋月靜居、宿裴相公興化池亭、讀鄂公傳、贈朱道士、和令狐相公新于郡內栽竹百竿坼壁開軒旦夕對玩偶題七言五韻、聞新蟬贈劉二十八、贈王山人、病假中龐少尹攜魚酒相過 卷二十七／戊申歲暮詠懷三首
大和三年（829）	58	刑部侍郎／長安	卷二十一／和微之詩二十三首之和知非、和微之詩二十三首之和自勸二首、感舊寫真 卷二十六／自題新昌居止因招楊郎中小飲、南園試小樂、詠家醞十韻、對酒五首 卷二十七／想東遊五十韻 卷二十八／自問、晚桃花
大和二年～大和三年（828～829）	57～58	刑部侍郎／長安	卷二十二／和微之詩二十三首之和朝回與王煉師遊南山下、和微之詩二十三首之和嘗新酒
大和三年（829）	58	太子賓客分司／長安至洛陽途中	卷二十五／京路、華州西、從陝至東京、宿杜曲花下 卷二十七／長樂亭留別
大和三年（829）	58	太子賞客分司／洛陽	卷二十二／授太子賓客歸洛、秋池二首、中隱、問秋光、引泉、知足吟、太湖石、偶作二首、葺池上舊亭、崔十八新池、玩止水 卷二十七／答崔十八見寄、歸履道宅、問江南物、詠閑、同崔十八寄元浙東王陝州、偶吟、白蓮池泛舟、池上即事、酬裴相公見寄二絕、自題、偶吟、偶作、游平泉贈晦叔、不出門、對鏡、分司初到洛中偶題六韻兼戲呈馮尹 卷二十八／酬別微之、贈鄰里往還
大和三年～大和四年（829～830）	58～59	太子賓客分司／洛陽	卷二十八／勸行樂、老慵

大和四年（830）	59	太子賓客分司／洛陽	卷二十二／聞崔十八宿予新昌弊宅時予亦宿崔家依仁新亭一宵偶同兩興暗合因而成詠聊以寫懷、日長、慵不能、朝課、香山寺石樓潭夜浴、安穩眠、池上夜境、書紳、秋遊平泉贈書處士閑禪師 卷二十七／勸酒十四首、即事、偶吟二首、勉閑游 卷二十八／晚起、酬皇甫賓客、池上贈書山人、無夢、閑吟二首、獨遊玉泉寺、晚出尋人不遇、苦熱、銷暑、橋亭卯飲、舟中夜坐、閑忙、觀遊魚、看採蓮、看採菱、登天官閣、日高臥、思往喜今、晚起
大和五年（831）	60	河南尹／洛陽	卷二十一／耳順吟寄敦寺夢得 卷二十二／遊坊口懸泉偶題石上 卷二十五／池窗 卷二十八／題西亭、吾土、不准擬二首、府中夜賞、府西池北新葺水劉即事招賓、偶題十六韻、履道池上作、六十拜河南尹、水堂醉臥問杜三十一
大和三年～大和五年（829～831）	58～60	洛陽	卷二十一／對鏡吟、落花
大和六年（832）	61	河南尹／洛陽	卷二十一／六年春贈分司東都諸公、答崔賓客晦叔十二月四日見寄 卷二十二／六年寒食洛下宴游贈馮李二少尹、閑多 卷二十六／快活、不出、琴酒、臥聽法曲霓裳、夜招晦叔、聽幽蘭 卷二十七／任老、晚歸府、從龍潭寺到少林寺題贈同遊者、自詠 卷二十八／醉吟、晚歸早出、南龍興寺、殘雪、履道居三首、醉後重贈晦叔
大和七年（833）	62	河南尹／洛陽	卷三十一／洛中春遊呈諸親友、將歸一絕

大和七年（833）	62	太子賓客分司／洛陽	卷二十九／詠興五首、再授賓客分司、把酒、首夏、秋日與張賓客舒著作同遊龍門醉中張歌凡二百三十八字、秋池獨泛、冬日早起閑詠、歲暮 卷三十一／罷府歸舊居、睡覺偶吟、自喜、喜照密閑實四上人見過、贈皇甫六張十五李二十三賓客、池上閑詠、自詠、把酒思閑事二首、香山寺二絕、藍田劉明府攜酎相過與皇甫郎中卯時同飲醉後贈之
大和八年（834）	63	太子賓客分司／洛陽	卷二十九／神照禪師同宿、張常侍相訪、早夏遊宴、感白蓮花、詠所樂、詠懷、北窗三友、吟四雖、南池早春有懷 卷三十／洛陽有愚叟、飽食閑坐、風雪中作、雪中晏起偶詠所懷兼呈張常侍書庶子皇甫郎中 卷三十一／早春憶蘇州寄夢得、嘗新酒憶晦叔二首、池上閑吟二首、早春招張賓客、營閑事、池邊、且遊、西街渠中種蓮疊石頗有幽致偶題小樓、早服雲母散、早夏遊平原回、宿天竺寺回、菩提寺上方遠眺 卷三十二／喜閑、詩酒琴人例多薄命予酷好三事雅當此料而所得已多為幸斯甚偶成狂詠聊寫庫愧懷、閑臥、新秋喜涼、早秋登天宮寺閣贈諸客、曉上天津橋閑望偶逢盧郎中張員外攜酒同傾、八月十五日夜同諸客玩月、醉遊平泉、冬初酒熟二首、冬日平原路晚歸
大和九年（835）	64	太子賓客分司／洛陽	卷二十九／晚歸香山寺因詠所懷、張常侍池涼夜閑宴贈諸公、詠懷 卷三十／覽鏡喜老、對琴酒、閑吟、小台、睡後茶興憶楊同州、早熱二首、偶作二首、池上作、何處堪避暑、詔下七月一日作 卷三十二／閑臥有所思二首、初夏閑吟兼呈書賓客、洛陽堰閑行、池上二絕、偶吟、南塘暝興、小宅
大和九年（835）	64	太子少傅分司／洛陽	卷三十／自賓客遷太子少傅分司、自在 卷三十二／詠懷、宿酲 卷三十三／從同州刺史改授太子少傅分司

大和九年～開成元年（835～836）	64～65	太子少傅分司／洛陽	卷三十二／自題小草堂、自詠、新亭病後獨坐招李侍郎公垂
開成元年（836）	65	太子少傅分司／洛陽	卷二十九／府西亭納涼歸、老熱、新秋喜涼因寄兵部楊侍郎、懶放二首呈劉夢得吳方之 卷三十／春遊、隱几贈客、夏日作、晚涼偶詠 卷三十三／閑臥寄劉同州、殘酌晚餐、尋春題諸家園林、家園三絕、老來生計、春盡日天津橋醉吟偶呈李尹侍郎、池上逐涼二首、香山避暑二絕、老夫、香山下卜居、無長物、秋雨夜眠、雪中酒熟欲攜訪吳監先寄此詩、題酒瓮呈夢得、閑居春盡
開成二年（837）	66	太子少傅分司／洛陽	卷二十九／秋涼閑臥、六十六、三適贈道友、寒食、和裴令公一日日一年年雜言相贈 卷三十／狂言示諸侄 卷三十二／詠老贈夢得 卷三十三／迂叟、閑游即事、六十六、贈夢得、晚春酒醒尋夢得、宅西有流水墻下構小樓臨玩之時頗有幽趣因命歌酒聊以自娛獨醉獨吟偶題五絕、偶作、幽居早秋閑詠、歲除夜對酒 卷三十四／分司洛中多暇數與諸客宴游醉後狂吟偶成十韻因招夢得賓客兼呈思黯奇章公、小歲日喜談氏外孫女孩滿月 卷三十六／立秋夕涼風忽至炎暑稍稍即事詠懷寄汴州節度使李二十尚書、開成二年夏聞新蟬贈夢得、題牛相公歸仁里宅新成小灘
開成三年（838）	67	太子少傅分司／洛陽	卷三十四／閑適、自題酒庫、春日題乾元寺上方最高峰亭、久雨閑悶對酒偶吟、雨後秋涼、東城晚歸、與夢得沽酒閑飲且約後期、自詠 卷三十六／遊平泉宴浥澗宿香山石樓贈客、池上幽境、夏日閑放、新沐浴、三年除夜

開成四年（839）	68	太子少傅分司／洛陽	卷三十四／自發、書事詠懷、酬夢得比萱草見贈、戲贈夢得兼呈思黯 卷三十五／病中詩十五首 卷三十六／春日閑居三首、病中宴坐
開成三年～開成四年（838～839）	67～68	太子少傅分司／洛陽	卷三十六／小閣閑坐、自題小園
開成五年（840）	69	太子少傅分司／洛陽	卷三十五／老病相仍以詩自解、殘春晚起伴客笑談、池上早夏、足疾、老病幽獨偶吟所懷、夜涼、自戲三絕句 卷三十六／閑題家池寄王屋張道士 卷三十七／閑居、新秋夜雨、喜老自嘲
會昌元年（841）	70	太子少傅分司／洛陽	卷三十五／感秋詠意、百日假滿少傅官停自喜言懷、新澗亭、偶吟自慰兼呈夢得、雪暮偶與夢得同致仕裴賓客王尚書 卷三十六／逸老、官俸初罷見憂以詩諭之、春池閑泛、閏九月九日獨飲、新小灘、偶吟、雪夜小飲贈夢得、卯飲
會昌二年（842）	71	致仕刑部尚書／洛陽	卷三十五／閑樂 卷三十六／北窗竹石、飲後戲示弟子、閑坐看書貽諸少年、對酒閑吟贈同老者、晚起閑行、不出門、達哉樂天行、履道西門二首、喜入新年自詠、灘聲攜酒往朗之莊同飲、夏日與閑禪師林下避暑、池畔逐涼 卷三十七／刑部尚書致仕
會昌元年～會昌二年（841～842）	70～71	洛陽	卷三十六／閑居偶吟招鄭庶子皇甫郎中亭西墻下伊渠水中置石激流潺湲成韻頗有幽趣以詩記之、閑居自題戲招宿客
會昌四年（844）	73	洛陽	卷三十七／狂吟七言十四韻
會昌二年～會昌四年（842～844）	71～73	洛陽	卷三十七／不與老為期、閑坐、偶作寄朗之
會昌五年（845）	74	洛陽	卷三十七／閑眠、胡吉鄭劉盧張等六賢皆多年壽予亦次焉偶于弊居合成尚齒之會七老相顧既醉甚歡靜而思之此會稀有因成七言六韻以紀之傳好事者

會昌二年～會昌五年（842～845）	71～74	洛陽	卷三十七／閑居貧活
會昌六年（846）	75	洛陽	卷三十七／自詠老身示諸家屬、自問此心呈諸老伴、齋居偶作、讀道德經